dtv

Weder die Gegenwart noch die jüngste Vergangenheit der Deutschen geben Anlaß, sich stolz in die Brust zu werfen. Doch Hans Pleschinski zeigt in seinen Erzählungen und Essays, daß es Besseres gibt als unser übliches Lamento. Voller Witz und Selbstironie empfiehlt er die einst aristokratischen Tugenden der Anmut, der Großmut und der Weltoffenheit – dazu ein bißchen mehr barocke Festlichkeit.

Die Welt zu bezaubern und zu verzaubern ist sein Anliegen, ihr Schönheit zu entlocken und sie mit Schönheit zu verwandeln, auch dort, wo sie scheinbar trocken und provinziell daherkommt. In modernem Ton und mit lebenslustiger Verspieltheit lädt er ein, die Nüchternheit des Alltags durch Phantasie und Feingefühl zu überflügeln.

Hans Pleschinski, geboren 1956 in Celle, studierte Germanistik, Romanistik und Theaterwissenschaften in München. Er arbeitete für Galerien, Oper und Film. Seit 1985 ist er Mitarbeiter beim Bayerischen Rundfunk in München, wo er lebt und als freier Autor, Publizist und Übersetzer tätig ist. Nach vielen literarischen Auszeichnungen erhielt er 2006 den hochdotierten Hannelore-Greve-Preis in Hamburg. Seine Hauptwerke erscheinen im Taschenbuch bei dtv.

«Die gibt's bei *Knobloch-Optik*. In Karlsruhe. Allerdings drei Monate Lieferzeit.» In hellem Sakko schaute der etwas größere Jens Kröger nach seiner Antwort über den Marienhof und auf die Rathausrückfront: «Sieht aus wie ein Bahnhof in London. Dieser rote Klinker. Genau! Wie die Paddington Station. Also wenigstens das Rathaus in Hannover macht mehr her. Und sie können keinen Maschsee drum herum buddeln.»

«Wenn sie mit Berlin auf irgendeine Weise noch konkurrieren wollen, müssen sie sich trotzdem einiges einfallen lassen. Vielleicht noch ein paar Münchner *Siegesbögen* bauen.»

«Oder einen zehnstöckigen Tanzpalast, open 24 hours.»

Jens Kröger und der gleichfalls vom Skiurlaub im Ostharz gebräunte Hinnerk Bartels betrachteten im warmen Abendlicht die Flußkrebse im Schaufensterbassin von *Dallmayr*. So erstaunlich viele Bettler, Obdachlose, wie sie rundum auf den Gehsteigplatten hockten, gab es vielleicht sonst nur noch auf dem Bahnhof von Rom oder im gebeutelten Bremen. Aber da näherte sich noch ein Mann, in Gebirgstracht, der in seinem Fahrradkorb eine eindrucksvolle schneeweiße Gans spazierenschob. Der Vogel hatte ein Westerntuch ums Halsgefieder gebunden.

«Ja, was machen Karin ... und Karin heute abend?» fragte Hinnerk Bartels beim Weiterschlendern: «Sie geht selten allein aus. Ich habe keine Lust anzurufen.»

«Dann rufst du mal nicht an!» Der blonde Jens Kröger nahm flüchtig die ausgezeichnete Kosmetikabteilung von *Beck am Rathauseck* wahr. Ein *Acqua di Parma*, wohl ein Eau de Toilette, war als Blickfang zur Pyramide getürmt. «Ich rufe nicht bei meiner Karin an und du nicht bei deiner. Rechnen sie auch gar nicht zwingend damit. Vielleicht sind sie im Garten. Mitunter stört man nur.»

«Machen wir doch ’ne kleine Sause», stieß der 40jährige Optikermeister Bartels seinen Handwerkskollegen mit dem Ellenbogen an, «wie damals in Hamburg.»

«Hier klappen sie gleich die Bürgersteige hoch. Und auch in Hamburg sind wir morgens allein ins Hotel zurückgelatscht! – Du warst sternhagelvoll.»

«Von wegen, du warst fett abgefüllt.»

«Wir waren vielleicht in den falschen Kneipen», murmelte Jens Kröger vor sich hin und reckte die Arme.

«Wo soll man hin, wenn nicht nach Sankt Pauli?» fragte der andere plötzlich verblüffend laut und blieb kurz stehen.

«Es waren halt zehn von diesen Reeperbahnschuppen. Alle gleich.»

Locker schwangen die Umschläge der hellen Leinenhosen über das Schuhleder. Wattierte Sakkoschulter neben wattierter Blazerschulter genossen die Messefachbesucher den Blick über den Marienplatz mit den kämpferischen Bronzeknaben an der Pest-Erinnerungssäule und päpstlichen Betstelle. Im Hintergrund mußte man die kompakte Zementhalde, den *Kaufhof*, energisch aus der Wahrnehmung ausblenden. Allerdings bestand Hannover fast nur aus solchen Kommerzquadern. Die Bomberflotten hatten die Niedersachsenmetropole naturgemäß stets schneller erreicht, und Fachwerk hatte wie Zunder gebrannt. Das Menschengewimmel auf dem Marienplatz war enorm. Was lebte und atmete, wollte die Frühjahrswärme mit allen Poren aufsaugen, und mit einem Mal, unendlich hoch über den Dächern, schien Telemanns Jubelkantate zu schweben:

Auf! Auf! Mein Herz, mit Stimm’ und Saiten,
des Schöpfers Wunder auszubreiten,
von dem allein die Harmonie entspringt.

Vor der Heiliggeist-Kirche blieb der blonde Jens Kröger stehen und sah seinem Begleiter ins Gesicht, der hinter der Brille blinzelte: «Es wird allmählich unüberwindlich», sprach Kröger leise: «Karin, meine, war immer schon sportlich, beinahe: militärisch zackig.» – «Ja, ein bißchen.» – «Du weißt, sie hat immer gejoggt. Dann fing das mit dem Basketball an. Nun gut. Aber dieses Gefühl, Hinnerk, neben einem Energiebündel zu leben, das morgens Kräutertee trinkt, zwischendurch sich Müsliriegel einschiebt, das lachend in fünf Minuten alles um sich im Griff hat: ich leide ein bißchen. Und nun hat sie sich beim Stadtsport für Karate angemeldet. In einem Jahr haut sie bei Bedarf im Vorübergehen den Küchentisch in zwei Stücke ...»

«Karin lebt eben sehr körperbewußt», nickte der kleinere Optiker und strich sich übers kurzgeschorene dunkle Haar.

«Das ist ja auch fabelhaft. Karin schmeißt den Laden besser als ich. Sie besucht zwei Fremdsprachenkurse. Aber ich sage dir ... bald ... fürchte ich mich vor ihr! Sie läßt sich von mir beraten, aber nichts sagen. *Machen wir schon*, heißt es nur.»

Hinnerk Bartels legte dem Freund die Hand auf die Schulter und senkte ein wenig den Kopf.

«Sie wird die Amazonenkönigin. Und ich bin ihr Pferd.»

«Im Harz fand ich sie sehr nett. Wie sie die Pisten runterschoß!»

«Sie ist auch kooperativ. Noch mit ihrem Gips ist sie danach in den Laden gehumpelt. Beim Grillen letztes Jahr hat sie die Steaks gebraten.»

Etwas schwermütig setzten die beiden mit den Messeschildchen am Revers – vorbei an *Hugendubels* Bücherreservoir – ihren Weg fort. Literatur und Geschriebenes waren nicht ihr Ding.

«Es ist ja gut, daß die Geschlechter diese Gleichberechtigung und Gleichheit erreichen. Aber es geht etwas von dem Zauber der altertümlichen Unterschiede verloren. – Warum ich mich nicht auf Frauenparkplätze stellen darf, sehe ich allerdings nicht ein.»

«Ich liebe Karin!» schien Jens Kröger am Zugang zum Viktualienmarkt klarstellen zu müssen, «... auch wenn ihr früheres Flair irgendwie verhärtet ist.»

«Ich liebe meine Karin auch», rückte der Kollege seine dunkelgerahmte *Terri-Brogan*-Brille zurecht. Das klassische Modell war natürlich aus Optyl. «Aber bei ihr ist es eher so eine Unselbständigkeit, die mir zu schaffen macht. Auf der Reise, zu ihrem Geburtstag, hat sie jede Stunde gefragt: *Was machen wir jetzt?* Vielleicht war Rom das falsche Ziel. Aber was sollte ich am Ende noch vorschlagen? Nach einer Viertelstunde Erkundungsgang hieß es: *Mir tun die Füße weh. Laß uns lieber im Schatten sitzen. Was? Noch eine Kirche? Wenn du meinst. Müssen wir wirklich auf den Berg da? Das ist so hoch!* Das waren Hügel! Ja, doch! Sie interessiert sich vielleicht für alles. Aber man merkt es nicht. Vor allem wenn die Kleine anfängt zu schreien. Ach, das Baby muß gar nicht schreien. Karin ist fortlaufend am Tätscheln.»

«Frauen lieben ihre Kinder.»

«Na, ich meine Tochter auch, Jens. Aber dieses Brimborium um jedes bißchen Sabber am Mund! Unsere Liebe ist natürlich ungebrochen.»

«Klar.»

«Klar. Das sind Phasen. Da muß man durch. Und sie müssen mit uns durch. Aber ihr wart doch in den Weinbergen von Frascati?»

«Karin drückten nach zwei Metern die Schuhe!»

«Beim Jogging komme ich hinter meiner Karin nicht

mehr her. Ich benutz' nur noch meinen Hometrainer. Aber ich darf nicht *meine* sagen. Manchmal mag sie das nicht. Zu Recht.»

«Es fehlt, Jens, in der Ehe oft der kollegiale Ton. So eine Art Kameradschaft. Irgendwie die gleichwertigen ... und berechenbaren Kräfte. So ein Gehen durch dick und dünn, ganz simpel und unaufgeregt, wie man sich das bei den ... Pfadfindern vorstellt. Es gibt Tage, da möchte man nur mit sich selbst verheiratet sein. Aber dann wär' man ja allein. Diese Selbständigkeit, die alle jetzt haben wollen!»

Jens Kröger blickte Hinnerk Bartels an, der in düstere Gedanken hineingeraten zu sein schien. Die beiden Optiker sahen vor einem Stand mit *Bio-Käse* zwei Kundinnen in wehenden Gewändern, die sich über einen Laib Emmentaler beugten und sich dabei an der Hand hielten. Dicht daneben, an einem Blumenstand des berühmten Markts, stellte ein dunkelgelockter Bursche mit Könnerschaft einen Rosenstrauß zusammen, und – er steckte mit spitzen Fingern noch eine Art Farn mit silbrigen Beeren dazu. Das waren wohl Teilhaber des künstlerischen München.

Irgendwo schien ein fettes Nest zu sein. Sie waren beiden Norddeutschen schon an jeder Ecke aufgefallen: Bullen. In dieser Stadt schien die Geburtsstätte der Polizei zu liegen. Man konnte keine Straße hinunterblicken, ohne daß dem Fremden die Polizei-BMWs ins Auge stachen. Pro Einwohner zwei Ordnungshüter? Vielleicht waren Polizeieinsätze eine riesige Arbeitsbeschaffungsmaßnahme in Bayern? Nun gut, solange Mannschaften mit Knüppeln die Würde des Bürgers schützten und sie nicht bedrohten, mochte so ein südländisches Beamten-El-Dorado annehmbar sein.

Sie passierten die sehr engen Arkaden von *Samen-Deb-*

ner. Die eingekübelten Pflanzen prangten geruchslos; die modernen Treibhausblumen dufteten allesamt nicht.

«Was liegt morgen an?»

«Die Betriebsführung bei Rodenstock. Sie haben eine neue Laser-Schleiferei.»

Sie wichen einer Dame mit zwei prallen Einkaufstüten aus.

«Ja, Hinnerk, was mir fehlt, mit Karin, das ist: die Wärme. Sie versteht mich nicht. Eine Häuslichkeit fehlt mir. Wegen des Sports trägt sie auch in der Küche so ein Frotteeband im Haar. Ich fühle mich bei ihr ..., klingt idiotisch – nicht geborgen.»

«Das kommt schon wieder, mit dem Alter», Hinnerk Bartels marschierte neben dem anderen Augenspezialisten gen Reichenbachplatz: «Ich hatte mir für die Ehe auch, ja, eher einen Kumpel vorgestellt. Aber da steht meine Frau hinterm Tiber vor einer steilen herrlichen Gasse und sagt: *Nö. Ich mag gleich hier einen Cappuccino.* Da verweichlicht man doch gleich mit.»

«Das wird sich geben. Du solltest sie liebevoller motivieren. Oder unternimm das, was dir wichtig ist, allein. Sie will dich gewiß auch nicht rund um die Uhr um sich haben.»

«Bestimmt! Manchmal bin ich furchtbar. Vielleicht hätte man Single bleiben sollen.»

«Sich vor der Verantwortung drücken?»

«Vielleicht wird's nie gut! Die Männer sind überfordert.»

Der blonde Optiker und der ein Jahr ältere im blauen Blazer nickten sich zu. Jens Kröger fuhr sich unversehens mit dem Handrücken über die knochige Wangenpartie: «Muß mich dringend rasieren.»

«Trägt man doch jetzt, Dreitagebart», meinte Hinnerk Bartels und zuckte dann die Achseln.

Je weiter der Abend voranschritt, desto schmucker schienen die Münchener Passanten zu werden. Jedenfalls zum Teil. Mit belebten Frühjahrssäften begaben sich, eilten die Menschen in Kinos, in Straßencafés, ins Theater an diesem runden *Garten-* oder *Gärtnereiplatz*. Die Kastanien um einen Brunnen mit dünner Fontäne setzten energisch ihre weißen Kerzen auf. Nachdem sich Hinnerk Bartels in seinem Hotelzimmer für einen Abendausgang frisch gemacht hatte, trat er ins Zimmer von Jens Kröger. Der Berufskollege band sich vor dem Spiegel gerade die Krawatte. Er hatte sich nicht rasiert. «Dein Knoten sitzt schief», und schon war der Kleinere von beiden vor seinen Zimmernachbarn getreten und hielt in der Bewegung inne. Er rückte den weißblau gestreiften Schlips des anderen zurecht. Der blickte angespannt nach unten. Zum offenen Fenster drang Trambahngeklingel herein.

«Darf ich – ?»

«Was?» fragte Jens Kröger mit sich immer sichtbarer hebender und senkender Oberhemdbrust und blinkenden Manschettenknöpfen.

«… dich einmal fest umarmen?» Und der Kleinere tat's. Jens Kröger verlor, ganz langsam, seine starre Haltung: «Wir Männer haben es so schwer. Immer müssen wir kämpfen … Gegen die anderen, mit den Frauen, oft gegen uns selbst. Wer versteht uns? Manchmal nicht einmal wir uns selbst.»

«… wenn wir», flüsterte Hinnerk Bartels zur Schulter des anderen, «unsere Einzelzimmer gegen ein Doppelzimmer tauschen … wird es billiger … und schöner. Und dann, Jens, hängen wir noch zwei Tage am Schliersee dran!» Beide hielten, bei einem Schritt Abstand, die Handgelenke des anderen fest umgriffen und ließen nicht los. «Aah, Frühling in Bayern! Wunderbar!» klang es zweistimmig durchs helle Zimmer beim Baldeplatz.

Das ABC

Die goldenen Achtziger: meine Lektüren

Ich mag es nicht, wenn jemand vergessen oder zurückgesetzt wird. Und ich schätze Johann Christian Hallmann noch immer. In schwierigen Zeiten der tyrannischen Kleinstaaterei, der Nachkriegswehen, der Sprachverwilderung und geistigen Lichtlosigkeit in Deutschland nach dem Dreißigjährigen Krieg hielt er mit etlichen Tragödien immerhin ein gewisses Theaterspielen am Leben. Im höchsten Hochbarock, nach Gryphius, nach dem gewaltigen Dramatiker Lohenstein, verfaßte Hallmann 1670 in seinem Trauerspiel *Mariamne* für die Gattin des Herodes vor ihrer Hinrichtung so wuchtige glühende Verse wie:

Auch die ihr mit Gebet und Opffern stets gewacht
Vor Mariamnens Heil/lebt in erwünschter Wonne!
Ade Jerusalem/deß Erden-Kreisses Sonne!
Dein Ancker bricht entzwey! Wir ziehn in jenes Reich/
Wo Königinnen nicht empfinden Stahl und Streich.
Lebt schlüßlich alle wohl/ auch die ihr aus-sollt-führen
Des Urtheils strengen Schluß! tut was euch will gebühren!
Wir küssen Block und Beil! Gehab' dich Erde wohl!

Ja, das Barock! Es war mir, trotz Henkersbeilküssen, immer lieb und teuer. Erstens führt es hinter den vielfach abgesegneten Literaturkanon, der bei Lessing enden soll, zurück, und ein fremder deutscher Kontinent breitet sich souverän aus. Zweitens macht das Barock zeitlos mit dem so bedeutsamen Prinzip der *Fallhöhe* von Menschenruhm und Schicksal bestens vertraut:

Der ligt schon in der Grufft, der sich auf Menschen stützt.
Der umbgefallene Baum lehrt, was sein Schatten nützt.

Drittens ist seine Sprachkraft, man möchte beinahe sagen: unübertroffen geblieben, wenn Daniel Caspar von Lohensteins Römerin Agrippina ihren eigenen Sohn Nero zum Beischlaf verführt:

Mein Kind/mein süsses Licht/was hältstu länger mir
Der halbgeschmeckten Lust mehr reiffe Früchte für?
Mein Schatz/es sättigt nicht des Küssens reitzend Kosen.
Die Purpur-Lippen sind die rechten Zukker-Rosen/
Darunter stets die Zung als eine Natter wacht/
Bis uns ihr züngelnd Stich hat Brand und Gifft beybracht.
Warumb denn liessestu mich deinen Liebreiz fühlen/
Wenn du dein Labsal mir ziehst vor dem Munde weg?
Ach! so erkwick uns doch der Libe letzter Zweck!

Angeregt durch solche Emphase, vermochte ich eine Zeitlang, vor zwanzig Jahren, problemlos in Alexandrinerversen zu sprechen. O schöpferische Zeiten! Auch goldene? – Hallmann, Silesius – alles bei *Reclam* erschienen – las ich im Münchner Hofgarten, auf den Zementstufen des Germanistischen Instituts oder auf dem Fensterbrett meiner Studentenbleibe. Phasenweise las ich überhaupt täglich eines der gelben Heftchenbücher, aus denen die Literaturgeschichte, also die immer lebendige Dichtung in all ihren Formen und Anläufen – ob nun barock, romantisch oder expressionistisch –, über den Leser, in das Leben flutet und brandet.

Vielleicht genoß ich am 3. Juni 1982 Brentanos *Romanzen vom Rosenkranz* und am Tag darauf Ernst Tollers Revuedrama *Hoppla, wir leben!* von 1927. Mangels zwingender eigener Tendenzen oder Richtungen, die man erst später erkennen wird, waren die 80er Jahre die ideale Rezeptionszeit: Wer abends in den *Kammerspielen* mit Cornelia Froboess als *Lotte Kotte* durch Botho Strauß' Stück *Groß und Klein* in das Szenarium einer gefühlskalten Wohlstandsgesellschaft eingetaucht war, durfte sich bald darauf – genauso interessiert und gebannt – in einer Novelle von Theodor Storm verlieren: *Auf einer Uferhöhe der Ostsee liegt hart am Wasser hingelagert eine kleine Stadt, deren stumpfer Turm schon über ein Halbjahrtausend auf das Meer hinausschaut. Ein paar Kabellängen vom Lande streckt sich quervor ein Eiland, das sie dort* Warder *nennen …*

Ich weiß nicht, ob es in den 60er und 70er Jahren auch bereits die Regel gewesen war? Ich tat mich, in meinem ersten Hauptlesejahrzehnt, jedenfalls recht zwanglos, nach Laune und Entdeckungslust in der Literatur um. Hegel, Karl Marx' wissenschaftliche Utopien, die Merksätze der Mao-Bibel, psychoanalytische Gesamtwerke, die endgültig die Seele ausleuchten wollten, sämtliches Programmatische, das der Menschengeist hervorgebracht hatte, war auf alle Fälle keine Pflichtlektüre mehr. Von 1980 bis irgendwann lebte man bei etwa nur 4 bis 5 % Arbeitslosigkeit in wachsendem Wohlstand, durch die sozialliberale Koaliton in zunehmender Freiheitlichkeit und ging – auch lesend – im Garten der Phänomene spazieren. Dieser kleine Luxus war nicht unangebracht, denn was jeden Tag noch über der in Ost und West gespaltenen Welt schwebte und im Nu verzweifelt stimmen konnte, war der Atomkrieg, waren die *Nachrüstungsdebatten*, war das immer konkretere Wissen, daß nicht die neue *Grüne Partei* das Waldsterben, die Verpestung des Wassers und die Dezimierung der Tier- und Pflanzenwelt erfunden hatte. Angesichts solcher Sorgen, die das Überleben meinen, schienen Programme klassenkämpferischer Prägung nicht mehr viel zu helfen und begannen, staubig zu wirken.

Dennoch legt man sich die Welt zurecht, urteilt und handelt in eine gewisse Richtung. Bei entscheidenden Lektüren – irgendwo in U-Bahnen, im Bett – drängte sich mir auf, daß der Zustand der denkbar größten Freiheit, dem ich mich überantwortet fühlte, ihre Genesis hatte, eine Entstehungsgeschichte der Liberalität … die, lesend, vielleicht nur ich so für mich selbst erkannte.

Weshalb hundert Jahre nach seinem Tod ausgerechnet Gustave Flaubert mich dermaßen aufwühlte, daß ich beinahe Zeile um Zeile seines Werks unterstrich, und er um 1980 für mich zum Ahnherrn der modernsten Empfindungen wurde, läßt sich umreißen. Die sokratische Erkenntnis: *Ich weiß, daß ich nichts weiß* hatte in meinen Augen Flaubert als erster in Literatur verwandelt. Beinahe zitternd und hellwach wurde ich als 24jähriger vom Dichter über die Seiten seines Romans *Die Verführung des Heiligen Antonius* gesaugt: In der Wüste – die vielleicht die Welt ist – hatte Flaubert seinen Heiligen ausgesetzt und ließ ihn in der Glut und Kargheit von allen Dämonen, Engeln und Chimären bedrängen und bestürmen, die mit großen Versprechungen den Eremiten in jeweils ihre eigene Welt entführen wollen. Durch ihre Lockungen und Drohungen entfaltet sich der größte Tumult unterschiedlicher Inhalte. *Was will das alles von mir?* schreit der Einsiedler am Ende verzweifelt auf und gesteht als erster die völlige Orientierungslosigkeit des modernen Menschen ein.

Dieser Konflikt meinte vielleicht auch mich in meiner süßen 80er-Jahre-Freiheit. Und noch tiefer in den Kampf zwischen den Wissensschätzen, Glücksversprechungen einerseits und dem Menschen andererseits, der nicht mehr für *einen* Gott und *eine* Ideologie zu leben vermag, stößt Flaubert in seinem Roman *Bouvard und Pécuchet* vor: Zwei begüterte ältere Herren, Monsieur Bouvard und Monsieur Pécuchet, probieren auf ihrem Landgut sämtliche Lebensanweisungen und Daseinsrezepte durch, die eine verbürgt sinnvolle, ruhige Existenz verheißen. Am Ende ist ihr Geld verbraucht, sie wissen viel und haben einen Weg zum sicheren Glück nicht im Ansatz gefunden.

Dieser Roman ist grundlegend, auch um über modernes Schreiben etwas zu erfahren. Ungefähr dreitausend Bücher, Nachschlagewerke studierte Flaubert, um den Konflikt zwischen den Glückssuchern und Heilsversprechen hinreißend pessimistisch auszugestalten. Über *Bouvard und Pécuchet* wurde ich zwangsläufig in die Postmoderne der 80er eingeschleust.

Was die ebenso beglückende wie scheußliche Auflösung aller sicheren Werte angeht, so wirkte, vor meinen noch jungen, begierig lesenden Augen, natürlich auch James Joyce nachhaltig an dieser wohl unrevidierbaren Entwicklung mit, der sich seither das Denken zu stellen hat. Wohl kein anderer Autor vor ihm hatte vielleicht nicht nur für die Dichtung, sondern fürs moderne Bewußtsein insgesamt die Verschmelzung aller denkbaren Phänomene so konsequent vorangetrieben wie Joyce am Ende des *Ulysses*: *Worüber machte sich das Duumvirat während seiner Wanderung Gedanken? Über Musik, Literatur, Irland, Dublin, Paris, die Freundschaft, das Weib, die Prostitution, Diät, den Einfluß von Gaslicht oder des Lichts von Bogen- und Glühlampen auf das Wachstum von in der Nähe befindlichen paraheliotropischen Bäumen, für den Notfall aufgestellte städtische Müllbehälter …*

Ich las Dichtung zwischen 1980 und 1990 – als die Aktualitätenschwemme aus den Medien einen längst schon lähmte, nicht kaltherzig machte, aber überforderte – gewiß mit dem Genuß an Stimmungen, an Stil, Erzählwendungen, aber auch mit einem Blick darauf, wohin die Dichter mit ihren Wahrnehmungen meine Person führen wollten. Marcel Proust in die nimmer endenden Verzweigungen der fast passiven Ich- und Menschenbetrachtung. James Joyce – Arno Schmidt ihm nach – in ein vollendetes Wirbeln sämtlicher Lebenserscheinungen, so daß in der neuen Zeit auch ein überlasteter *Mann ohne Eigenschaften* daraus entstehen konnte, oder die maßgeblichen Gedanken in Hermann Brochs Essay *James Joyce und die Gegenwart*: *Aber-Myriaden anonymer dennoch konkreter Einzelkräfte, die das Gesamtgeschehen im Gange halten; und in der konkreten Ganzheit dieses unfaßbar unendlichen, unendlich facettierten ‹Welt-Alltags der Epoche› ist der Zeitgeist, ist sein beinahe schon unbegreifliches Antlitz enthalten.* – Doch wer bin ich denn dann? Wie sollte ich dann handeln? Was mochte bei dieser Atomisierung klarer Lebensrichtlinien denn, um 1980, mein Lebensinhalt sein? Bedeutete die schrankenlose Freiheit im Denken, Wahrnehmen und Sich-Äußern nicht auch mein Ende als entschiedenes Individuum? Die Frage war für mich brennend. Natürlich später als bei älteren Freunden wirkten Becketts Sätze, sein Resümee über unsere Kulturstufe auf mich ein: *Wo nun? Wann nun? Wer nun? Ohne es mich zu fragen. Ich sagen. Ohne es zu glauben. So was Fragen, Hypothesen zu nennen. Fortschreiten, so was schreiten, so was fort zu nennen … Es, es sagen, ohne zu wissen was. Vielleicht tat ich nichts anderes, als eine alte Tatsache billigen. Ich tat jedoch nichts. Ich scheine zu sprechen, es ist nicht ich, über mich, es ist nicht über mich. Diese wenigen allgemeinen Bemerkungen, um zu beginnen. Was tun, was werde ich tun, was soll ich tun, in meiner Lage, wie verfahren?*

Die Ratlosigkeit über Gewißheiten und damit auch, wie man Leben in der Literatur darstellt, war von Flaubert bis hin zu Beckett kulminiert. Die geistige Freiheit der 80er Jahre war folglich ein Schlängelpfad am Rande des Verstummens. Doch man konnte seinerzeit durchaus über Probleme wie: *Gibt es noch eine angemessene Literatur? Welche Botschaft hat Geschriebenes? Welche Botschaft habe ich?* mit Kommilitonen, Freunden, Schriftstellern diskutieren. Postmoderne Freiheit oder Beliebigkeit waren ein fulminantes Thema, und es ging keineswegs nur um Buchverkaufszahlen, die Beschleunigung der Buchproduktion, das Vermeiden von schwierigen Passagen in der Belletristik. Was schreibe ich nach Becketts Verstummen, nachdem das absurde Theater und der Existentialismus final und glaubwürdig ausgesagt haben: *Wir – wissen – nichts!*

Daß mich unter diesem Aspekt gewaltige Massen von Literatur, die damals erschienen, wenig fesselten, ist klar. Die *Bauch-* und *Befindlichkeitsliteratur*, Bücher von Karin Struck, Gabriele Wohmann oder Brigitte Schwaiger mochten in den 70er Jahren Gefühle gelockert, persönliche Verklemmungen benannt und therapiert haben – mir schien es jedoch unendlich banal, einfallslos und ein Verrat an der Moderne zu sein, eng-privatistische Ich-Zustände – mit dem ewigneudeutschen Vorzeichen der Trauer! – auszubreiten. In meinem ersten Büchlein *Gabi Lenz. Werden & Wollen*, der erfundenen Biographie einer Innerlichkeitsautorin, zeichnete ich 1984 lustvoll-wütend eine Karikatur dieser verkaufsträchtigen Innereienschau, die den Literaturbetrieb bestimmte.

Hatte Gottfried Benn, scharfer Vordenker, die Verstopfung der Literatur durch mürbe Ich-Paraden, ohne weitere philosophische Überlegungen, nicht schon in den 30er Jahren abgekanzelt? *Aus Jüterbog oder Königsberg stammen die meisten, und in irgendeinem Schwarzwald endet man seit je.*

Benn sagte mir zu, denn er galt als Nihilist und unsentimentalisch, und er versetzte mich in Spannung, wenn er entdeckte: *Furchtbar Alles, furchtbar, furchtbar! Wenn man kein Faschist ist u. kein Antisemitler, kein Westler u. kein Östler, kein Abendländer u. kein Asiate – was ist man dann? Jeder Standpunkt ist unerträglich, aber gar keinen Standpunkt zu haben ist noch unerträglicher.* In einer ambitionierten Magisterarbeit über diesen Verneiner erfreulicher Lebens- und Literaturinhalte, wollte ich nachweisen, daß allerdings selbst der überzeugendste Nihilist Utopien besitzt, sobald er etwas veröffentlicht, also Ideen *kundtun*, propagieren will.

Mit seinem Begriff der *Artistik*, die an die Stelle von verbrauchten Botschaften treten sollte, legalisierte Benn für mich im Grunde bereits die Erzählzaubereien, die freien Geschichten der Postmoderne, ob nun bei Umberto Eco, Patrick Süskind oder Italo Calvino, denn, so Benn: *Der Stil der Zukunft wird Montagekunst sein. Der Mensch muß neu zusammengesetzt werden aus Redensarten, Sprichwörtern, sinnlosen Bezügen, breit basiert: Ein Mensch in Anführungsstrichen. Seine Darstellung wird in Schwung gehalten durch formale Tricks, Wiederholungen von Worten und Motiven – Einfälle werden eingeschlagen wie Nägel und daran Suiten aufgehängt, Herkunft, Lebenslauf – Unsinn.*

Das schien mir um 1985 das Modernste zu sein, was die deutsche Literatur aufzuweisen hatte – und so kommt es mir noch immer vor, obwohl heute kaum einer mehr über Wege und Theorien der Literatur, die doch das Leben meinen, debattiert.

Einfälle werden eingeschlagen wie Nägel und daran Suiten aufgehängt: Unter diesem Gesichtspunkt, im Hinblick auf zeitgemäße Bücher, prüfte ich natürlich auch meine ersten eigenen Korrekturfahnen. Ausschließlich eine *Logik von Fall zu Fall* hatte mir für die Handlung meines ersten Romans *Nach Ägypten* vorgeschwebt: Diese Geschichte von Frank, der durch Europa reist, dabei klüger wird, aber nicht klug, schien mir angemessen zu sein.

Ich verfasse ein buntes Nichts, das trotzdem spannend ist, kündigte ich meinem Verleger Gerd Haffmans an und las alsbald die Druckbögen des womöglich lupenrein postmodernen Romans *Pest und Moor. Ein Nachtlicht*, in dem es, frech, frei, in Hinterpommern um die Erfindung der Elektrizität geht.

Helmut Kohl wurde im Oktober 1982 Kanzler.

Die Planungen zum *Krieg der Sterne* im Pentagon begannen ein wenig später.

1985 veröffentlichte Anna Wimschneider ihr Buch *Herbstmilch. Lebenserinnerungen einer Bäuerin*. Ich müßte mir den Bestseller von damals noch aneignen.

Ebenso weiß ich leider nicht, was der wachsame Könner Peter Härtling im selben Jahr in *Felix Guttmann* verhandelte.

Erich Honnecker besuchte 1985 den Vatikan und hoffte dabei auf eine Aufwertung des Ansehens der DDR.

Erfrischend und belebend wirkten bei Lektüre oder Lesungen die Werke vieler Autoren, die ich als Neuling beim Haffmans Verlag kennenlernen durfte und die im rasch legendären Hausmagazin *Der Rabe* publizierten. Eckhard Henscheid sezierte minutiös jeden Verfall in Sprache und Denken. F.W. Bernstein ritzte ins Glashaus unserer schönen gesellschaftlichen Vereinbarungen seinen scharfen schrägen Vers. Und der stets freundliche Robert Gernhardt bezauberte durch die charmantesten Decouvrierungen von *Glück*, *Glanz*, *Ruhm* und *Körpern in Cafés:*

Nein, was muß man oft von bösen
Künstlern hören oder lesen!
Ja, da lob ich mir die guten,
die uns all dies nicht zumuten.

Kafka, ohnehin und für die Universität zu lesen, wirkte auf mich zu düster und bedrängend. So, wie er es vielleicht beabsichtigt hatte, um uns als Spielball bedrohlicher Mächte darzustellen. Nach der Lektüre von *Amerika* verfaßte ich für mich einen neuen Schluß für das geniale Fragment, eine Ergänzung, in der Karl Roßmann wohlbehalten und keineswegs hoffnungslos wieder in Europa eintrifft, in Lissabon, mit der herrlichen Silhouette seiner Alfama über dem Tejo.

Dergleichen lag mir und wollte ich.

Auf die wundersamen Feinheiten Robert Walsers, etwas Liebenswertes sogar im Raunzen eines Kellners zu entdekken, war ich noch nicht verführerisch genug hingewiesen worden. Um Ingeborg Bachmann machte ich einen Bogen, denn wo allzu heftig gedrängt wurde: «Das mußt du lesen!», weigerte ich mich auch gerne. Manche rückhaltlosen Anbeter der Dichterin, deren Eleganz und Lebenslust oft verschwiegen wurden, wirkten auf mich allzu verschworen, wie eine einflußreiche Clique des nebulösen Seufzens, womit sie als *tragisch* bestaunt wurden, daneben sich aber prächtig mit dem Leben arrangierten. Anders als die Dichterin.

Zwei bedeutsame Werke, die mich nachhaltig in ihren Bann zogen, darf ich nicht unterschlagen. Sie führten in die Tiefe der Literatur, verlebendigten ihre Entwicklung, ließen vergangene Autoren zu Begleitern werden. Geniewürfe kühner Gelehrter und Krimis der Geistesgeschichte sind es.

Aus *Mimesis* von Erich Auerbach erfuhr ich, daß die *Bibel* wohl für immer die größere Wirksamkeit behaupten wird als die womöglich viel edlere *Illias*, die mich mit ihren gelebten Leidenschaften und Göttern freier zu lassen schien als die *Heilige Schrift* mit ihrem dornigen Heilspfad. Der vorzügliche Romanist Auerbach begründet seine gewichtige Erkenntnis damit, daß in der Bibel die Sätze zumeist sehr kurz sind, zudem die knappe wörtliche Rede im Präsens alle Botschaften leicht faßlich macht, während Homer kunstreich verschlungen und im Imperfekt Kämpfe und Schicksal der Griechen und Trojaner verewigte. Darüber hinaus sei das Gebot der Nächstenliebe für alle Leidenden und Unterdrückten von unübertrefflichem Wert. Selbst diese Festlegung, weil ihr etwas unverrückbar Übermächtiges innezuwohnen schien, beunruhigte mich. Rebellisch hing ich auch weiter am Olymp und fand Gefallen daran, daß die Maria der Christenheit ihre Vorläuferin in der Isis der vorzüglichen Äpypter besitzt.

Die andere Säule literarischen Grundwissens, die ich bestaunend umschritt, war Ernst Robert Curtius' Werk *Europäische Literatur und Lateinisches Mittelalter*. Welcher Gewinn, aus dieser einprägsamen Darstellung mit ihren vielen Beispielen zu erfahren, daß seit Menschengedenken auf die klassizistischen Epochen, auf die verabredete, ruhige Form in der Kunst die manieristischen Schübe, der Ausbruch sogar ins Wahnsinnige folgen, so daß sich also auch niemand über die Postmoderne zu ereifern brauchte, welche nach den strengen Phasen des 20. Jahrhunderts, seiner Brutalität, der Vermassung und Bedrohung des Einzigartigen und Empfindlichen als der Versuch einer Befreiung unbedingt folgen mußte.

Im Leben und während der Lektüre, auch in den achtziger Jahren, bedrängten mich bisweilen Kummer und Trostlosigkeiten. Doch gegen manche Zwangslage und Beklemmendes hält André Gide seinen tröstlichen Gedanken bereit: «Wir sahen die Inseln vorüberziehen, dabei waren wir es, die vorüberzogen.»

Teufelsritt

Am liebsten rase ich mit meinem Fahrrad die Talkurven hinab. Das belebt den Kreislauf und erfrischt nach maroden Tagen auch sonst. Die Landschaft ist den Touristen unbekannt. Dabei wurden in diesem kieseligen Flußtal in den 20er Jahren sogar die ersten deutschen Western gedreht. Felsen ragen neben Serpentinenpfaden im Süden Münchens auf. Ich liebe bisweilen das Nichtstun. Bei Stauwehren kann man in Gasthöfen haltmachen, ein frisches Forellenfilet essen oder zu Knödeln mit Schwammerln eine Russenmaß trinken. Doch selbst viele Einheimische scheuen die Steilpisten, unterm Walddach hindurch, wo man über Geröllhalden plötzlich kopfüber in die Tiefe stürzen kann.

Tod am Sonntagnachmittag.

Wenige Sportradler, mit Helm, Plastikflasche am *Peugeot*gestänge, waren an mir auf meinem dunklen City-Rad schon vorbeigeflitzt und schleunigst gen Stadt auf und davon. Das Augustgewitter braute sich über Schäftlarn zusammen. Die Wolken schoben sich mit Grummeln in ihrer Schwärze, mit Schwüle, die sie vor sich her zu drücken schienen, vom Kloster, von den Biergärten in den Auen, übers Tal.

Ich trat kräftig in die Pedale. Aber Flucht war aussichtslos. Mich würden Wolkenbruch oder Hagel, das Anstürmen der Elemente sogar freuen. Der Mann im Steilhangbogen über, hinter mir, bei den Ulmen, schien mit seinem Fahrrad wie über den Schotter zu fliegen. Er schoß die unwegsamen Pfade hinab. Ich mußte wieder auf die Steine vor mir achten.

Das Wetterleuchten im Süden wurde greller. Sein Rad war silbern, hatte zumindest beim Hinblicken silbern geschimmert.

Ich schaltete in den qualvollen sechsten Gang, um rascher unter eine Brücke zu kommen. Tropfte es unten schon auf den Fluß, auf die Felsbrocken in der Strömung? Der andere Fahrer war zwanzig Meter hinter mir, im Tann. Ich spürte einen heißen Atem im Nacken.

Das Donnergrollen, Violett, ja Gelb am Himmel kündigten einen schweren voralpinen Hagel an.

«Fauler Lump!» hörte ich hinter mir. «Ausflüge, Naturgenuß, dann vielleicht zu Hause noch einen Schlummer und anschließend einen Kaffee! – Dann am Abend faul ins Kino! Und wieder ist ein Tag verlebt.»

Ich starrte, die Handbremse für alle Fälle fest im Griff, über meine Schulter nach hinten. Es begann aufs Laubwerk zu prasseln.

Das Rad hinter, nein, bereits neben mir hatte keinerlei Schriftzug auf dem Gestänge. Seine Reifen schienen den Kieselgrund nicht zu berühren. Der Fahrer mit knallroter Radlerhose sah aus ... da gab es nichts zu deuteln ... wie der ostdeutsche Box-Champion Henry Maske. Seine kraftvollen Beine waren schweißnaß oder schon regennaß. – Mich traf der Schlag, mir blieb, wie man so sagt, das Herz stehen. Ich schlidderte mit meinem Rad am Wegrand entlang. Mit Wucht und Schulter blieb ich an einem Baum hängen und stehen, und ich sank dagegen: Der Silberradfahrer hatte zwei leicht gekrümmte Hörner, die links und rechts aus seinem nicht sehr langen Haar aufragten. Ich faßte mir ans Herz. Noch pochte es. Es war der Teufel. – Wo viel Kirch', da viel Satan, jagte es mir durch den Kopf: Du lebst seit Jahren in Bayern!

Diese Gestalt, die Unperson war längst von ihrem Silberrad herunter, hatte mich am Netzhemdkragen gepackt, mich von meinem langsamen *Austria*-Bike weggezerrt und machte, mit vibrierendem gebräunten Gesicht, Anstalten, mich gegen einen Ahorn zu quetschen: «Wann hast du die letzte Zeile geschrieben?»

«Ä-äh, geschrieben? ... Ein paar Briefe ... erst kür... kürzlich», stotterte ich, «außerdem eine Ansichtskarte nach Kiew ...»

Der Griff ließ die Nähte meines Baumwollhemds knarren.

«Und jetzt, meinst du, kannst du dich erholen, sinnieren? Nach ein, zwei, nach drei Jahren vielleicht wieder ein Buch schreiben?»

«Na ja, nun», rang ich in der Schwüle nach Luft, obwohl mir die Kehle gar nicht abgedrückt war: «Ich muß ja nicht jede Saison ein Buch auf den übervollen Markt werfen ... Und die Bäume, die all die Buchseiten kosten! Ungelesene deutsche Literatur tritt sich ohnehin schon gegenseitig tot. Wer will denn auch noch mehr wissen, als er schon weiß? Wer will sich noch in gedruckte Geschichte vertiefen? – Stille, Enthaltsamkeit, auch auf dem Buchmarkt, ist mitunter das würdigste Gut ...»

Ich bekam eine Ohrfeige, daß ich die letzten Amalgamplomben gegen Kunststoff-Füllungen auswechseln konnte.

«Falls du je», pfiff es mir übers Gesicht, «nach Hause kommst, schreibst du etwas, was in seiner literarischen Neuartigkeit unübertroffen ist!»

«Äh –», schüttelte ich meinen Kopf gegen eine – denn bisweilen ist man nicht ohne eine gewisse Hypochondrie – Kieferausrenkung: «Gibt es denn das? – Etwa, ein ... Arbeitsteufel?»

«Die Fragen stelle meistens ich!» donnerte zusammen mit dem Donner über Kloster Schäftlarn der ungebetene Sports-Malefiz-Widersacher unter dieser Maske-Maske. Dicke warme Tropfen begannen durchs Laubwerk über uns zu rinnen.

«Was soll ich tun?! – Das …?»

«Das Modernste, das es gibt …», schien er meine Worte schon im voraus zu riechen und von sich zu geben.

« – soll ich schreiben? – Aber, das Modernste, das Radikalste ist in Deutschland schon längst geschrieben! – 1934! – Oder ist Ihnen», brachte ich im Isartal hervor, «… Gottfried Benns große Forderung an die Kunst unbekannt? – *Zerfetzt der innere Mensch*», würgte ich und klaubte das Zitat zusammen: *«zerfetzter als je der äußere von Würmern und Granaten. Die Götter tot, die Kreuz- und Weingötter, mehr als tot.»*

«Soso?»

«Schlechtes Stilprinzip, wenn man religiös wird, erweicht den Ausdruck. Eine neue Welt hebt an, es ist die Ausdruckswelt. Das ist eine Welt klar verzahnter Beziehungen des Ineinandergreifens von abgeschliffenen Außenkräften, gestählter und gestillter Oberflächen – ; Nichts, aber darüber Glasur. Hades …»

«Wer dort Urlaub macht, braucht kein Rückfahrtticket.»

«… *aber statt der Fähre Pontons. Keine Welten mehr zu leben, keine Wirklichkeiten mehr zu fühlen, dabei ewig gereizt, der in diesen Breiten nächst dem Hunger brutalste Trieb, die Einheit des Denkens herzustellen, dieser Trieb nach Definition, qualvoller als der Hunger und erschütternder als die Liebe …»*

«Wenn er meint.»

«… *kehrend sich*, so Dr. Benn, *gegen das sogenannte eigene Ich. Genug der Wahrheit – Formales möge kommen, Flüchtiges,*

Tragschwingen mögen kommen, flach und leicht gehämmert, Schwebendes unter Azur.»

«Alle Achtung», hörte ich, «das weißt du?»

«Das ist ja mein Beruf. Jede Geschichte, die ich jetzt, so im Sommer, noch schreiben würde, wäre unmoderner als das, was Benn glaubhaft – im Angesicht von Leben und Kunst! – gesagt, verlangt hat ... Das Flüchtige, das alles berührt und sich nicht festlegen kann.»

«Pah», vernahm ich abschätzig, «unsereiner ist keineswegs nur über dümpelnde Pontons zu erreichen.»

Der protestantische Arbeitsteufel – ich nehme an, daß es von seinem Eifer her ein evangelischer sein mußte – stemmte mich mit einer Hand an der Ahornrinde empor, so daß ich nur noch hecheln konnte: «Und dann... Wie denn heute noch etwas Geschlossenes, etwas Sinnvolles mit einer Botschaft schreiben, wo doch Samuel Beckett, das Genie, schon um 1950 seinen letzten Roman mit *Der Namenlose* betitelt hat», brachte ich unter Mühen hervor, «und in dem endlosen Monolog: *Aber wie soll man* ...»

Der Henry Maske zuckte, offenbar kurz irritiert, die Achseln.

«... in diesem gewaltig wabernden Selbstgespräch geschrieben hat», fuhr ich beherzt mit den Beckett-Gedanken fort: «*Aber wie soll man gleichzeitig nachdenken und sprechen, nachdenken über das, was man gesagt hat, sagt, sagen kann, indem man nicht aufhört, all das zu sagen, man denkt über etwas x-Beliebiges nach, man sagt etwas x-Beliebiges, mehr oder weniger, weniger oder mehr, der Gedanke schweift, das Wort auch* ... Nachdem Beckett so mustergültig einen Schlußstrich unter jede erfreulich stabile Mitteilung gezogen hatte, choreographierte er selbst nur noch Ballette, in denen vier Gestalten stumm, mit hilflosen Gesten in einem Quadrat laufen. – Wir. – Und wäre es nicht ein Verrat an der Moderne, danach noch zu schreiben, etwa heute abend: *Gerda war müde. Aber als sie Rudi sah, lachte sie. Rudi grüßte aus seinem Auto zurück. War er noch immer mit Gisela zusammen? Gerda suchte nun einen Parkplatz. Nein, wie voll die Stadt war! Vielleicht sollte sie sich doch einen Stellplatz oder eine Tiefgarage mieten. Aber die Mietkosten waren mörderisch. Und sie mußte zum Friseur! Hoppla, da war ja ein Parkplatz ...*»

«Stop, mit dem Groschenroman-Schund!» strich er mir bedrohlich mit der Hand über den Mund: «Dann also fächere in einem Buch dein privates und intimes Ich auf, mit deinen Erinnerungen, mit den Düften vergangener Tage, mit den Gefühlen dieser Welt ...!»

Irgendwie gelang es mir, im Kleben an dem Ahorn, während wir schon recht naß und merkwürdig den Steilhang belebten, die Schultern zu zucken: «Es gibt ... Aber wem sage ich das?»

«Mir», fauchte er mich an.

«... Grenzsteine gibt es in der Literatur ... Mit welchen Aussichten auf Neuartigkeit und Vollkommenheit soll ich mein Ich auffächern, da doch Marcel Proust, Sie wissen schon, bereits in sieben unvergleichlichen Bänden, auf 6000 Seiten dem Ich, seinem Ich, bis in die Strahlen der Abenddämmerung, in den Duft der Reseden nachgespürt, keine Anzugfarbe und Regung vernachlässigt, der Liebe als Möglichkeit und Unmöglichkeit bis in die feinsten Verästelungen nachgesonnen hat? – Seine Suche nach der verlorenen Zeit und seinen inneren Zusammenhängen. Andere Programme zählten für ihn nicht mehr. Nach ihm könnte jede Ich-Aufschlüsselung nur banal geraten. Und, haben wir denn noch nennenswerte Biographien? Wir Bundesbürger?»

«Faule Sau. Jedes Ich zu jeder Zeit ist anders, oder ähnlich, egal; jedes Ich ist unendlicher Stoff.»

«Oh, das muß man wirklich genauer bedenken», und ich spähte, gewiß sinnlos, nach irgendeinem dickeren Stock, meiner Luftpumpe als Waffe, «aber erreiche ich die Tiefe, die Höhen, die Weite Prousts? Oder muß ich etwas ganz Eigenes erreichen? Es wird immer nach Werken verlangt, die es schon gibt.»

«Dann stücke meinethalben vorab alles zusammen, was im Menschen denkbar ist, was ihn durchkreuzt, was er auf dem Klo sinnt, welches Lied die Fische singen! Dann ist, sei's jetzt drum, das reale Chaos die Geschichte!»

«Dafür haben wir seit Jahrzehnten James Joyce.»

Ich bekam eine zweite Ohrfeige. Nun saß das Amalgam vielleicht wieder an Ort und Stelle.

«Ich will eine Buchseite, viele Buchseiten, werde dir die Tage versauern, will Kampf, möglichst aussichtslosen, letztes Gefecht in den Buchstaben», höhnte mir diese Ausgeburt aus fernen Höhlen, ungeahnten Gewölben entgegen. Das Geschöpf, wenn es sich überhaupt so nennen ließ, spannte die Lippen zu einem Grinsen. Leuchteten die perfekten Zahnreihen des Inferno-Modells plötzlich kurz feuerrot? Ganz weit fort erkannte ich auf der Isar hinter Wasserschleiern ein Ausflugsfloß mit geduckten Gestalten, Tirolerhüten, mit verkrochener Blaskapelle unter Zeltplanen durchs Gewitter treiben. Die Musen will ich bei Gelegenheit empfangen, den Arbeitsluzifer nicht, dachte ich noch, als mich die gewaltige Armkraft rücklings schon an den Abhang geschoben hatte. Seine Schultern waren aus Eisen.

«Dann wird ein Fantasybuch gebastelt!»

«Gerne, gerne», gestand ich probehalber zu, denn vielleicht machte es ja nun PLOFF, und das Ding wäre weg.

«Ich könnte über eine Glibbermasse schreiben, aus der fädchendünne Gestalten entstehen, die sich bei Kontakt mit Cyberspace-Strahlen zu noch ungeborenen Wissenschaftlern entwickeln, die dann plötzlich die Insekten fernsteuern können ...»

Mir kam es vor, als schaute der Anwesende, bei all seiner Fürchterlichkeit und vor allem Unberechenbarkeit, für eine Weile genauso idiotisch aus seinem bißchen Wäsche wie ich.

«Nein, nein», hielt ich mir selbst entgegen, «ich hasse das Unlogische. Die freie Erfindung, die sich an nichts Wirkliches hält. Die kaum etwas von unserer Seele meint!» Ich schüttelte mich nun selbst: «... Glibbermasse, Cyberspace und Insekten bei der Eroberung des Weißen Hauses, beliebige Science-fiction, so ein Mist! Frostiger Technologie-Quark.»

Er holte, von meinen Worten ungerührt, aus. Vor und zurück schwang er mich über der Abhangböschung. Läuteten sie in Schäftlarn zwölfhundert Jahre nach der Klostergründung bei Gewitter noch immer die Sturmglocke? Oder war es das Fünf-Uhr-Geläut, das gebrochen und vervielfacht durch Wald und Tal hallte? Vielleicht war dort eben auch ein Leuchter, scheinbar grundlos vom Altar gekippt, vielleicht ahnten die Mönche die Anwesenheit des Erzbedrängers und schlugen Alarm. Der aber schob sein Gesicht dicht vor meines und flötete fast: «Wie wär's ... mit ...»

«Ja, was, bitte ...?»

«... mit einem Buch», betonte er jedes Wort, «gegen das Dritte Reich? Mancher hat damit einen schönen Erfolg. Mancher kalkuliert auf diesen schönen Erfolg. Mit einem Buch gegen die Barbarei sind alle Würden gesichert. – Auch mit einem weiteren Buch gegen das Dritte Reich wird es

Preise geben. Auf den Stil, die Wahrhaftigkeit, das jetzige passable Leben kommt es dabei gar nicht so sehr an. Man hat auf Anhieb die korrekte humane Haltung, wenn man über zwölf Jahre Verbrechen und Dunkelheit, über das – Teuflische – in Ansbach schreibt ...»

Nun kam es bei mir auf Standhaftigkeit an. Vielleicht lag in Standhaftigkeit meine Erlösung von Prügel und Geschaukel über dem Abgrund.

«Nein», sagte ich, «ich widme meine Lebenskraft nicht ausschließlich dem Dritten Reich. Es darf mit dem natürlichen und eingeborenen Ekel und meinem Kaum-Begreifen-Können einfließen ins Erzählen. Aber ich bin ... Jahrgang 1956.»

«Mir bekannt», säuselte es glühend heiß aus dem Mund mit den abermals feuerroten Zähnen.

«... ein Kind der Freiheit, des geradezu obszönen, in der Geschichte und auf der Welt einmaligen Wohlstands. Ich werde also stets mehr über die Freiheit sprechen als gegen zwölf unauslöschliche Jahre in Deutschland. Ich lasse mich nicht vom Dritten Reich vereinnahmen. Ich halte mich an ...»

«Woran willst du dich wohl festhalten?»

«... an Sir Karl, ich meine Karl Popper, der mir in seiner Philosophie der freien Gesellschaft als neuen und ewigen Imperativ mitgegeben hat: *Wir müssen für die Freiheit planen und nicht nur für die Sicherheit, wenn auch vielleicht aus keinem anderen Grund als dem, daß nur die Freiheit die Sicherheit sichern kann.* Und: *Wir müssen die Spannungen der Zivilisation friedfertig aushalten.*»

«Das kommt mir nicht ins Regal ...»

«Poppers Maxime ist ein Credo, das in alle meine Geschichten einfließen kann. Muß ich jetzt noch, vielleicht nur um respektiert zu werden, über die Verfolgungen von 1940 schreiben, wo Victor Klemperer, zum Immerwiederlesen und als Abwehrkraft, alles Unmenschliche festgehalten hat?»

Es kam keine Reaktion von der Höllenpotenz.

«Und ich habe zum Beispiel die Geschichte vom schönen deutschen Größenwahn geschrieben, über Herzog Anton Ulrich von Braunschweig, der sein Land mit aller Macht und Phantasie zu einem Land der Künste machen wollte! Wie Ludwig von Bayern! Überhaupt! Ich erinnere lieber an das Vorzügliche und an das Vergessene, an das, was ... erbaut, ermuntert und nicht ausschließlich als Trümmerfeld zeigt, das Leben ..., wenn man das mal so grob sagen darf ...»

«Scharlatan», hallte es mir entgegen. «Der deutsche Dichter hat deutsch zu dichten! Finster, eng gestrickt, hermetisch. Es darf fast niemand anderen interessieren.»

«Die, denen Heiterkeit angelastet wird in Deutschland, sind oft die melancholischsten. Johann Nestroy war manisch depressiv. Rossini war es. Offenbach komponierte gegen seine schubweise innere Finsternis. Wer hellere Welten anstrebt, ist bisweilen der Verzweifeltere. Wagner aber stand fest im Leben, mit düsterem Gepränge rüstig im Licht. Denen, die das Dauerleiden zelebrieren und verordnen, mißtraue ich. Nicht Georg Büchner, nicht Sylvia Plath, aber ihren falschen Jüngern, die sich manchmal nur bequem oder eben einfallslos dem Unheilvollen hingeben.»

«Du postmoderner Kesselflicker.» Der plötzliche Stoß war nicht zu parieren.

Ich rollte, ich purzelte über nasses Laub, aufgeweichten Boden, Kieselgestein in meiner rot-weiß geringelten Fahrradhose, schon den Abhang hinunter. Als ich mich aufrappelte, kniete der Arbeitsversucher schon ruhig vor mir. Jetzt erst gewahrte ich auf seinem T-Shirt die Aufschrift: *Ich bin vierzig. Bitte helfen Sie mir über die Straße.* Wo hatte er dies Textilteil her?

«Ich will überhaupt nichts ausschließlich Deutsches mehr schreiben! Diese Verengung!» brüllte ich. «Deswegen habe ich kürzlich einen europäischen Roman zu schreiben unternommen, mit 45 Personen aus 13 Ländern, die Würde und Kultur und das Miteinanderreden verteidigen. So! Verteidigen gegen das Verstummen, gegen die Bilderüberschwemmungen, gegen die Vereinheitlichung aller Menschen im Weltdorf! Für einen Hauch mehr Charme habe ich in diesem Roman plädiert ... in allem.»

«Aha. – Basta jetzt?» grinste es von oben auf meinen verlaubten und verdreckten Kopf.

«Nein, nicht basta. Und lache nur!» traute ich mich emporzurufen.

«Werde ich hier jetzt noch geduzt?»

«Lachen Sie nur!... Ganz egal, was die Zeiten bringen, ganz egal, ob ich moralinsauer oder heiter sein soll, ich halte mich an einen Spruch, der zu jeder Minute, in jeder Zeile das richtige Leitmotiv ist: ... *als der Mensch in den Garten Eden gesetzt wurde, meinte Pangloß, geschah es, ut operatur eum, auf daß er ihn bebaue.*»

«Jetzt wollen wir hier auch noch pathetisch das Zeitliche segnen. Mit dem Garten Eden!»

«Ja, meinetwegen. Voltaires Satz erschien mir immer undogmatisch und anwendbar und nötig.»

«Und das Düstere, die Schattenseiten des Lebens?»

«Segne ich nicht gleich das Zeitliche? O ich weiß ums Vergängliche. Und damit um alles Einmalige.»

Das Biest, die zugegebenermaßen sehr schöne Erscheinung – und als Mensch der Literatur ist man ja auf einige Erschütterungen zwischen Geburt und Tod vorbereitet –, schleifte mich an den Haaren, so daß ich auf Händen und Füßen kaum nachrobben konnte, hinab, über Wurzeln, Gestein zum Isarufer. Ich blutete vom Handgemenge aus der Nase, was ich heroisch fand. Mit dem Jenseitigen rang ich. «Allemal aufmunternd bleibt ein Satz von André Gide», trompetete ich, «er signalisiert ewigen Aufbruch ganz am Ende seines *Falschmünzer*-Romans: *Ich bin neugierig, Caloub kennenzulernen.*»

Der literarische Arbeitsteufel schien dem Zitat etwas unkonzentriert, aber nicht ohne Gefallen nachzuschmecken:

«Deine letzte Chance, Autor! Du wirst schuften! Bis der Computer platzt. Du schreibst am besten über die deutsche Wiedervereinigung.»

«... das ist mir ein bißchen zu opportun. Wenn etwas zum allgemeinen Thema deklariert wird, ist es meistens schon zu spät. Denn dann ist es kein frisches Feld mehr. Und ich lebe in Süddeutschland! Italien liegt hier näher als die wahren oder aufgebauschten Querelen von Ostberlin. Sollte ich also nicht lieber den Hauch von Italien in die deutsche Literatur einbringen? Damit wäre vielen, auch der Mutter des beflissenen Mißmuts, Christa Wolf, gedient ... Nun, jeder hat seinen Platz. Aber ich lasse mich jetzt zu nichts Pauschalem mehr hinreißen», sprudelte es hysterisch im Krabbelkriechen aus mir hervor, «über Martin Walser, über Günter Grass, über Botho Strauß. Wer sein Leben lang viele Tage für sich selbst oder für andere Erinnerungen, Wahrnehmungen, Botschaften zum Bedenken, zur Ablehnung, zum Befürworten in Zeilen faßt, die Worte rettet, verdient meinen Respekt.»

Ich wurde nicht angehört, Hosenfetzen, meine, blieben im Buschgestrüpp hängen.

«Schaffe, Künstler! Rede nicht! – Dann versuchst du eben, falls du noch nach Hause kommen willst, etwas mit flotter Literatur –»

Warum gelang mir noch immer – beziehungsweise gerade jetzt – keine Diplomatie? Ich sah mich kopfüber gen Wasser gezerrt: «Flotte Literatur, nur weil jetzt im Namen des leichten Lebens, action, ein klarer plot, süffige Handlungsstränge, übersichtliche Bücher gefordert werden! Europäische Literatur wird es Gott sei Dank, im Namen der Vielfalt, schwer haben, amerikanische Literatur zu werden. Wer zu Recht für heiße Nächte in New Orleans schwärmt, kann noch lange nicht Erfurt bei Tage darstellen ...»

«Amerika! Südamerikanische Literatur! Du versuchst was in diese Richtung. Dann kommt auch noch Geld herein!»

«Das wäre meinerseits verlogen. Etliches, weiß Gott nicht alles, aus Argentinien und Ober-Bolivien ist erfolgreich, wird jedenfalls über den grünen Klee gelobt, wenn es nur exotisch heißt: *Alfonso Escarbán trat ins Innenhofgeviert. Schwitzender Efeu wucherte. Doña Margherita, die Don Alfonso – wahrscheinlich war er der gesuchte General – versprach, endlich den Stein der Vernunft, den ihr der greise Miguran-Indianer, Wiedergeburt eines verglimmten Sterns, in einer Schlangennacht ausgehändigt hatte, bei seiner Haushälterin abzugeben. Der ferne Schuß verhallte. Die Ventilatoren von Maracaibo rauschten durch die Schwüle und die Anrufungen der Ewigkeit überm Zuckerrohr* ... Das hat schon was, dies Fruchtige», überlegte ich halblaut in mich hinein.

«Du wirst an eine Arbeit gehen, oder ...», der im Grunde nur dezent Gehörnte stampfte breitbeinig über mir, und im Regen schienen mir auch noch Tropfen aus seinem Mund auf mein Gesicht zu fallen.

«Ja, ich gehorche … Gut.»

Der Maske hielt inne.

«Falls ich arbeiten, etwas Aufsehenerregendes verfassen soll, dann kann ich fiktive Erinnerungen aus Siebenbürgen, aus Bessarabien, aus Bielorußland verfassen. Manches von da ist vollendet poetisch und dringliche Mitteilung. Menschen lesen gerne etwas über Armut, über Zeiten unter Diktaturen, Altertümliches, das die westdeutsche Gegenwart belebt. Das weitet den Blick, es berührt zu Recht … Ich könnte anfangen: *Die Sonne sank, gen Bukarest, in die Sonnenblumen. Die Großtante trat noch einmal an den Ziehbrunnen. Sie sprach ein paar Brocken mittelalterliches Deutsch. Militärlaster des großen Conductators wirbelten den Staub der Straßen auf. Die Familien rückten um die Tische zusammen. Hände, knorpelig. Stroh fiel vom Dach. Kein Strom. Lüge in der Leitung. Das Kürbisfleisch würde reifen. Füchse im Garten.*»

«Wird hier noch lange bramarbasiert, Bursche, Bürschchen?»

«Von mir aus endlos …», beschloß ich mit Gedanken an meine Bücher und was sie, Zeile um Zeile, vielleicht ausdrückten, mein Leben. Er hatte mich am Wasser. Es strudelte über graue Steine. Mit Griff um meinen Hals tauchte mich der Wahrhaftige, oder sagt man ausschließlich der Leibhaftige, unter. Ich sah mir als Wasserleiche, bei zugedrückten Augen – denn man ist ja mit solchen Fernsehszenen groß geworden –, letzte Luftbläschen der Nase entquellen. Musenbesuche hatten, nach Berichten, früher anders ausgesehen.

«Einen Reader, ein Sachbuch über die Arbeitswelt! Über den Kampf um Tarife und gegen Schwarzarbeit.» Auf welches Niveau war der Teufel gesunken?

«Das wird in den Massenmedien schneller und mit mehr Tabellen aufbereitet.»

Hans Pleschinski

Verbot der Nüchternheit

Kleines Brevier
für ein besseres Leben

Mit einem Nachwort
von Sibylle Lewitscharoff

Deutscher Taschenbuch Verlag

Von Hans Pleschinski
sind im Deutschen Taschenbuch Verlag erschienen:
Ostsucht (13090)
Brabant (13194)
Bildnis eines Unsichtbaren (13276)
Leichtes Licht (13666)

Vollständige Ausgabe
Juli 2009
Deutscher Taschenbuch Verlag GmbH & Co. KG,
München
www.dtv.de

Umschlagkonzept: Balk & Brumshagen
Umschlagbild: akg-images
Gesetzt aus der Janson
Satz: Fotosatz Reinhard Amann, Aichstetten
Druck und Bindung: Druckerei C. H. Beck, Nördlingen
Gedruckt auf säurefreiem, chlorfrei gebleichtem Papier
Printed in Germany · ISBN 978-3-423-13789-8

Wir sahen die Inseln vorüberziehen,
dabei waren wir es, die vorüberzogen.

André Gide

Inhalt

Schönheit und Ruhm

Anhang

Deutsche Bewältigung

Verbot der Nüchternheit oder Ein Schnäpschen mehr

Beinamputation im Dschungelkrankenhaus. Der Generator ist im Schlamm versunken. Das Morphium wurde von Elfenbeinjägern gestohlen. Die Ärzte sind geflohen. Was bleibt zur Betäubung des schwerkranken Missionars, dem der Wundbrand schon den Oberschenkel hinaufkriecht? Brandy! Die Flasche Gin! Der Rest Rum, den der Verwundete (Tom Hanks?) vor dem beherzten Zugriff der verbliebenen und skalpellkundigen OP-Schwester (Glenn Close?) zur Anästhesie in sich hineingießt. – Oder daheim in Mannheim: Das Kuvert, das der Anlageberater der *Dresdner Bank* öffnet, enthält nicht den Bescheid der Gehaltserhöhung, sondern die Ankündigung der Steuerfahndung zur Überprüfung des Geldtransfers bereits inhaftierter Kunden mit Hilfe der Bankfiliale nach Luxemburg. Was tut der Anlageberater? Er greift ins Schreibtischfach, direkt um den Hals der Grappaflasche, um einem Schwindelgefühl und der Gefahr der Herzkranzgefäßverengung entgegenzuwirken? – Frisch verliebt in der Abenddämmerung auf dem Felsen von Gibraltar sitzen, Hand in Hand nach Afrika hinüberschauen? Welches junge Paar griffe hierbei zur Thermoskanne mit Kamillentee? ER reicht IHR die Flasche mit spanischem Wein! – Welcher runde Geburtstag, welche Buchpremiere, Silberhochzeit, Beerdigungsfeier, welche *Bambi*-Verleihung ist denkbar, bei der alle Gäste auf Riesling, *Heidsieck Red Top*, Doppelkorn und Prosecco verzichten, um aus kalten Gläsern

Evian-Wasser, *Harzer-Silberquell*, *Fachinger* zu schlürfen oder gar trockenen Mundes und nüchterner Seele das Fest, die Trauer oder den Jubel durchzustehen?

Es ist verbürgt: Die Ägypter brauten bereits vor den Zeiten der Pyramiden des Snofru und Cheops Bier. Bei den Symposien Platons wurde den bequem liegenden Diskutanten Wein von Samos nachgeschenkt. Bacchantenzüge waren die feurigsten Ereignisse der Antike. Und wo im Mittelalter sich ein Kloster zu Ehren Gottes und seiner strengen Gebote erhob, bepflanzten kluge Mönche und Nonnen Raine und Hänge mit milderndem Rebstock. Sogar aus den letzten Tagen des Zweiten Weltkriegs wird berichtet, daß durch die Straßen des brennenden Berlin ein hoher Flakoffizier torkelte, die Flasche Kümmel an die Lippen setzte und die Zarah-Leander-Worte krakeelte: «Davon geht die Welt nicht unter ... Sie wird ja noch gebraucht!»

Lockernd ist die Wirkung von Alkohol. Alkohol befreit von Schmerzen. Er verleiht Ängstlichen Mut. Alkohol intensiviert den Schlaf, der in solcher Tiefe sonst nur durch Opiate und Benzodiazepine erzeugt werden kann. Der Schluck *Lacrimae Christi* krönt und vergeistigt die Abendmahlsfeiern sämtlicher erquicklicher Konfessionen. Rembrandt malte seine Saskia van Uylenburch mit einem Sektkelch in der Hand verführerischer denn je. Beim Umtrunk verständigten sich Roosevelt und Churchill 1945 auf die Gründung der Vereinten Nationen. Hoch- und Flachprozentiges, *Tequila Silla* und *Neresheimer* ließen Menschen sich umarmen, auch körperlich tiefer zueinanderfinden, zu geistigen Höhenflügen ungeahnten Ausmaßes starten. Gekeltertes, Gebrautes ist der substantielle abendländische Reiz- und Glücksstoff schlechthin. Und in Wirklichkeit ist wohl gar nicht alles aufzuzählen, was Rebensaft und Kräuterdestillate für die ansonsten nüchterne Menschheit erbrachten und was vor zweitausend Jahren schon Horaz, in einer unabsehbaren Reihe von Dichtern, feierte:

Nicht pflanze Bäume, Varus, eh' Du Wein gepflanzt
Auf Tiburs lockerm Boden, dem Catull den Namen gab,
Denn wer nicht spült, kriegt Sprödes nur vom Leben ab
Und anders wird der Sorgenfeind nicht abgeschanzt.
Wer schwatzt des Weines froh von Kriegs= und Steuer=Druck?
Wer nicht vielmehr von Venus' Reiz und Bacchus' Macht?

Alkohol ist Heil. Chianti enthebt der Erdenschwere. Selbst miesere Sorten von Bourbon-Whiskey, *Four Roses* und *Beam* können Welt, Leben und Ich plötzlich in einem ganz anderen Licht erscheinen lassen.

In einem transparenteren.

Wieso Deutschland?

Vielleicht weil hier noch am leichtesten befohlen werden kann?

Geprüftes Land.

War es nun das Winzer- mit dem Brauerkartell? Gab es eine heimliche blaue Fraktion innerhalb der Grünen? Hatten Stammtischkumpel um die Reps und Rechtsaußen-Volksverführer bei der Gesetzesinitiative plötzlich das Sagen? War noch der pfälzische Alt-Kanzler mit seiner Vorliebe für heimische Tropfen federführend? – Es ist im Grunde gleichgültig nachzuforschen, welche Gruppierung und Koalition den Vorstoß wagte, in schweren Zeiten Alkohol der ganzen Bevölkerung dienstbarer zu machen, per Gesetz definitiv den Segen von Bier und Wein zum Segen für die ganze Nation zu verwandeln. Populär wird das neue Gesetz allemal sein. Linke Kräfte in der Republik könnten sich von der uneingeschränkten Freigabe des Alkohols eine Belebung des revolutionären Potentials in den Gehirnen erhoffen. Im konservativen Lager hingegen werden Erwartungen laut, daß genug Bier in allen Gläsern genug Gemütsruhe in Deutschland verbürge. Man wird in Kürze sehen. Was in Zeiten zunehmender Arbeitslosigkeit, der Ohnmacht angesichts von Umweltkatastrophen aus der Luft, aus dem Wasser und aus den Kraftwerken des Ostens, was im Anblick der Mietkostenexplosion, der entschwundenen D-Mark, der genetischen Monstrositäten, der Psychosen durch Familie und Streß oder der Psychosen durch Single-Dasein und dessen Sinngebung, was also in einer Ära der latenten, oft namenlosen Unzufriedenheit in Berlin per Verordnung beschlossen wurde – und von beispiellosem Schwung der Legislative zeugt –, das läuft letztendlich hinaus auf ein: *Verbot der Nüchternheit.*

Die ersten Kostenersparnisse für die Volkswirtschaft liegen auf der Hand. Entzugszentren in Schwarzwald und Heide können geschlossen werden. Die Krankenkassen arbeiten sich aus ihrem Defizit, indem sie Kuren für anerkannte Alkoholiker aus ihrem Programm streichen und diese Zecher unmanipuliert gleich daheim zwischen der Masse der nicht anerkannten Alkoholiker lassen – diesem Drittel der Bevölkerung. *Laß den Rotwein walten* – so lautet bereits das Motto bei einigen Allgemeinen Ortskrankenkassen und weist den Weg hin zum *Französischen Wunder*, das auch ein Wunder in Deutschland werden könnte. Um ein Viertel liegt die Zahl von Infarkten, Herzkreislauferkrankungen in den Weinregionen Frankreichs unter dem Durchschnitt in Mitteleuropa. Also, weg mit dem Tablettenplunder von *Ciba-Geigy*, *Sandoz* und *Höchst* und statt dessen am besten schon morgens hin zum Weinregal, das die Versicherungen je nach Herzbeklemmungsgrad und Versicherungsstatus mit Rosé-Verschnitt oder schwerem Württemberger nachfüllen.

Verbote sind nur noch Relikte. Bei völliger Freigabe des Alkohols in Deutschland und seiner gesellschaftlichen Aufwertung – ein Gegentrend zu den USA mit ihrem spießbürgerlich-terroristischen Gesundheitswahn – könnten Millionen von Deutschen, Rentnerinnen, Witwern, Geschiedenen aus dem Dunstkreis der Süchtigen treten und statt zu süffigen, stark promillehaltigen *Stärkungs*mitteln wie *Frauengold*, *Klosterfrau-Melissengeist* und *Doppelherz* gleich und in aller Offenheit zum erlösenden *Bommerlunder* greifen. Einsamkeit wäre besiegt.

Gleichheit vor dem Gesetz wird sich binnen kurzem ausdehnen auf die Gleichheit der freien Entgrenzung. Psychiatrien und verwandte Individual-Therapie-Orte könnten dichtmachen. Für eine Weile.

Deutsches Leben wird verwandelt.

Kann die Alkoholisierung der Nation, das differenzierte Verbot von Nüchternheit nicht allerdings auch Plumpheit, Tranigkeit, nur Gerülpse und eine Verzotung des Landes erzeugen? Mitnichten.

Der Regierungssprecher, der des Morgens vor die versammelten Journalisten tritt, als erstes sein Glas mit *Château Thieuley* erhebt, «Prost, meine Damen und Herren!» zu den zurückprostenden Korrespondenten sagt und dann beginnt: «Es ist unleugbar. Die Währung wackelt», wird von vornherein für ein ganz anderes Ambiente in der Republik sorgen. Bacchantenscharen könnten sich zusammenfinden und durch die Straßen streifen. Während andernorts High-Tech-Produkte besessen weiterentwickelt werden, während sklavenhafte Massen in Südostasien ihr Bruttosozialprodukt um inhaltlose 40 % hochschnellen lassen, während sich auf dem

Balkan ein neuer Nationalitätenkrieg zwischen Rumänen und Moldawiern entwickelt, könnten in Deutschland plötzlich Dionysosschwadrone, leicht geschürzt, alt und jung, schwarzen Mann und weiße Frau vereinend, Diakonissinnen, Baupoliere durch die Fußgängerzonen tanzen, das Leben preisen, Fässer anzapfen, Hymnen singen, im Weitertanzen die Schönste der Schönen küren, aus Krüppelpflanzen Kränze winden und zu Tausenden bei jedem Wind und Wetter Theodor Körners Lieder zu neuem Leben erwecken:

Gläser klingen, Nektar glüht
In dem vollen Becher,
Und ein trunknes Götterlied
Tönt im Kreis der Zecher.
Muth und Blut braust in die Höh',
Alle Sinne schwellen
Unterm Sturm der Evoë
Fröhlicher Gesellen!

Das Leben einer Nation unter Dampf würde ein anderes werden, gerade um den Jahrtausendwechsel mit seinen vielen gräßlichen Anforderungen.

Der Autofahrer im Stau, der sich nicht länger der Promille enthalten muß, sondern zum *Flensburger Alt* in der Dose im Handschuhfach greifen darf, wird ein zufriedenerer Stop-and-Go-Mobilist sein. Wer da im Verkehr zu randalieren anfängt, kann, gerade wegen seiner alkoholischen Koordinationsschwierigkeiten, um so leichter in die Grüne Minna geleitet werden. Eine Nation, die torkelt, kann Böses im Sinn haben, ist aber selten in der Lage, es noch auszuführen. Panzer fahren bei allgemeinem *Pharisäer*-Nebel durch die Mauern der eigenen Kasernen; wer den Nachbarn erschießen will, einen Arbeitskollegen, einen Talkmaster, eine Politesse, der trifft nicht mehr. Charme, eine anfangs sicherlich etwas forcierte Anmut kommen über ein beneidetes Volk, wo der Chef am Vormittag die Abteilung seines Hochbauamts zur Runde Piccolo befiehlt, wo ein leicht beschwipstes Publikum mit besonderem Schwung die Treppen der Theater ersteigt und sich im Rausch den Klängen von Schönbergs *Moses und Aaron* mit seltenem Entzücken hingibt.

Und deutschem Erfindergeist, der künstlerischen Inspiration werden wieder Flügel wachsen, wenn nach der Ächtung von Mineralwasser, *Lipton*-Eistee oder Tomato-Juice Deutsche des Nachts beim Wolkentreiben, unterm Mondlicht aus dem Gasthof oder der Bar nach Hause oder zu anderen Federkissen taumeln werden.

Kräuterlikör zum Frühstück für die Alten in den Heimen.

Eierlikör in der Schulpause.

Was für eine Generation angstvoller Jugendlicher ist bereits herangewachsen, die ab der Einschulung an die Abiturnoten denken muß, damit irgendwann ihre Rente stimmt!

Eierlikör, voller Proteine, ab dem sechsten Lebensjahr wirkt der Verblödung und Verkrustung entgegen.

Rotwangig und belebt werden in Thüringen und Goslar Kinder vor einer Lehrkraft wanken, die auch schon die vorgeschriebene Promillequote erfüllt und sich zum Frühstücksjoghurt einen Cocktail *Death in the Afternoon* – Pernod und Champagner zu gleichen Teilen – gemixt hat.

Keine falsche Schüchternheit bestimmt hier mehr den Unterricht und die Erziehung junger Menschen. Mögen nach dem Himbeerwein bei manchem «Hick» oder gelegentlichem Fluch auf den Alkoholzwang auch nicht mehr alle Standards der höheren Mathematik erfüllt werden, so parlieren deutsche Schüler in Fremdsprachen vielleicht dann um so lockerer. Eingesparter Musikunterricht wird durch eigenen Gesang wettgemacht. Wo übertriebene Sachlichkeit und Nüchternheit das Indivuduum eingeengt, beinahe verschüttet hatten, legt die Pflicht zum Trinken, etwa vier Promille pro Bundesbürger nach Belieben über den Tag verteilt, diese kostbare Errungenschaft der Moderne wieder frei: das unverwechselbare Ich. «Ich will nicht deinen Rasen mähen, ich will durch die Welt wandern!» «Warte, hick, ... ich helf' dir gern beim Kofferpacken.»

Ungeheuerliche Vorzüge zeigen sich durch Saufzwang. Wo Branntweine, Liköre, Hard Drinks die Gewaltbereitschaft nicht erhöhen, mildern sie diese. Von denjenigen Zeitgenossen, gleich welchen Geschlechts oder Jahrgangs, die vor 160 Morden im deutschen Fernsehen pro Abend mit dem Pflicht-*Tropical*-Drink in der Hand einschlafen, ist nichts Aggressives zu befürchten. Dafür träumt er dann um so mehr Ungelebtes aus.

Alkohol stiftet Zufriedenheit mit dem Unbefriedigenden.

Oder er stimuliert zu großen Plänen.

Kater-Beratungsstellen werden eingerichtet werden müssen, sogenannte *Bloody-Mary-Buden* oder *Aspirin-Points*, wo es im Land der Säufer und Phantasten auch die Salzgurke kostenlos gibt. Andererseits, welch ein Glücksgefühl, nach dem Aufwachen mit schwerem Kopf die Dunstmauer selbst zu durchbrechen, unterm Duschstrahl unvermutete Energien zu verspüren.

Der Blick in den Spiegel wird wesentlicher.

Der klare *Smirnoff*, der munter rote *Campari Cordial* helfen, Schmerzhaftes und Verluste zu verdrängen. Genug an beschäumtem *Kilkenny Irish Beer* in herrlich goldbraunem Ton verwandelt den Genießer zur schlichten Kreatur; der

Mensch versteht auf einmal die Schnecke, ihr Sehnen und ihr Sinnen, und das Rascheln des Laubs.

Löwenbräu Hell meint Entgrenzung schon im Sitzen. Wenn auch *Spaten 1397* das weniger süßliche Tranzendierungsmittel unter den Bieren bleibt. Und dann die Magenbitter, Edelbrände, *Marc* und *Prune*, die sogar jedes Völlegefühl in Genuß verwandeln, mit sanft stechendem Williamsduft die steifen Gäste einer Tischrunde zu glühenden Teilhabern der Zivilisation werden lassen. Zwischen Nippen und Vollsuff plaudert es sich gewandter. Nach einer Zeit der Bilderüberflutung wird das gelispelte oder gelallte Wort wieder mächtig in seine Rechte eingesetzt.

Aah, Alkoholika, Erbgut ältester feinster Kulturen, Athens und Paris, Antriebskraft schöpferischer Geister und verklärter Seelen, Epikur und Gustav Mahler.

Das Gesetz zum Verbot der Nüchternheit und zum Pflichtbesäufnis eines jeden Deutschen mit vier Promille pro 24 Stunden ab dem sechsten Lebensjahr, bis er und seine Leber nicht mehr können, tritt mit dem 1. Januar in Kraft. Wird es zu Aufschwung, zur Persönlichkeitsentfaltung, Vergeistigung, gekoppelt mit freundlicher Sinnlichkeit, beitragen? Oder werden 80 Millionen torkelnde Deutsche, auch schunkelnde Muslime, den Siegeszug von Fitneß um jeden Preis, Depressionen aus diffusesten Gründen, der Leistungsbereitschaft zu jeder Minute, der fremdbestimmten Phantasie und Angst um die Zukunft auch nicht mehr aufhalten können?

Doch, horch! Nahen sich dort nicht schon die ersten Bacchanten und Bacchantinnen mit Tambourin und Schellenklang? – «Evoë!»

Wappne dich, mein Herze

Der Sand …

Das Wasser …

Die Ewigkeit.

Angst? War da etwas? – Ich muß mich erst besinnen. Der Angst ist es zu eigen, daß sie, insbesondere sie, verdrängt, in die tiefsten Kellergewölbe abgeschoben wird. So kann ein Leben, das fast nur aus Furcht besteht, immer wieder wie das normale Leben erscheinen: *Guten Tag, wie geht es Ihnen? – Ach ja, ganz gut so.* – Ist dieser Betrug der Wunder größtes? Womöglich.

Das Wasser.

Der Sand.

Sexuelles Versagen. Einmal. Öfter? Ab irgendwann immer? Schaurig. Schluß mit lustig.

Der Tod.

Bitte, lieber Sensemann, klopf auf einem anderen Planeten an. *Aber ich gehöre zu euch*, könnte er antworten: *Durch mich werdet ihr zu Lebzeiten schön, zart, kostbar, einmalig. Das Sterben, je nun, andere bewältigten es vor euch. Wollt ihr unsinnig furchtsamer sein als sie, all eure Vorgänger? – Seht, ich gleiche nur dem Schlaf. Und wie oft und süße wollt ihr schlafen.*

Es ist gut, daß es die Worte gibt. Ohne ihre Ordnungs- und Bannkraft taumelten wir mit panikartig aufgerissenen Augen durchs All. Aber die Bewältigung alles Beklemmenden bleibt auch trotz der Worte prekär genug.

Ich war ein normales Landkind, das höchstens die

Eigentümlichkeit besaß, mit Sirupbroten Wespen zu fangen, und im Sandkasten meistens Babylon baute. Ich weinte über ein angestoßenes Knie, trottete an Gartenzäunen entlang, lachte, wenn Kirsten sich beim Gummitwist in den Stretchbändern verhedderte. Was selten geschah, denn Kirsten war sportlich.

Das Leben in frühen Jahren war, wie es war, munter sonnenbeschienen, viel öfter verregnet.

Nachts aber näherten sich andere Mächte.

Als Fünf-, Sechsjähriger purzelte ich dauernd aus dem Bett. Vor dem Schlafengehen und dem Lichtausschalten hatte ich es mit Stofftieren, der Giraffe, der Plüschschildkröte, meinen wachsamen Begleitern durch Dunkelheit und Leere, derartig vollgepackt, daß für mich kaum mehr Platz blieb und mein Vater, meine Oma mich vor ihrem Zubettgehen regelmäßig auf dem Fußboden fanden. Sie hievten mich wieder in mein Lager, deckten mich neu zu und streichelten mir wahrscheinlich über den Schopf.

Der Sand.

Die Einschlafzeit und das Bett blieben das Szenario für die ersten Fühlungnahmen mit dem Grauen. Und das Übermächtige definierte sich dadurch, daß meine Eltern und Kirsten auf einmal nicht mehr helfen konnten. Die Weltkugel bewegte sich, wie ich vernommen hatte, durch einen unermeßlichen Raum. Was hieß *unermeßlich*? Es hieß *ohne Ende* und war wenigstens ein Begriff. Aber hinter dem Unermeßlichen, wühlte es dann und wann in meinem ängstlichen Hirn, käme *Sand*. Unermeßliche Schichten aus Sand, die den Kosmos umgaben. Wo war das Ende des Sands und das Ende vom Endlosen? Irgendwann beim ängstlichen Schlucken, meinem Graben durch das feine Gekörn, fielen mir die Augen zu, und wenn die Vaterstimme rief: «Marsch, Marsch!

Sieben Uhr! ABC-Schützen dürfen keine Langschläfer sein …» war vom Sand der Nachtchimäre nichts mehr übrig. Die Welt war wieder die gute: mit Kaffee, Ranzen, Schulbrot und Wilhelm, der an der Ecke Junkerstraße mit seinem Fahrrad auf mich wartete.

Das Wasser.

Alle schliefen. Ich sah die Fluten langsam steigen. Fast geräuschlos hob sich der Wasserspiegel. Das Naß überschwemmte die Kellerstufen, es schwappte über die Schwellen unseres Hauses, breitete sich durch die Zimmer aus, das Wasser rann auf die Straße, es flutete über Mauern, ertränkte das Städtchen Wittingen, den Landkreis Gifhorn, überschwemmte Niedersachsen, ließ die ganze Welt ertrinken. Und niemand, niemand konnte mehr zum Wasserhahn hinuntertauchen, den in unserem Keller jemand zuzudrehen vergessen hatte.

«Aber, Junge, was bildest du dir ein?» beruhigte mich mein Vater, als ich es schließlich wagte, ihm von meinem Alp zu erzählen. «Es gibt doch noch den Haupthahn. Im Wasserwerk können sie jederzeit alles abdrehen.»

«Aber ist denn da auch jemand nachts?»

«Auch nachts wird aufgepaßt.»

Die Rettung von meinen Todesängsten hieß also Wasserwerk, das ich mit der Kläranlage verwechselte, deren zwei backsteinerne Rotunden mit kreisendem Rohrstangen an der Glüsinger Straße lagen.

Erstaunlich, wie viele finale Gedanken, Berührungen mit dem Übermächtigen sich schon in ein Kind einschleichen konnten. Aber «So ist's, so geht's», wie Andreas Gryphius gerne in seine Dramenverse schrieb und sich damit tapfer – zwischen Tageslicht und Dämmerung – dem Unausweichlichen stellte.

Übergehen wir kleinere Hysterien, bevor wir zum Entscheidenderen vordringen.

Sparen wir zwei Szenen aus, in denen die Phantasie die Vernunft vertrieb und ein Schaudern sich erstmals mit einer seltsamen Lust verband. Im Konfirmandenalter, in dem kleinen Kaff, war am Freitagabend unser Haus – eine Schmiede mit altem Wohngebäude in der Lüneburger Heide – still, annähernd menschenleer. Mein Vater gönnte sich sein kleines Vergnügen beim Kegelklub *Germania.* Meine Schwester erlebte ihre ersten Rendezvous mit dem Sohn eines Gärtners. Meine Mutter, die von Rheuma gelähmt tagsüber im Rollstuhl saß, schlief bereits, fast schmerzfrei durch Cortison. So konnte ich allein, ungestört, nach dem *Kommissar* mit Erik Ode im Nachtprogramm noch Krimis sehen. Die Wirkung des Hollywood-Klassikers *Die Wendeltreppe* von Robert Siodmak hatte ich allerdings unterschätzt. In einem Ort der amerikanischen Ostküste während der Jahrhundertwende geschehen rätselhafte Morde an Behinderten. Das liebenswerte Hausmädchen in einer Villa am Stadtrand ist beunruhigt, denn es ist taubstumm. Aber die junge Frau darf unbesorgt bleiben. Der Hausherr und sein Bruder achten auf sie, ein junger Mann, der im Film in sie verliebt ist, kommt in der Nebelnacht vorbei und will sie schützen. Und oben im Gebäude liegt die herzkranke Hausherrin im Bett, die jedoch jedes Geräusch wahrnimmt. *Helen*, so hieß das Hausmädchen, ist durch unglückliche Umstände plötzlich wie verlassen in dem großen Anwesen. Von irgendwoher weht ein Luftzug, läßt das Gaslicht flackern. Sie durchforscht das Haus. Sie wagt sich in den Keller, um die Quelle ihrer Angst zu suchen und als Wahn zu erkennen. Hinter einem Verschlag erblickt Helen ihren Mörder. Sie flieht durchs leere Gebäude. Die Taubstumme erreicht die Wendeltreppe. Der Mörder, den sie kennt, springt ihr nach. Er erkennt in ihrem Gesicht keinen Mund. Er tötet sie. Fast. Denn plötzlich hallt ein Schuß … Von der Steigerung des Schrecklichen konnte ich nicht völlig wegblicken. Ich verfolgte es, wie es noch der bangsten menschlichen Wißbegierde entspricht, mit einem Kissen vor meinem Gesicht. Dann mußte ich aber, gegen Mitternacht, unsere leicht gewendelte Haustreppe hinaufsteigen und in mein Zimmer. Beim Öffnen der Tür blähten sich die Vorhänge … ich schrie, schrie wie am Spieß, dachte an meine Mutter, die zu meiner Rettung nicht aufstehen konnte. Ich fand kaum wieder zu mir, wollte es auch beinahe nicht. Und konnte am nächsten Tag – wegen Überreizung? – nicht einmal in die Schule. Die Stufen der Wendeltreppe verbanden die lichte Halle des Lebens mit unruhig beleuchteten Gängen anderer Etagen.

Dennoch bin ich fast stolz auf jene handfeste Chimäre, in der ein motivloser Mörder – zwischen den Kühen und Pferden meiner Heimat – in mein Dachzimmer schlich und ein Tor zum Irrsinn aufriß. Für bemessene Momente.

Das Fernsehen war es des öfteren, das den Alltag porös machte und ins Wanken brachte. Und Birgit ist meine Zeugin. Im Forsthaus von Knesebeck hatten wir unsere Klassenkameradin Christina Delfs besucht. Gegen Abend machten wir uns auf den Heimweg durch Wald und Feldmark. «Hast du *Das Beil von Wandsbek* gesehen?» fragte ich Birgit. «Nein, bei uns wird nicht so lange Fernsehen geschaut.» «Das war so ein riesiges Beil», sagte ich, «wie es wahrscheinlich auch Haarmann in Hannover benutzt hat.» «Igitt, hör auf. Wahrscheinlich war es auch noch rostig.» Wir wanderten dahin, an einer der stillgelegten fünf Mühlen vorbei. «Man ahnt nichts, die Zeiten sind modern, es kann einem nichts passieren», fuhr ich fort: «Aber plötzlich … hinter einem Stamm …

Der Zipfel einer spitzen Mütze … Die Klinge einer Axt …» «Und eine Hand», schwenkte Birgit vielleicht allzu mutig auf die Angstbilder ein, «und auf einmal winkt einen eine Hand heran …» «Dann hört man mitten im Wald plötzlich», flüsterte ich, «ein leises Komm … Komm …» «Hör auf!» Birgit verharrte zwischen Zweigen und Geäst. – «Hast du das hinter dem Baum gesehen?» konnte ich nicht aufhören. «Nein. Was?» rief sie. – «Eine Axt! – Zurück, Birgit! Die spitze Mütze!» «Nein!» – «Doch, da!» Wir drückten uns aneinander, blickten starr zu Boden und tappten möglichst lautlos, gleich Fliehenden, weiter. Die Lichter eines Dorf schienen zu weit weg. Das Beil, der Unhold, der Wahnsinn waren mit uns im Wald. Ich weiß nicht mehr, wie wir es schafften, ohne Rennen den Saum des Forsts zu erreichen, den Schemen der Mühle hinter uns zu lassen, um schließlich unter dem offenen Himmel, peu à peu erleichtert, uns zu schütteln, zu umarmen und zu lachen. In einer jener Nächte dichteten Birgit und ich:

Der blasse Mond ist fern,
er fürchtet die Welt der schrecklichen Wesen …

Als wir später noch eine Melodie dazu erfanden und unsere Schauderverse ins Französische übersetzten:

La lune pâle est loin,
elle craint la terre des êtres horribles …

war vergangener Schrecken hübsch benannt und sogar ins Heiterste gewendet.

Die schlimmsten Ängste, über die man am dringlichsten reden sollte, behält man zumeist für sich. Bis irgendwann im

Leben die Stunde mit dem Mut zur Aussprache kommt, der Gang zum Therapeuten nicht mehr Bankrotterklärung, sondern Befreiung bedeutet, den Willen zum Überleben meint.

Über die stets jeden bedrohenden Krankheiten spricht kaum jemand offen. Warum auch? Es würde kaum etwas nützen, und ein Benennen scheint in diesem Fall das Gefährliche erst heraufzubeschwören:

«Irgendwann leidet man plötzlich vielleicht an …»

«Ich finde, gelbe Hemden stehen dir überhaupt nicht.»

Über den denkbaren Verlust der liebsten Menschen schweigt der Mensch sich sogar im Innersten aus. Und das ist gut. Es gilt, das Leben zu leben.

Gegen die geringfügigeren Übel – an sich ist jede Sekunde nur der Versuch, das Niederdrückende zu vermeiden, zu verwandeln – wurde ich mit einem Mittel aus der Ferne gesegnet. Der Französischunterricht an unserem winzigen Gymnasium am Rande der Zonengrenze war, glaube ich, äußerst mittelprächtig. In einer Zeit großer Aufnahmefähigkeit waren wir einer munteren jungen Gastlehrerin aus Frankreich überantwortet, Sylvie Vartel, die sich nach Paris sehnte, Deutsch sehr mäßig, Französisch viel zu schnell sprach und die Liebesanhimmelungen älterer Mitgymnasiasten mehr schlecht als recht zurückwies. Schließlich fanden dennoch bei der blonden, bezaubernd unroutinierten Sylvie – heute ist sie mit einem Austernzüchter auf der Ile-de-Ré verheiratet – Streifzüge durch die französische Literatur statt. Das Verhalten von Jean Anouilhs Antigone, ihre Rebellion oder ihre Unterwerfung unter die Staatsräson interessierten einige. Viel schlechter bestellt war es hingegen um die Resonanz auf die gereimten Liebesqualen von Bühnenhelden der Epoche Ludwigs XIV. oder um die graziösen Botschaften von Freigeistern des 18. Jahrhunderts. Alexandrinerverse und aufmüpfige Sonette gepuderter Perücken versetzten Schüler von 1970 gemeinhin selten in Euphorie, und ließen sie ihr Dasein kaum neu überdenken. Mir jedoch vermittelten – ich weiß nicht, warum – Klassik und Aufklärung nur durch wenige Worte ein ideales Handwerkszeug, um Furcht und Schrecken zu begegnen. Zum einen prägten sich mir zwei Gedichtzeilen Voltaires ein, in denen der Philosoph endlich das irdische Jammertal adelt, indem er dem Menschen die Pflicht auferlegt, sich förderlich zu verhalten und sich zum möglichen Glück zu bekennen:

Le paradis terreste est, où je suis.
Das irdische Paradies ist, wo ich bin.

Damit ist die offenste und lichteste Utopie für die Freuden des Diesseits verkündet.

Womöglich wichtiger noch, nämlich zum Rüstzeug gegen die Nachtstunden unseres flüchtigen, bedrängten Daseins, wurden – zufällig? – ein paar Verse von Pierre Corneille. In seiner Tragödie *Horaz* von 1639, in der die Städte Rom und Alba gegeneinander Krieg führen, läßt der Tragiker, der das dunkle Leben durchleuchten will, seinen jungglühenden Titelhelden in äußerster Bedrängnis kampfbereit erklären:

Contre qui que ce soit, que mon pays m'emploie,
J'accepte aveuglement cette gloire avec joie …

Zu deutsch:

Gegen wen auch immer mein Land zu den Waffen mich ruft,
Blind und freudig werd' den Pfad des Ruhms ich beschreiten …

Diese mächtige Botschaft mit ihrem Wohlklang prägte sich mir ein, als ich sechzehn war. Gewiß mit ein paar bemerkenswerten Folgen.

«Halten Sie den Mund endlich still», befahl der Zahnarzt, von dem ich seinerzeit gequält wurde. Dr. Geers war ein Landdentist, dessen Alter nur von dem seiner Instrumente übertroffen wurde.

«Wenn Sie den Mund nicht stillhalten, kann ich nicht bohren.»

Daraufhin lernte ich schnell das Deklamieren von Versen Corneilles, also das Bannen von Angst, bei völlig unbewegten Lippen und ausschließlich in Herz und Hirn. Seit jenen Plombierungen klingen bei jedem Zahnarztbesuch, bei anderen Zumutungen durch Gastrologen, Orthopäden, tönten sogar beim Narkosetrunk vor einer Operation die Verse von 1639 in mir auf:

Gegen wen auch immer … zu den Waffen mich ruft,
Blind und freudig werd' ich … beschreiten …

Was bleibt dem Bedrohten auch sonst übrig? Das *Land*, das es bei Corneille zu verteidigen galt, meinte bei mir nicht *Rom*, nicht *Frankreich*, sondern meinen Seelenfrieden, meine innere Stabilität, meine Courage. Der Tapferkeitsaufruf gegen die Unzahl von Bangigkeiten, die Einbrüche des Bösen in mein geordnetes Leben, zeitigte zumeist die beste Wirkung. Als ich 1974 vor den Untersuchungsausschuß zur Bewilligung meiner Kriegsdienstverweigerung trat: «Contre qui que ce soit! …» Als ich ungeübt und verzagt aufs Podium trat, um meine erste Lesung zu bewältigen: «… que mon pays m'emploie! …» Das Verspaar flößte mir Mut oder Fatalismus ein, als kürzlich bei einem Flug nach Münster das

Flugzeug über Hessen in Turbulenzen geriet: «Blind und freudig werd' ich beschreiten!»

Wir landeten trotzdem sicher in Münster-Osnabrück.

Manche Verse sind ein großartiger Angstbezwinger. Der Zuspruch des passenden Dichters gleicht einem Drachentöter und zernichtet das Dunkel, das uns bedeutungslos und kleinmütig machen will. Den Zahnarzt, das Luftloch, die Angst und die Ewigkeit.

So bleibt neben Gott – die *feste Burg*, die man in Rechnung stellen darf – neben dem Gespräch, die Kunst die vortreffliche Insel der Bedrängten:

Wer sein selbst Meister ist und sich beherrschen kann,
Dem ist die weite Welt und alles Unterthan …

Und immer wieder der Schlaf, der alles lindernde. Die Bettdecke bis unters Kinn gezogen ist der wärmste Schutz gegen alle Nötigungen. Doch selbst in diesem molligen Rückzugswinkel – ununterbrochen geplagter Mensch! – bleibe achtsam! Zuviel Schlaf, zuviel Ruhe läßt dich erschlaffen, zuerst körperlich, sodann psychisch träge, anfällig und noch furchtsamer werden. Sorgen wachsen sich zu Gespenstern aus, zu unüberwindlichen Ungeheuern. Der Schwung und der blinde Optimismus gehen verloren. Denn oftmals gilt gegen das Erschreckende, das vom anderen Ufer des Flusses herüberwabert, nicht das Verkriechen, sondern Napoleons Kampfruf vor der Schlacht von Magenta: «Activité! Vitesse!»

Schlafen und Schlafentzug, Vergessen und Alarm sind die Pole, zwischen denen der Furchtsame pendeln muß. Alles im Leben ist so heikel, wie es nur heikel sein kann.

Das Beste an der Angst ist, daß sie Vorsicht lehrt. Wobei

Vorsicht natürlich nur die sanfte Schwester der großen dunklen bleibt.

Vorsicht ist bereits im Umgang mit der Angst selbst geboten. Denn wie geht man mit ihren ersten Ausdünstungen, den Sorgen, um, die das erwünschte Leben mit dem herberen vermengen? Müssen wir uns in unsere Sorgen vertiefen, um sie zu bewältigen? Vorsicht. Oder sollten wir nicht besser hin und wieder mit einem kessen Salto über das schier Unbewältigbare hinwegspringen? Bei der Antwort hilft niemand, außer das Ich und sein bißchen Kenntnis von sich selbst: *Ich bin depressiv, fürchte alles. Sollte ich mich deshalb nicht allmählich dem Analytiker anvertrauen und durch Ergründung der Ängste die Angst beseitigen?* Vorsicht! Dies darf erst der letzte Schritt sein, denn noch selten hat jemand heiter, rüstig und glücklich optimistisch eine Psychologenpraxis wieder verlassen. Die mit eigenem Schwung gedrehte Pirouette um das Bedrohliche herum bleibt eine der wichtigsten Kunstfiguren des Lebens. – *Morgen habe ich ein Vorstellungsgespräch, aber neben dem Herpes an den Lippen fühle ich mich auch sonst wie Schrott. Aber vielleicht merkt's nicht jeder, ist auch einerlei, es geht womöglich jedem so, ich wage es, und irgendwann wird's besser!*

O vielfältige Gesichter der Angst, ihrer Methoden, den Menschen zu skelettieren, und seiner Ausfallschritte, um ihre Stöße aus dem Dunkel zu parieren.

Schlimm ist es, Angst bereits vor der Angst zu haben. Das Leben wird zum schwarzen Teppich, auf dem man den Abgründen entgegentorkelt. *Klemens liebt mich, ist mir treu. Doch falls Klemens mich nicht mehr lieben sollte und nicht mehr treu ist?*

Erhebe dich, Mensch. Die Zeit wird's weisen. Um die Ecken der Angst hat noch niemand in die gewisse Zukunft schauen können. Es zählen allein Zuversicht und Mühe. Dazu ein alter Spruch mit einem Zusatz: *Nach mir die Sintflut, aber jetzt noch ich, mit besten Kräften.*

Senecas Schrift *Vom glückseligen Leben* ist in vielen Fällen nicht greifbar und ein zu aufwendiges Mittel, um zum Beispiel die Angst beim Stopp einer U-Bahn im Tunnel zu besiegen.

Beherztheit kann ein Motto von Harry Graf Kessler vermitteln, der auf seine Exlibris drucken ließ: ‹Und doch!›

Der mutigste Mensch bleibt aber gewiß Lady Montague, die um 1750 auf ihrem Sterbebett mit den Worten aushauchte: «Ab jetzt wird's interessant.»

Häufig nützt ein Trompetenkonzert bei der Bewältigung der dräuenden Finsternisse. Albinoni, Tartini, aber auch Haydn haben Kräftigendes hinterlassen.

Überhaupt Musik! Bisweilen sind es unerwartet ein paar Schlagertakte, die sämtliches Grau zerreißen: *Davon geht die Welt nicht unter, sie wird ja noch gebraucht* ... oder, moderner, von Gitte Haenning: *Jetzt erst recht!* Mancher Medusenblick aus Schicksal und All erlosch vor des Menschen Fröhlichkeit, ja dessen Albernheit: «Dann wollen wir mal Ihr Schulterblatt wieder einrenken.» «Das fördert bestimmt auch die Durchblutung.» So wird man stets im Zwiefachen beheimatet bleiben. Nämlich in allem, was uns quält und nicht zu bewältigen ist – und das ist täglich Neues –, sowie in den Reichen der Psyche, die den Geplagten unversehens souverän machen, ihm Einmaligkeit und Unversehrtheit garantieren und seine Kostbarkeit schützen. Ist die Welt zum Bangen und Leiden da? Es sieht so aus. Aber bewiesen ist noch nichts.

Der bittere, große Komplex der *übergeordneten* Ängste muß uns massiv bedrängen, nötigen. Denn wir sind auch Teil vom Ganzen, verantwortlich für Vergangenheit, Gegenwart und Zukunft. Es muß uns sogar noch viel mehr Fürchten lehren, wie unsere Welt aussieht, mit ihren Hungerregionen, ihrem Elend, der Gewalt, den schwindenden Wäldern, dem schmelzenden Eis, das als Fluten irgendwann Venedig, Amsterdam, Bengalen, Dänemark überschwemmen will. Hier muß sogar die aktive Angst des Homo civilisatoricus schleunigst wachsen, denn auf einem Globus der Verwüstung, voller Schreie, Kummer und Verzweiflung sollten dunkle Visionen, Alpdrücke sich in eine bessere Energie verwandeln.

Wer keine Angst kennt, kennt kein Leben neben seinem Vorhandensein, ist fein raus, doch zu einem interessanten, gar bewegenden Austausch wird es mit solcher Person nicht kommen:

«Und? Der Tod? Sie fürchten ihn?»

«Nö.»

«Schon mal Angst gehabt, schlecht aufzufallen?»

«Wie geht denn das? Nein, nie.»

«Als Kind sich vor etwas sehr gebangt?»

«Wovor? War doch alles okay.»

«Na, dann weiterhin viel Glück.»

Gib deinen Ängsten Namen, und du wirst immer angenehmer, filigraner, ein Mensch, den bald jeder schätzen kann. Sei dabei nicht zu deutsch, und leite aus einer üblen Stimmung nicht dein Dasein in der Hölle ab. Noch geht alles ziemlich gut. Teile bisweilen im Rückblick dein Leben in zwei Hälften ein, in das Geglückte, das Reiche und ins Dunkle, in die Zitterphasen. Noch lebst du, und das ist Grund genug für Dank. Zudem könnte das Jenseits auch recht herrlich sein; doch nur nicht hindrängeln in dies Unbekannte!

Die Angst zu vergessen gleicht einem Selbstverlust. Es

geht dir schlecht, *kein Schwein ruft an*, für Silvester keinen Plan, das Konto sinkt tiefer unter Null; du schleichst bloß noch von einer Stunde in die nächste, mit dem Gedanken: *Ich habe wohl versagt und zwar vielleicht in allem*. – Nenne es *Angst*, *Chimäre*, *Panik* (und vergleiche zwischendurch dein Los mit dem von anderen), aber wappne dein Herz, benenne ritterlich das Üble, das dich quält. Und ein Etappensieg gegen das Finstere ist gewonnen: *Ich werd's nicht schaffen, aber vielleicht doch. Der Herr sei mein Hirte und was an Göttern, Zufällen, Sternkonstellationen zu mir hält. – Es gibt den Schrecken. Doch auch noch mich.*

Ausflug '83

Die Semesterferien gingen in die zweite Halbzeit. Vier Wochen lang hatte Carl auf dem Münchener Paketbahnhof gejobbt und nun im Prinzip vorgehabt, sich in die Staatsbibliothek zurückzuziehen, um energisch in die uferlose Politologie-Literatur einzutauchen. Carl merkte aber, daß sich die schöne Idee, auf und davon zu fahren, viel massiver behauptete, als sie es sonst sowieso schon tat. Carl wog das ab.

In einem entschlossenen Moment, in dem er mit sich liberal sein wollte, rief er in Dresden an, bei seiner Cousine.

«Luise? Hier bin ich. Kann man dich besuchen kommen?»

«Carl? Aber sicher. Setz dich in den Zug.»

«Dann hol mich morgen nachmittag vom Hauptbahnhof ab. Ich brauche eine Woche Weekend.»

«Mir ist momentan selbst jede Pause recht», sagte sie dann. «Ich quäle mich gerade mit einer Artikelserie *Hitler an der Macht*, eine Tüftelarbeit. Vielleicht hast du sogar ein paar Ideen, aber in aller Ruhe und gemach, gemach ...»

«Mit Vergnügen ... bei einer Pizza auf einem Elbdampfer.»

Luise schien am sächsischen Ende der Leitung zu nicken und sagte:

«Wir haben hier übrigens Wetter wie in Italien, nur heißer. Pack deine Sachen, lieber Cousin.»

Gleich nach dem Anruf ging Carl zum Bahnhof, kaufte sich das Ticket, stellte auf dem Fahrplan fest, daß er nur einmal in Hof umsteigen mußte, und besorgte dann, bereits im schlendernden Gang, auf dem Viktualienmarkt als Mitbringsel eine Steingutflasche mit Enzian.

In Schwabing schaute er sich schon zum dritten Mal Liza Minelli in *New York, New York* an, ging dann heim, schluckte eine homöopathische Schlaftablette und legte sich ins Bett.

Mit einer *Pan-Am*-Umhängetasche und einem Fachbuch über ‹Faschismus in Italien› bepackt, setzte sich Carl am nächsten Morgen um sechs Uhr früh in den Intercity München–Berlin. Sechs Uhr neun zog der ‹Sanssouci› an und rollte durch die unbelebten Vororte nach Norden.

Ein älteres französisches, sehr lebhaftes Ehepaar und drei ungarische Globetrotterinnen entfalteten, gleich nachdem die Isar überquert war, einen solchen Gesprächslärm, daß Carl bis Ingolstadt über die siebte Seite seines Lehrbuchs nicht hinauskam. Schließlich schob er sich das enggedruckte 400-Seiten-Werk unter den Hintern und rauchte nur noch, schaute aus dem Fenster ins zumindest landschaftlich belanglos wirkende Niederbayern. Hin und wieder hörte er den Englisch radebrechenden Mitreisenden zu. Das französische Ehepaar war also als Teil einer jüdischen Delegation auf dem Weg zum diesjährigen Nürnberger Antirassismus-Kongreß. Die Frau erzählte den ungarischen Teenagern, die ununterbrochen an riesigen Äpfeln knabberten, von eigenen Erfahrungen mit Rassendiskriminierung in einem Berliner Hotel, damals ein paar Wochen vor dem Verbot der NSDAP. Auf dem hellen Hotelflur war man über sie hergefallen, mit Schlagstöcken und trotz ihrer französischen Staatsangehörigkeit. «Wie das mitten in Europa, hier, wo wir jetzt sitzen, soweit kommen konnte!» wunderte sich eine der drei Budapesterinnen. Sie geriet dann aber in ihre eigene Geschichte, daß sie und ihre Freundinnen direkt aus Neapel kämen und schon seit 31 Stunden auf der Bahn hingen. Drei Monate hätten sie in Neapel gewohnt, dicht am Hafen, die zwei Monate davor auf Sardinien. «Jetzt nach Nürnberg. Wir machen die Aussteigerstädte durch, und im Herbst geht's zurück in den Budapester Alltag.»

In Nürnberg könnten sie billig bei ungarischen Freunden unterkommen, die unter der Burg eine vierhundert Jahre alte Dachwohnung hätten, mit zwei gotischen Erkern.

«Was Modernes wird man in Nürnberg wohl kaum finden», meinte der französische Herr, «die Leute müssen ja teilweise ihr Wasser noch auf der Straße pumpen», sagte er und lehnte einen ihm angebotenen Apfel ab.

Gerade solche Stimmung würden sie suchen, erklärten die Mädchen.

Als das enge, aus roten Schindeldächern und altersschwarzen Sandsteintürmen geschachtelte Panorama Nürnbergs in Sicht kam, hängten sich die drei Freundinnen aus dem Abteilfenster, teilten sich einen Ankunftsjoint und winkten einigen Gleisarbeitern mit einem rot-weiß-grünen Ungarnwimpel zu.

«Here we are!» rief eine von ihnen und streckte ihre Hand über die Bilderbuchkulisse der *City of my twisted dreams* – wie es bei Bob Dylan hieß, der sich hier vor einigen Jahren einen kompletten Stadtmauerturm als Wohnung und Studio eingerichtet hatte.

Das Abteil leerte sich.

Die anderthalb Stunden bis Hof konnte Carl nun sein Buch studieren. Nur zwischenzeitlich war er gezwungen, etwa zwanzigmal Ja, Ja zu erwidern: Ein angetrunkener Schlesier, dessen Dialekt Carl ohnehin kaum verstehen konnte, kam hereingetorkelt und fluchte unermüdlich über Breslaus linke Stadtverwaltung, die ihm in seinen Vorgarten unbedingt eine U-Bahn-Station buddeln wollte. «Ja, Ja.» Als ihm Carls Reaktion zu fade wurde, verschwand der Schlesier mitsamt seiner Flasche Goldwasser ins Nachbarabteil.

In Hof brauchte Carl nur zum Nebengleis hinüberzugehen. Der Anschlußzug wartete bereits. Die Abteile, selbst die Gänge waren von mehreren Schulklassen verstopft. Sie kamen offenbar aus einem Feriencamp. Von ihren Lagerfeuern und Bergtouren plapperten die Sextaner so laut, vor allem aber so extrem sächsisch, daß Carl kapierte, wieso seine Eltern im letzten Sommer aus ihrem Hotel in Meran geflohen waren: Aus drei Bussen waren Chemnitzer Rentnerinnen hereingeflutet.

Die Fahrt dauerte nun keine Viertelstunde, und der Zug hatte die ersten Ausläufer des Thüringer Waldes erreicht. Grüntürkis und feucht kletterten die Tannenmassen immer höhere Berge hinauf, und jedes einzelne Dorf, das im Vorbeieilen zu erkennen war, hätte sich als Illustration zu Grimms Märchen geeignet. Nester fürs altdeutsche Gemüt, dachte Carl und war doch froh, nicht in einem der noch so malerischen Dörfer wohnen zu müssen. Als jetzt der Zug im Regen durch eine Felsenschlucht raste, vorbei an Wasserfall und Ritterburg, wollte er seinen Augen nicht trauen. Er blinzelte sogar. Ein Haufen Landsknechte, die rote Feder am Barett, die Pike geschultert, in geschlitzten Hosen marschierte dort durch den Tann. Eben noch, im letzten Moment, entdeckte Carl, daß dort gedreht wurde – ein Film vielleicht über Thomas Müntzer, den Bauernführer, der recht einsam für Deutschlands Revolutionsgeist stehen mußte. Etwas später, ganz in der regenverhangenen Ferne, glaubte Carl fälschlicherweise die Umrisse, den viereckigen Bergfried der Wartburg erspähen zu können. Das Gemäuer schien sich bis in die wassersatte Wolkendecke zu stemmen.

Als Knirps hatte Carl auf der Wartburg den lutherischen Tintenklecks angestaunt, das nationale Monument, das jedes Jahr aufgefrischt werden mußte, weil jeder in- und ausländische Touristenfinger dort kratzte, wo der forsche Reformator den Teufel dingfest gemacht hatte.

«Der Teufel, Carl, kommt am allerliebsten nach Thüringen», hatte ihm sein Vater damals stark beeindruckend zugeraunt. «Hier ist es düster, naß und überhaupt am gefährlichsten.»

Am nächsten Tag, erinnerte sich Carl, hatte selbstredend der Kyffhäuser auf dem Familienurlaubsprogramm gestanden. Dort harrte, laut Fremdenführer, der Kaiser Barbarossa darauf, die Republik wieder zum Kaiserreich zu machen.

«Das fehlte noch», hatte mitten in die Führung hinein seine Mutter gesagt und gemeint, daß es nun erst mal mit dem Teutonischen für ihren Jungen reiche, «... wenn hier was spukt, dann eher der trübe Chauvinismus als das wüste Mittelalter mit seinen schwangeren Nonnen.»

Carl war inzwischen langsam durch den ganzen Zug hindurchgegangen, hatte jedoch keinen freien Platz ausfindig machen können und setzte sich nun einfach in den Speisewagen.

Wahrscheinlich wegen des Titels seines Buchs, das er vor sich auf den Tisch abgelegt hatte, sprach ihn ein Mann, der zu Mittag essen wollte, an. Er war auf der Reise zur Leipziger Buchmesse – Carl fiel ein, sie war gestern eröffnet worden –, und Carl erfuhr, daß sein Gegenüber Romanistikprofessor an der Universität von Bonn, bei Köln, war. In Leipzig sollte er vor der Brecht-Gesellschaft einen Vortrag halten, und zwar über die spanische Emigrantenliteratur in Deutschland nach Francos Machtübernahme 1939.

«Bereits 1940 gab es allein in Berlin 22 spanische Emigrantenclubs», hob der in Bonn Lehrende hervor. «Im Zentrum meiner Rede steht übrigens Kurt Weills Zusammenarbeit mit dem leider so früh verstorbenen Dramatiker Fernando Garcia. Was diese beiden Künstler Anfang der vierziger Jahre auf die Bühne des Proletarischen Theaters Wedding gebracht haben, das waren zweifellos die aufregendsten Inszenierungen der ganzen Nachkriegszeit. Schade, daß Fritz Lang erst ab '43 die bleibenden Dokumentierungen gefilmt hat.»

Carl sagte, Weill/Garcias ‹Spanischen Totentanz› einmal gesehen zu haben, allerdings auf Klassenfahrt im Stadttheater von Wismar, und das sei öde ausgefallen.

Bis nach Leipzig hin ereiferte sich der Bonner Professor, der ein kleines, hellgraues Gulasch aß, immer monologischer über die Emigration der Spanier, den endlich mausetoten Franco und auch über die deutsche Regierung, die ja damals außer sehr solidarischen Worten keinen Finger für die spanische Republik gerührt hätte.

«Sicher. Hatten die hier in den dreißiger Jahren aber nicht genug mit sich selbst zu tun?» fragte Carl etwas müde, «die Papen-, Schleicher-, Hitler-Geschichten und besonders die Weltwirtschaftskrise ...»

«Hierzulande wird immer alles mit der immer kriseligen Wirtschaft entschuldigt. So, als gäbe es tatsächlich nichts Gravierenderes als die Stabilität der Mark», erklärte der Romanist und erschrak beinahe, «kommen wir denn etwa schon an!»

Als er über die dreißig Gleise des Leipziger Bahnhofs einen Blick warf, sagte er leise und mehr zu sich selbst: «Im tristen Bonn habe ich hoffentlich die längste Zeit doziert. Noch nie etwas los gewesen dort. Aber hier: pulsierendes Pleiße-Athen ...» dann laut: «Sie fahren noch weiter? Dann gute Reise – und bedenken Sie bitte die Nachrangigkeit von Wirtschaftlichem.» Eilig stieg er aus und verschwand mit hektischem Umsichblicken im Bahnhofsgetümmel: «In Frankfurt wollten sie ja auch mal eine Buchmesse riskieren.»

Der Zug hatte zwanzig Minuten Aufenthalt.

Carl unterhielt sich damit, in den Waggons gegenüber, die von Krakau nach Ostende unterwegs waren, Leute zu beobachten. Ein polnisches Provinz-Ehepaar hatte auf dem Schoß große Pappkartons stehen und ununterbrochen damit zu tun, sicherlich schon seit Krakau, die hervorhuschenden Köpfchen von quicklebendigen Entenküken zurückzuschieben. Aus einem der dunkelblauen Erste-Klasse-Wagen mit dem weißen polnischen Adler blickte ungeduldig ein auffallend exklusiver Frauenkopf, und Carl war sich ziemlich sicher: Der blonde Kopf gehörte zu Grazyna Sulkovska, die sich mit ihrer LP *Nuits à Varzovie* zwei Goldene Schallplatten ersungen hatte. War da nicht Chansonfestival in Den Haag? Dorthin fuhr sie gewiß. Sie imitierte ein wenig Milva, hatte Carl längst befunden.

Ehe er sich sicher war, ob es wirklich Grazyna Sulkovska war, die zehn Meter entfernt einen Fingernagel lackierte, fuhr der polnische Expreß *Józef Pilsudski* in Richtung Magdeburg davon.

Von einem vorbeibimmelnden Zeitschriftenwagen kaufte sich Carl die *Mitteldeutsche Rundschau*. Mit einiger Befriedigung las er, daß in Jena ein paar hundert Studenten bei einer Demonstration gegen Pläne zur Wiedereinführung der allgemeinen Wehrpflicht, die man doch glücklich los war, einen Wasserwerfer der Polizei geentert und in die Saale gesteuert hatten. Die Kommilitonen in München, dachte er, brav und bestenfalls chic.

In einer Feuilletonnotiz entdeckte er, daß nach einem längeren Hickhack der Komponist Wolfgang Rihm schließlich doch zum Thomas-Kantor gewählt werden sollte.

Als sich der Zug wieder in Bewegung gesetzt hatte und draußen nichts weiter zu sehen war als Vorstädte, die ebenso zum Architektenverprügeln animierten wie anderswo auch, nahm sich Carl den Leitartikel vor.

Es ging wieder einmal um die Abrüstungsgespräche zwischen der EG und der Sowjetunion: Die tschechoslowakische Regierung hatte am Vortag in Straßburg ihren Vorschlag untermauert, daß sich die Europäer endlich völlig aus dem russisch-amerikanischen Rivalitätskampf zurückziehen sollten. Europas imperiale Absichten existierten gar nicht. Man stehe in jeder Hinsicht mitten zwischen den beiden anderen Blöcken und hatte unter einem Weltkrieg genug gelitten. Die fundamentalen Weltsorgen, die es heute zu lösen gebe – hatte der Prager EG-Beauftragte dann geäußert –, seien andere und existentiellere als die Kraftmeierei um die Ideologien von vorgestern. Die EG, zitierte der Leitartikler, sollte nach dem Willen des Prager Kabinetts durchaus idealistisch und durchaus sinnvoll beim Völkerbund in Genf erklären, sie sei als erste der drei Weltmächte bereit, ihre Nuklearwaffen von Litauen bis hin zum Tejo einzufrieren. Außer bei einigen *K.-u.-k.*-Nationen, las Carl, hatte die Initiative jedoch wenig Unterstützung gefunden. Es war zum Davonlaufen. Die EG mit ihrer Tranigkeit, dachte Carl und freute sich dann gleich, vielleicht weil der Himmel allmählich bläulich, bald sogar tiefblau wurde, auf seine Ferienwoche in Dresden.

Ein Jahr lang war er nicht einmal aus der Münchener City herausgekommen, und davor, letztes Jahr, war seine Tramptour an die Masurischen Seen ein verregneter Reinfall gewesen. Immerhin hatte er es dort oben geschafft, den letzten deutschen Elch beim Davonlaufen zu fotografieren. Auf der Rückfahrt hatten ihn dann noch, zur Krönung der naßkalten Unternehmung, an der Autobahnausfahrt Königsberg zwei Pillkallener Motorradrocker ausgeplündert. Das war noch das packendste Reiseerlebnis gewesen, fand er nachträglich.

Er lehnte sich in seinen Speisewagensitz zurück und überlegte, daß er Luise überreden sollte, ein Auto zu mieten und dann rüber ins Sudetenland zu fahren. Und er sah sich schon auf einem runden böhmischen Berg in der Sonne liegen, in einen Picknickkorb greifen und abends in Karlsbad auf der Casino-Terrasse dahindösen. Die slawischen Snobs, Kurgäste und Kurschatten flanierten an Luise und ihm vorbei.

Neben dem dahinrasenden Zug erblickte er jetzt auf der verstopften Autobahn die verrammelten, kilometerlangen Wagenkolonnen in Richtung Balkan. Die Kinder saßen auf den heißen Autodächern und ließen ihre Beine durchs Schiebedach herunterbaumeln.

Ein paar Autofahrer sah Carl auf einer Kühlhaube Karten spielen. Da stand mitten auf der Fahrbahn sogar ein Sonnenschirm. Ganz Norddeutschland schien auf dem Weg in die Karpaten und ins Riesengebirge zu sein, reihenweise die Caravans mit *HH-*, *HB-*, *MD-*, *B-*Kennzeichen. Und dann Holländer und Dänen en gros.

Carl hatte zunächst nicht gesehen, daß sich eine schwarzhaarige, korpulente Frau um die Fünfzig zu ihm an den Tisch gesetzt hatte. Als er sie bemerkte, bestellte sie sich bereits bei der Kellnerin Kaffee und «Marrrmorrrkuchen».

«Sind Sie vielleicht ein Dresdener?» fragte sie mit leicht italienischem Akzent. «Ich habe nämlich Angst, daß ich jetzt wegen der Reisesaison kein Zimmer mehr finde. Ich habe nichts vorbestellt. Kennen Sie vielleicht eine Pension?»

«Tut mir leid», sagte Carl.

Sie nickte und bekam ihren Kuchen hingestellt. Sie zahlte gleich. Mit Trinkgeld 6 RM 50. Carl blätterte achtlos durch sein Buch.

«Ach, die alte Bestia!» hörte er plötzlich sagen, was sich auf eine Großaufnahme von Benito Mussolini in schneeweißer Marineuniform zu beziehen schien.

«Entschuldigen Sie, aber der da hat mich zu viele Jahre meines Lebens gekostet», erklärte die Italienerin ihren Impuls und verrührte Süßstoff im Kaffee.

Carl brauchte nicht nachzufragen. Er machte offensichtlich ein so neugieriges Gesicht, daß die Dame erzählte.

«Als junges Mädchen mußte ich doch in den faschistischen Organisationen Fahnen nähen, zu Aufmärschen antreten und den Panzerfahrern Blumen ins Rohr stecken, damit sie in Abessinien besser schießen würden.»

Sie zog sich die Jacke ihres senffarbenen Reisekostüms aus, und Carl bat sie, mehr aus jener Zeit in Italien zu erzählen. Wegen seines Examens müßte er sich damit sowieso genauer beschäftigen. «O, da kann ich Ihnen nichts Außergewöhnliches berichten», sagte sie und legte ihre Jacke neben sich. «Ich hielt mich schlau und instinktiv immer im hintersten Glied. Jedenfalls haben wir die Nacht durchgefeiert, meine Familie, die ganze Straße, als die Mailänder den großen Duce endlich aufgehängt hatten. Sie wissen, mit dem Kopf nach unten. Tut mir heute noch nicht leid. Aufatmen konnte man, losbrüllen. Ich habe wie wild aus dem Fenster einfach *I love America!* gebrüllt. Einen Tag früher wäre ich ins Zuchthaus gekommen. Als Nicht-Italiener kann man sich kaum vorstellen, was Diktatur heißt.»

Carl nickte und nahm sehr gern eine von den ausländischen Zigaretten. «Stellen Sie sich mal Ihren Vater vor, wie er nur in Angst lebt, nur den Mund hält», fuhr sie fort. «Ich habe vor Augen, wie die Schwarzhemden plötzlich in unser Haus trampelten. Zu uns? Aber wieso? Wir sind totenbleich geworden. Aber sie schleiften, und buchstäblich an den Haaren, aus der Wohnung gegenüber ein junges Ehepaar auf ihren Lastwagen … Und dann das Hetzen», sagte sie. «Drehte man das Radio an, hörte man entweder Marschmusik oder das Gekreisch über die italienische Kraft und Auserwähltheit. Die Schule …«, aufgebracht nahm sie die kleine Kunststoffvase, die zwischen ihr und Carl stand, hob sie unwillkürlich ein bißchen an und stieß mit ihr auf die Tischplatte, «statt zur Schule zu gehen, hätte ich auch gleich kaserniert sein können. Wir mußten, stellen Sie sich das einmal vor, im sogenannten Biologieunterricht anhand von Menschenschädeln auswendig lernen, im Chor, was die Merkmale des Untermenschen sind. Sie, wie Sie hier vor mir sitzen, als Deutscher, also als Nördlicher Hordentyp, hätten eher zu den Ratten als zu den Menschen gezählt. Allein römische Abstammung verlieh das Anrecht, sich wertvoll zu fühlen. Der Rest: biologischer Unrat. Und nach dem Unterricht mußte ich zur nationalen Großtat in die Fabriken, zur Ernte. Freizeit? Keine. Abseits bleiben? Lebensgefährlich.»

«Daß all die Jahre hindurch 50 Millionen Italiener das hingenommen haben! Man kann es ja wirklich kaum begreifen», sagte Carl und klappte sein Buch zu.

«Heute erklärt Ihnen jeder, den Terror habe ich nicht gewollt. Was alles dabei draufgegangen ist. Ich weigere mich, *Patria* zu sagen. Das ganze italienische Wörterbuch ist verschmutzt. Wo jemand anordnet: *Sie müssen!*, bekomme ich sofort das alte Herzklopfen. In meinem Innern sind mir alle verdächtig, die ganze Generation von damals. Sie müssen das verstehen, ich weiß doch nicht, wer wen denunziert, wer welche Gewalttat gutgeheißen hat. Und das Schlimmste: die einmal zutage getretene Verrohung, die man nicht nachträglich austilgen kann, die Methoden der öffentlichen Bestialität. Sie war, und sie geht auch niemals wieder aus den Köpfen heraus. Sie scheint immer zu lauern.»

«Sie sagen das so, als müßte man als Ausländer zögern, darüber zu sprechen, ohne wie das italienische Volk davon tief betroffen zu sein.»

«Wie anders, wie unbelastet von solchem Trauma ist es hier», sagte die Italienerin nach einer Pause, zerteilte mit der Gabel, die sie schon lange in der Hand hielt, endlich ihren Kuchen und schaute dabei aus dem Fenster: «Sie haben mehr Glück gehabt als wir.»

«Ja», bestätigte Carl, «ganz bestimmt.»

«Sie können in die Welt gehen, können, wenn Sie wollen, *Deutschland* sagen und müssen nicht im selben Moment die Lippen ein wenig zusammenkneifen. Vor Scham. Sie können, wenn Ihnen danach ist, in Ihre Geschichte zurückblicken, Ihre Traditionen hätscheln und können sich in einem Land beheimatet fühlen, das sich rechtzeitig besonnen hat. Wahrscheinlich bemerken Sie diesen Vorzug Ihrer Ehrenhaftigkeit gar nicht.»

«Es stand ja auch hier auf der Kippe.»

«Weiß Gott. Nun, das Universalere hat die Oberhand behalten. Statt pseudorömischen Größenwahns die dezente, aber wichtige Vernünftigkeit ... Ich finde ja, daß es mit Deutschland seit den Freiheitskriegen, seit dem dummen Kaiser Wilhelm gefährlich bergab ging, das Land der Mitte und des Ausgleichs eng und dumpf wurde – aber, je nun, Vergangenheit.»

«Sie verbringen Ferien in Dresden?» fragte Carl.

«Ach, ich schreibe an einem Drehbuch über die Italienerkolonie. Seit vierhundert Jahren sind wir dort stark und aktiv vertreten. Es wird ein Film über italienische Künstler im Dresden des 18. Jahrhunderts. Es geht wohl meistens um Opern, Liebesgeschichten, Primadonnen-Ränke, Commedia dell'arte, um allerlei schöne Sachen. Keine Gastarbeiterprobleme. Die waren damals noch nicht erfunden. Übrigens eine Co-Produktion. Vieles wird in Babelsberg, einiges in Cinecittà gedreht. Vielleicht sehen Sie's später im Fernsehen.»

Mit einem Blick nach draußen stellten beide fest, daß sie gleich ankommen würden.

Die Juliluft war so heiß, daß sie über der Stadt im Talkessel flimmerte. Die alte Kuppel der Frauenkirche schien ein zittriges Ei, der filigrane Turm der Hofkirche, der fast einzig aus zarten Hohlräumen bestand, vibrierte wie in einem Erdbeben. «Was für eine wirklich einmalige Silhouette», befand die Italienerin, «und dieser geschwungene Flußlauf.»

«Wissen Sie, daß hier sogar Wein angebaut wird?»

«Nein, an der Elbe, so nördlich?»

«Er ist recht herb, Meißener Wein, aber hat seine Liebhaber. Eine Rarität. Viel rarer als Chianti.»

Als der D-Zug eine der Elbbrücken überquerte, hatten sie direkt unter sich einen weißen Ausflugsdampfer. Mit mächtigen Schaufelrädern schipperte er stromaufwärts in Richtung Sächsische Schweiz, Pillnitz, Bastei, Bad Schandau. Auf dem Sonnendeck spielte eine Sechsmann-Kapelle. Die unverwüstliche *Leichte Kavallerie* war bis in den Speisewagen zu vernehmen.

Bis zum Horizont konnte man auf dem breiten Strom Segelboote, Tretboote, Frachtkähne und vor der Augustbrücke auch einige Windsurfer erkennen. Dicht waren die Uferwiesen mit Menschen übersät, mit Eis- und Getränkewagen, mit einem buntgescheckten Durcheinander von Badetüchern, Bikinis, nacktem Fleisch und Hunden.

«Das dort ist der Landtag», erklärte Carl und deutete auf einen der Türme über dem Fluß, «seit den letzten Wahlen im Dezember haben es die Grünen geschafft, wenigstens den sächsischen Verkehrsminister zu stellen.»

«Die Ökologen, den Verkehrsminister?» wiederholte die Italienerin und rätselte wohl, was das für den Nahverkehr denn bedeuten mochte. Sie zuckte die Achseln. «Und was ist das dort für eine gelbe, chinesische Residenz?»

«Das ist das Japanische Palais. Eine Morgengabe von August dem Starken an eine seiner Mätressen.»

«Morgengabe?»

«Ein Geschenk, ein beiläufiges, als man noch großzügig dachte. Dort am andern Ufer das Königsschloß. Ganz dahinter, das schwarzverglaste Monstrum, ist die Zentrale der ...»

«Moment ... Dresdner Bank?»

«Genau. Im Schloß müssen Sie sich unbedingt, wenn Sie wissen wollen, was Luxus ist, die Kronjuwelen anschauen. Man faßt sich an den heutigen Kleinbürgerkopf. Schuhschnallen, Knöpfe mit zum Diadem und zum Fingerring passenden Edelsteinen, eine Garnitur aus Smaragd, eine aus Rubin, die nächste aus Saphir. Sie tummelten sich hier im schönen Wahnsinn.»

Jetzt war die Elbbrücke überquert, sie fuhren durch die hochverwinkelten Wohngebiete der Dresdner Altstadt auf das Gleisfeld des Hauptbahnhofs.

Die Italienerin griff ihre Kostümjacke. Es sei ihr eine

Freude gewesen, und sie verabschiedete sich mit Händedruck.

Auch Carl nahm Buch und *Pan-Am*-Tasche. Der Enzian darin schien dem Siedepunkt nahegekommen zu sein.

Als sich der Zug in die Bahnhofshalle schob, bei dessen verschnörkelten Verstrebungen und gußeisernen Pfeilern Carl sogleich an Paris denken mußte, sah er schon Luise auf dem Bahnsteig stehen und, obwohl noch niemand ausgestiegen war, bereits Ausschau halten.

«Zwölf Minuten Verspätung», rief sie ihm zu und umarmte ihn. «Komm, laß mich sofort meinen Durst löschen. Ich bin völlig ausgetrocknet. Die Fahrt war gut? Was macht München?»

Carl berichtete und ließ sich von ihr aus dem Bahnhof auf die Prager Straße hinausführen, an der viele Dresdener noch immer den Boulevard Saint-Germain messen wollten, und sie fanden nach einigem Suchen in einem der Straßencafés unter den Barockhäusern einen freien Tisch. Luise bestellte sich eine Cola und für Carl einen Bananasplit. «Ja, wie geht's denn dir?» fragte er. «So lala», antwortete sie und setzte sich die Sonnenbrille auf. Kaum zwei Meter von ihnen entfernt parkte mit reichlich Auspuffgasen ein roter Rolls-Royce ein, gegen den sich zwei Mannequins lehnten und in Haute-Couture-Sommerkleidern abfotografieren ließen.

«Wenn ich nicht diese Illustriertenserie fabrizieren müßte, ging's mir blendend», sagte Luise. «Aber da hocke ich den ganzen Tag an der Maschine, in Archiven und verpasse den heißesten Sommer seit dreißig Jahren.»

«Hitler und die Macht?»

«Hitler an der Macht», korrigierte sie, «das heißt, was geschehen wäre, wenn er an die Macht gekommen wäre. Horror-fiction soll das werden, mit Fotomontagen: Hitler als

Siebzigjähriger à la Franco zum Beispiel. Ich denke mir, als erstes hätte er eine Pressezensur eingeführt, dann hätte es, reime ich mir so zusammen, Massenausweisungen von Zigeunern, Juden gegeben, Konfiszierung ihrer Vermögen, die allgemeine Wehrpflicht, Knast für Lesbierinnen, Homosexuelle ... Ich muß mir einfach schlimme Sachen aus den Fingern saugen und das möglichst hautnah präsentieren.»

«Es wäre noch übler gekommen», unterbrach Carl sie, «es hätte wieder Krieg gegeben, gegen Polen wegen Danzig, vielleicht sogar gegen Frankreich.»

«Ich glaube nicht, Carl. Bei den Waffen, die es damals immerhin schon gab, wäre von Europa nicht mehr viel übriggeblieben, es hätte Bombenangriffe auf Deutschland geben können. Solche Bedrohung hätte selbst ein Nazi nicht riskiert. Sag' doch, welcher Deutsche würde auf seine kostbare Wohnung eine Bombe fallen lassen ... Und dann hatte man wohl auch den Weltkrieg noch zu sehr in den Knochen. Vier Millionen Tote. Ich muß erfinden, darf aber nicht spinnen. Also paramilitärische Jugendgruppen, Schreibverbot etwa für Walter Benjamin, der übrigens gestern gestorben ist, vielleicht auch Einschränkung der Grundrechte.»

«Ich vermute, Krieg», wiederholte Carl, «der wäre dann verlorengegangen, die Welt hätte von Deutschland endgültig die Schnauze voll gehabt – immer Drill und auf Nachbarn schießen –, man hätte es einfach aufgeteilt. Ich würde amerikanisch und du würdest russisch regiert leben, du wärst eine Komsomolzin und ich ein Westsoldat. Statt jetzt in der Sonne Eis zu essen, würden wir lernen, wie wir aufeinander anlegen. Mitten durch Berlin gäbe es eine Mauer, und der Potsdamer Platz wäre ein Minenfeld ...»

«Jetzt relax erst mal. Bis dato ist der Potsdamer Platz noch so hektisch wie der Times Square», lachte Luise und griff in Carls volles blondes Haar. «Die Phantasie hast du von deinem Vater.»

«Er ist seit einem Monat Pensionär.» Carl biß von seiner Waffel ab. «Was soll eigentlich diese Serie?»

«Leserbedürfnis nach Horror», antwortete sie, «Vision von Dingen, denen wir entgangen sind.»

«Wenn ich den Namen Hindenburg höre», meinte Carl und schaute zu den Mannequins, die nun aus den Fenstern des Luxuswagens zu winken hatten, «wird einem ja schnell beklommen, aber wahrscheinlich hat der greise Reichspräsident da am 30. Januar tatsächlich eine Eingebung gehabt, oder er war todmüde, als er die NSDAP wegen Landfriedensbruchs verbieten und Adolf Hitler, natürlich im Namen der Ordnung und Tradition, einfach einsperren ließ. Danach wurde es außerdem mit der Weltwirtschaftskrise und mit allem besser.»

«Wann ist er eigentlich gestorben?» fragte Luise und blinzelte hinter ihrer Sonnenbrille an einem Kellner hinauf.

«Hindenburg?»

«Nein, Adolf Hitler.»

«Am 21. Juli '54 in einem Irrenhaus in Buchenwald.»

«Das liegt in Holstein, oder?»

«Nein, ein kleines Kaff bei Weimar. Aber was treibst du sonst?» fragte Carl und wischte sich Schweiß von der Stirn. Mit der rechten Hand zog er einen Sonnenschirm näher heran und überlegte, ob und wie er Luise dazu bringen sollte, mit ihm ins Sudetenland zu fahren.

«Tja, einen neuen Freund habe ich, Ralf. Tiefbauingenieur aus Stettin. Du wirst ihn kennenlernen», sagte sie. «Ich habe uns drei Karten für das Streisand-Konzert im Großen Garten besorgt.»

«Wow.»

«Ich warne dich gleich vor seinem pommerschen Dialekt. Man ahnt eher, was er will.»

«Der Dialekt ist nun nicht alles», meinte Carl grinsend und nach einer kleinen Pause, in der Luise ihm den Rest Eiswaffel weggenommen hatte, «kommt er mit Auto?»

«Er flitzt mit einem Deux-Chevaux, lila metallic.»

«Da könnte man vielleicht noch einen kleinen Ausflug zu dritt unternehmen, ins Grüne.»

«Aufs Land?» fragte Luise und erfuhr von Carls Idee, auf einem runden böhmischen Berg in der Sonne zu liegen und in einen Picknickkorb zu greifen.

Am Hang

Was trug die Frau eigentlich so im neonazistischen Land? Graue Bluse? Bis zum Hals zugeknöpft? Strenge Stiefeletten? Oder taten es auch Jeans… dazu irgendein braunes Halstuch?

Clarissa Haeberle bestieg die Trambahn Linie 25, die nach Grünwald hinausfuhr. Das *Uher*-Aufnahmegerät war ein uralter Kasten, etwa Baujahr 1972. Die 21jährige Hospitantin in der Redaktion *Land und Leute* des Bayerischen Rundfunks hievte das Tonbandmonstrum, schon durch sein Gewicht im Grunde frauenfeindlich, auf den Nebensitz. Der Waggon des weißblauen Verkehrsverbunds war zur Mittagszeit recht leer.

Eine Mutter mit Kinderkarre tauschte mit ihrem verstauten Nachwuchs ziemliche Blödheiten aus. «Bröbröbröh?» – «Brrraha…» – «Tuckituckituck?» Und das Kind schrie zu Recht.

Ein älterer Herr schien, auf seinen Gehstock gestützt, zu schlummern. Der Hut saß fest.

Nein, etwas Züchtiges, Germanenmäßiges à la Bund Neudeutscher Mädel, dunklen Glockenrock, braunes Plastron trug sie nicht. Hatte sie auch nicht im Schrank. Zur letzten Absprache mit Konrady hatte sie ihre schwarzen Leggings angezogen, das weite T-Shirt mit dem Pandabären, die blauen Halbschuhe und den hellen weiten Mantel.

Die 25 rumpelte über die Isar, die *Reißende*, der Strom durchs voralpine Athen. Aus zwiespältigem Traditionsbeharren bestand man in München weiterhin auf der Trambahn, wenngleich darunter längst die U-Bahn fuhr.

Die Schwäbin überkam ein leichtes Zittern. Sie strich sich die blonden glatten Strähnen hinters Ohr. Eine ekelhaftere Aufgabe war ihr noch nie zuteil geworden während der drei Probemonate mit Recherchieren, Interviews, Cuttern und ersten kleinen Sendebeiträgen. Ausgerechnet sie. Ausgerechnet das!

«Sie wirkten interessiert. Sie haben Schwung. Sie müssen es versuchen, Fräulein Haeberle.»

«Nichts kann schlimmer in die Hose gehen, Dr. Konrady, als Gespräche mit solchen Leuten.»

«Sie haben Publizistik studiert, sind auf dem laufenden. Sie kriegen Nöllmann vielleicht zu fassen …»

«Aber wenn's Propaganda wird?»

«Vielleicht können wir mit ein paar O-Tönen seine ganze Dämlichkeit präsentieren. Und abschrecken. Es ist Wahljahr. Es ist wichtig.»

«Selbst das dümmste Nazi-Geschwätz, daß … daß türkische oder polnische Altenpfleger hauptsächlich an die Schändung deutscher Großväter denken, findet derzeit seine Abnehmer.»

«Wir müssen's nicht senden.»

«Aber ich soll hin?»

Zu beiden Seiten entschwanden mit der Brücke auch die Spaziergänger auf den Flußwiesen. In München hatten immer erstaunlich viele Leute Zeit zum Bummeln oder um Kaffee mit Milchschaum zu schlürfen. Reste der Künstlerstadt?

«Mariahilfplatz. Bitte rechts aussteigen.»

Clarissa Haeberle hatte auf dem Block alle Fragen parat. Sie konnte aber auch vom festgelegten Schema abweichen.

Das hatte sie mittlerweile gelernt. Das Halten des Mikrophons, das Bandgeräusch irritierten nicht mehr. Die Göppingerin erblickte das nächste Futon-Geschäft. Das dritte oder vierte an diesem Frühherbsttag. Wenn die Leute von diesen platzraubenden Schlafgestellen genug hätten, würden sich die Lücken zwischen den Reisebüros vielleicht mit Reisebüros schließen. Trotz Wirtschaftsflaute, Stellenabbau und den neuen Ost-Kosten verlustierte man sich in der Ferne, was das Zeug hielt. Noch. Auch die Läden mit ätherischen Ölen expandierten kräftig. Sie verströmten Granatapfelhauch über die Gehwege.

Es war leicht gewesen, Nöllmann zu kontaktieren. Er stand im Telefonbuch. Der 30jährige war vor zwei Wochen einigermaßen bekannt geworden. Der *Schriftführer* des *Trutzbunds Germania* hatte auf einem Treffen seiner Mannen und der mehr oder weniger *arischen* Anhängerinnen eine neue Variante der Auschwitz-Lüge erprobt. Er hatte nicht geleugnet, daß «in Polen und anderswo ein paar hundert oder meinetwegen tausend teils kriminelle Elemente abgeurteilt» worden waren. Aber unter Applaus und Lachen seiner Zuhörer hatte Andreas Nöllmann gleich angefügt: «Es bleibt im Einzelfall Sache der Opfer beziehungsweise ihrer Nachkommen zu beweisen, daß die Bestrafungen oder Hinrichtungen, unter Kriegsbedingungen, unrechtmäßig gewesen sind. Pauschalverunglimpfungen Deutschlands nehmen wir nicht hin!» Er konnte kaum strafrechtlich belangt werden.

Solche Formulierungen, krude Gedanken! Von einem Nachgeborenen, der, laut biographischer Daten, nichts Erhebliches erlebt und erlitten hatte! Das! Fünfzig Jahre nachdem Millionen von Juden, Menschen aller Lebensalter, Rassen, Religionen, Gesinnungen in Auschwitz, Stutthof, in

Dachau ausgehungert, erschossen, totgeprügelt, im Namen Deutschlands vergast worden waren!

Clarissa Haeberle hatte die Hände flach auf den Knien.

Mit einem Läuten für entgegenkommende Fahrzeuge ging die Trambahn in die steile Kurve des Nockherbergs. Hier war seit jeher das Zentrum des Märzenbieranstichs.

Nöllmann, mit seinem biblisch-jüdischen Vornamen, hatte nicht zu Hause zu vielleicht neuen rechten Positionen befragt werden wollen. Möglicherweise hing bei dem gelernten Bürokaufmann, der jetzt von seiner Organisation ausgehalten wurde, alles voll von: Gauleiterporträts, Landkarten vom Reich im Umfang von 1939. Mit Volkssturm-Aufrufen und *Trutzbund*plakaten.

Er hatte eine helle, klare, nicht unangenehme Stimme. Am Telefon hatte er fürs Interview eine abgelegene Rastecke, einen Brotzeitplatz im oberen Isartal bestimmt, dort, wo im Sommer Radfahrer eine Pause einlegten, Spaziergänger auf die Musik-und-Sauf-Flöße hinunterblicken konnten.

Die Frau mit Kinderkarre stieg in Giesing aus. Zwei Frauen mit Kopftüchern, die Platz nahmen, zeigten sich wohl soeben Eingekauftes, Dosen – Putzmittel? Schüler stürmten herein. Bunter, greller, von den Socken bis zur Mütze, war wohl nie eine Generation bekleidet gewesen. Ein Gewimmel mit phosphoreszierenden Ranzen.

Die 25 veranlaßte ein Cabrio zur Flucht, dessen Fahrer im viel zu weiten Bogen rückwärts einparken wollte.

Durch Fragen zur kurzen großdeutschen Vergangenheit, eigentlich nur eine Geschichtssekunde lang, wollte sie Andreas Nöllmann keine Chance zu gekonnten Winkelzügen geben. Daß Polen Deutschland überfallen hatte; daß dreihunderttausend Gefallene bei Stalingrad ein unvergleichliches Schicksalserlebnis ermöglicht und eine Saga gestiftet hätten; daß Adolf Hitler am Schluß womöglich nicht ausgerufen hatte: *Das deutsche Volk ist meiner nicht wert*, das alles war für einen Gewaltteutonen wohl eine ausgemachte Sache.

Viel eher konnte man Braune wohl durch Themen der europäischen Zukunft in Bedrängnis bringen. Sollte Deutschland zum Jahr 2000 die Zollschranken wieder einführen? Sollten auch in *Sony*- oder *IBM*-Niederlassungen irgendwann völkische Betriebskampfgruppen installiert werden? War es nötig, ab einem Stichtag zur eindeutigen Arisierung auch der Eßgewohnheiten thailändische, pakistanische, brasilianische Restaurants zu schließen und vielleicht gerade noch Tiroler Weinstuben zuzulassen? Durften in einem renationalisierten Deutschland noch Blues, Samba und Rap gespielt werden? Wie sähe es mit der Kontrolle des sich gerade anbahnenden Internets aus?

Dies waren doch ganz praktische Fragen an einen Faschisten der Jahrtausendwende.

Clarissa Haeberle schüttelte sich. Womit beschäftigte sie sich da?

Hinter der Kurzstraße ging der Fahrer in die vollen. Die Einfamilienhäuser Harlachings flogen vorbei.

Ihre Nervosität nahm höchstens ein übriggebliebener Schulbub wahr, der hinter einer dicken Brille in den Wagen schaute oder träumte.

Sie war in England zum Schüleraustausch gewesen. Göppingen pflegte seine Städtepartnerschaft mit Foggia in Apulien, mit Tonstad in Norwegen. Zwei Weltkriege hatten Deutschland Millionen von Toten, die Schönheit seiner Städte, das Prestige einer recht ehrbaren vielfarbigen Kulturnation gekostet, hatten dieses Vaterland exakt wegen seines zeitweiligen Größenwahns zweimal verkleinert.

Die Bahn ließ den Theodolindenplatz hinter sich.

Das *Uber*-Gerät hielt in seinem Lederfutteral Gerumpel und Stöße aus. Mit einem Schülerparlament war sie aufgewachsen, das bei der Unterrichtsgestaltung mitgewirkt hatte. Sie hatte bei Kommunal-, Landtagswahlen zwei-, dreimal für Parteien gestimmt, die Liberalität, eine zwischenmenschliche Gerechtigkeit, Umweltbewußtsein, humane Perspektiven in einer sehr komplizierten Welt propagierten. Und nun? Derzeit konnten Übergriffe auf Menschen mit ausländischem Paß kaum gezählt werden. Nun brannten Häuser. Plötzlich schaute man sich nach der Polizei um, damit diese lästigen Aufseher der Freiheit wenigstens die Ordnung aufrechterhielten. Jetzt hoffte sogar der bekanntermaßen ungläubige Konrady, daß die katholische Kirche insbesondere Jugendliche an sich binden könnte.

Die kleine Schwäbin im langen Secondhand-Trenchcoat überquerte die Straße in Richtung Isartal. Der Riemen des Bandgeräts schnitt in die Schulter. Der Bayerische Rundfunk auf dem Trampelpfad zu Statements und Ereignissen. Das Laub auf dem ungepflasterten Weg war matschig. Von fast schon kahlen Bäumen tropfte es. Vor der Häuserzeile parkten Autos. Die Nässe glänzte auf dem Lack. Herzklopfen kostenlos. Käme Nöllmann gleich an ihr vorbei? Wartete der Schriftführer, womöglich mit Begleitung, schon beim Aussichtsplatz auf dem Hochufer? In einer Dachetage wurden Jalousien hochgezogen. Es konnte kaum sein, daß nach vierzig Jahren der Gewissensfreiheit, der *Aufarbeitung*, eines Wohlstands, der an Schamlosigkeit grenzte, Menschen in diesen Häusern wieder irgendeinen Marschtritt wollten. Regierungsformen waren mangelhaft, meistens lästig. Demokratie blieb die beste davon. Deutsche wurden satt. Hatten gemeinhin ein Bett. Brachten durchschaubare, erträgliche Krisen sie dahin, sich wieder Gespenstern der Vergangenheit zuzuneigen. Aus innerer Trägheit und Weltunwillen? Wollte der Mensch einen Blutgeruch? Bereits ein Prozent Stimmen für Brandstifter, Aufwiegler, verwirrten Pöbel war ungeheuerlich.

Das kroch aus Gräbern.

Clarissa Haeberle wich einer Pfütze aus. Paul Konrady saß jetzt in der Kantine beim Quarkdessert. Sie schleppte mutterseelenallein drei bis fünf Kilo Informationstechnik mit sich.

Was käme aufs 40-Minuten-Band?

Bei der vordersten Laterne bog ein Radfahrer auf den Höhenweg. Ein Hund sprang hinterdrein. Von Pullach am gegenüberliegenden, ebenso steilen Ufer war im Dunst nichts zu erkennen. Das Interview mit dem neuen britischen Intendanten der Staatsoper war im Vergleich zum Bevorstehenden eine Walzerdrehung gewesen.

Neonazi! – Die Hospitantin biß auf ihr *Dr. Hiller*-Pfefferminz. Sie konnte versuchen, beruflich später ganz in die Kultur hinüberzuwechseln. Falls es keinen Einstellungsstopp gäbe. Sie erblickte unter Tannen die Tische mit angeschraubten Holzbänken, wo im Sommer gepicknickt, auch Schach gespielt wurde. Flußabwärts, tief unten, erstreckte sich der Zoo. Beim Radfahren hatte sie hier Lama- oder Kamelgeruch wahrgenommen.

Er saß nicht. Er stand.

Der leitende Kopf des *Trutzbunds*, der nachweislich in speziellen anatolischen Camps Nahkampf trainiert hatte, schien allein zu sein. Er war, dem wenigen Recherchematerial zufolge, zumindest Zeuge bei den Krawallen und Brandstiftungen in Rostock gewesen. Bei jener Sternfahrt am 20. April, Führergeburtstag, zu den Bunkeranlagen auf den

Seelower Höhen östlich von Berlin war er kurz festgenommen worden.

Ihre betagte Swatch zeigte 13 Uhr 50. Die blaßblonde Göppingerin versuchte zu verbergen, wie schwer der unhandliche Kasten war. Grüßte der Kerl, der Mann, der Mensch, der vor zwei Wochen zur «schlußendlichen Bereinigung ethnischer Unruhen in Deutschland» aufgerufen hatte, mit einem Nicken?

«So? Der öffentlich-rechtliche Rundfunk läßt sich gnädig herab?»

«Nein, ich bin nur geradeaus gegangen.» Klang ihre Stimme so fest, wie die 21jährige hoffte?

«Man ist wohl allmählich wieder besorgt.»

Sein dunkles schönes Haar war kurz. Andreas Nöllmann trug eine cremefarbene Bomberjacke. – Warum nicht? – Die schwarze Bügelfaltenhose lief auf schwarzen Schnürstiefeln mit weißen Nähten aus. Die Augen waren schmal. Warum sollte er unangenehm wirken? Er war anderthalb Kopf größer als sie.

«Bei mir zu Hause ist zuviel Trubel. Der Vermieter hat was gegen zu viele Besucher.»

«Sie treffen sich regelmäßig mit Ihren ...»

«Kampfgenossen meinen Sie?»

«In der Gabelsbergerstraße?»

Sie spürte Nässe in den Schuhen. Nöllmann blieb hinter der Bank stehen. Falls sie ihr Gesicht zu Neutralität einfrieren konnte, war ihr das jetzt vielleicht gelungen.

«Sichtlich noch neu im Job.»

«Ein bißchen.» Clarissa Haeberle stellte das Gerät auf den laubbedeckten Tisch. Dieses Treffen ginge in ihre kurze oder lange, aufregende oder langweilige Vita ein. Sie durfte nicht zu vorurteilsvoll sein und sich grotesk benehmen.

War es denn klar, welche bösen Kindheitserfahrungen, welche schulischen Katastrophen, Bruchlandungen in der Liebe, welches Alltagsgrau Andreas Nöllmann dahin getrieben hatten, mit anderen schwer Frustrierten die erste Strophe des Deutschlandlieds zu schmettern? Man las nicht aus Übermut *Mein Kampf* und gab auch nicht aus strahlender innerer Freude die Vierteljahresschrift *Wartegau* heraus.

Er schob die Daumen hinter den Gürtel.

Clarissa Haeberle wollte kein bedeutungsschwangeres Schweigen aufkommen lassen. «Sie haben in Ihrer Broschüre neulich angedeutet, daß jüdische Geschäfte nun etwa auch in Mecklenburg boykottiert gehörten. – Dort leben keine Juden mehr.»

«Sind Sie da so sicher?»

«Absolut. Ich habe recherchiert. Eine mosaische Glaubensgemeinschaft wird dorthin vielleicht auch gar nicht zurückkehren wollen.»

War das nun mutig gewesen, als ein *warming-up*?

Gar nichts war das.

Sie öffnete die Lederhülle, um das Stativ und Mikrophon für eine Tonprobe herauszuklauben. Er beobachtete sie. Wo war ein Café mit normalen Menschen?

«Oh, Moment mal.» Er trat vor.

Was ging nun schief? Der stattliche Neu-Faschist klappte das Bandetui wieder zu. Er lächelte, sagte: «Entschuldigung.» Mit raschesten Handgriffen hatte er über ihren Mantel getastet: «Daß da nicht schon eine Kassette mitläuft. Sie sagen mir jetzt erst einmal Ihre Fragen.»

«Meine Fragen?»

«Ich renne nicht ins offene Messer. Die Falle wird für andere zuschnappen, Fräulein Haeberle. Zuerst den Überblick über Ihre Fragen, und dann formuliere ich Ihnen schon, was so behutsam, so bürgerlich und einfühlsam klingt, daß Sie es in der jetzigen politischen Phase senden können. *Wir wollen nicht den alten Führer, sondern einen neuen ...* Dem stimmt dann schon mal gern jemand zu, nicht wahr?»

Es tropfte auf sie. Es tropfte auf Nöllmann. Der Schriftführer schien damit zufrieden, ein paar Umständlichkeiten diktieren zu können.

«Ich wollte Sie selbstverständlich», überdachte Clarissa Haeberle einige Stichworte ihres Katalogs, «auch nach der Meinungsfreiheit fragen, für den Fall, daß ... daß rechts der Konservativen ...»

«Bei der volksdeutschen Kraft!»

«Richtig – Stimmen hinzugewonnen werden.»

«Die gegenwärtige, praktizierte Meinungsfreiheit, von der ich übrigens wenig profitiere, bleibt ein Grundübel. Sie gehört», und er vergewisserte sich mit Blick und kurzem Horchen, daß sich kein Tonträger drehte, «zum Rattenschwanz der Demokratie. Die Meinungsfreiheit meint die Verunglimpfung und Versauung von allem. Sie erzeugt Geschwätz statt Leben und Verantwortung.»

Die Hospitantin fror nicht, obwohl sie nur dastand. Bei seinen Ausführungen und dem nervösen Fingern am Gürtel schien das Gegenüber in sein Element zu geraten.

«Das muß alles erst einmal weg. Dieser ganze bundesrepublikanische Laberzirkus. Das deutsche Volk, 80 Millionen Männer und Frauen stark, will, im innersten und unbeschädigten Kern, geleitet, geführt, geschmiedet sein. Dann ist es auch zu ungeheueren Opfern bereit. Es will, in seinem Tiefsten, daß all das Vage, Verlogene, das beklemmend Andersartige, die Besudelung aufhört, eigentlich sofort und radikal. Bei diesem gewaltigen unabsehbaren Reinigungsprozeß werden kein Gefühlsgedusel und keine Schlappheit mehr geduldet. Das Land will sich erfrischen!»

Er stand. Er ging. Clarissa Haeberle, die sich für den Abend mit Verena Körnke zu Tschechows *Drei Schwestern* verabredet hatte, faßte die Echtheit des Jargons nicht.

«Dafür müßten Sie sehr viel Macht angehäuft haben.»

«Sie kommt. Durch alle Instanzen. Sie wächst uns nach und nach zu.»

«Das glauben Sie wirklich?»

«Der Deutsche kann nicht ruhig bleiben. Es gärt fabelhaft», der proppere Kämpfer wandte sich vor den drei Tannen am Hang ihr zu. «Dieser visionslose Wohlfahrtsstaat gerät ins Wanken. Nichts mehr bezahlbar. Noch ein paar Skandale, Korruptheiten in der Politikerkaste mehr, dazu wieder neue Arbeitslose, noch in paar Busladungen Bimbos, Kanaken und deutschloses Gesocks, das sich mit Gemüsebuden breitmacht – und die Straßen fegt», lächelte er, «noch hundert Moscheen mit Koraneinpeitschern mehr, und der völkische Rand wird zur Mitte werden. Vor der Reinigung unseres Volkskörpers gilt es, die Ängste, die Not und den Haß zu schüren», die Augen des gebürtigen Münsteraners blitzten, «meine Blutsgenossen wollen nicht noch mehr verstehen, tolerieren, mit ihrem Leben bedrückt dahinschleichen, sie wollen auch wieder hassen. Radikal.»

Die Hand Clarissa Haeberles umfaßte die dicke feuchte Banklehne. Selbst in einem zwanzigminütigen Beitrag würde sie die Mischung aus Gewäsch und gemeingefährlicher Süffisanz nicht säuberlich analysieren können. Und im Moment war sie beinahe zu erregt, um gleich noch das Mikro ruhig in die Buchse stecken zu können. Kehrte von links der Radfahrer mit seinem Hund zurück?

«Ich will Deutscher unter Deutschen sein.»

«Das sind Ihre Ziele der Macht?»

«Es gibt ein ausführliches Parteiprogramm, das Sie lesen können und das unter anderem die schrittweise Loslösung des Neuen Reichs aus den kostspieligen internationalen Organisationen vorsieht, die über unser Leben bestimmen wollen.»

«Auf mehr Haß und Gewalt setzen Sie, klar!»

Nöllmann blickte über das weite Isartal, an dessen Horizont ein Hochhaus den Stadtteil Thalkirchen andeutete.

«Haß belebt. – Selbst wenn ich sie schon exakt wüßte, würde ich Ihnen nicht die Termine nennen, an denen auch in dieser alten Hauptstadt der Bewegung – da und dort – endlich wieder Scheiben zu Bruch gehen und unvergeßliche Streifzüge stattfinden werden. Es kann Bundeskristallnächte geben. Wir haben längst angefangen, Daten und Gewohnheiten von Wortführern des Ausländerwahlrechts, von Journalisten bis zu den Schwulen zu erfassen. Was denken Sie denn! Nur mit Gewalt erschüttern Sie das System. Gewalt gegen Lästiges schafft Wonne.»

Es war sinnlos, das Band anzustarren, das nicht lief.

«Frauen in Ihrem Trutzbund ...»

«Frauen marschieren in vorderster Front mit. Auch deutsche Frauen wollen und können fanatisch sein. Die Freiheitlichkeit ist labbrig und schwach. Die Demokratie ist nachgiebig. Wir wollen wieder unser unbescholtenes eigenes, klar geregeltes Leben führen können. Ohne vom System ausgebeutet zu werden.»

Es tröpfelte unaufhörlich aus den Zweigen. Rinnsale überzogen die Bänke. Hinter dem *Bund*-Mann ragten die Wipfel des Flußtals ins Grau. «Wir müssen Krisen wollen, dann geht's schneller, Not, dann Einschüchterung. Stiefelschritte vorm Haus genügen.»

«Sie wissen von Gewaltaktionen?»

«Beherzte Verteidiger wird etwas so Blasses, Unscharfes wie die Freiheit nicht finden.»

«Die Freiheit und die Menschenwürde und das Recht sind die höchsten Güter ... wir haben es seit vierzig Jahren wiedererlernt.»

«Ich glaube», meinte er, «daß wir unser Gespräch nicht zu führen brauchen. Ihr Gefrage ist konfus. Flamme und Schwert und ein artrassiges Leben ohne Lauheiten, Koalitionen, ohne Querdenker, qualvoller Verständnishuberei und Schluß mit undeutschem Nachgeben und allem dreckigen Mischmasch. Stellen Sie sich beizeiten um, Fräulein Haeberle, Steinstraße 11. Wahrscheinlich schon mit Arabern geschlafen, was? Wir schneiden das Geschwür und das Gestrige heraus.»

Er hatte eine Hand in der Jackentasche. Er schaute verblüfft zur Bank. Er gewahrte es vom Steilhang wohl. Die Schwäbin hatte sich vorgebeugt. Sie zog den Kopf ein. Wie ein Stier. Sie reckte die Arme vor. Und sie rannte los.

«Spinnen Sie? ... Was! ... NEIN ...»

«Hilfe! – Zu Hilfe!» Gegen ihren schrillen Sopran, der Steilhöhe und Tal erfüllte – «Nöllmann ist abgestürzt!» – hatte sein letzter Ruf – als er schon gut zwanzig Meter Schlucht hinter sich hatte – keine Chance.

«Hilfe!»

Aufgelöst, vom Tatort fortstolpernd, noch immer schreiend, mit Gedanken an immerwährende Sühne, im Kloster, durch eine Spende für den *World Life Fund*, für die Gefangenenfürsorge ..., rannte die Tochter eines Bahnbeamten, die AOK-Versicherte, dem Hund entgegen, dem bald der Radfahrer folgen mußte.

Schwarzes Glück mit Optikern

Schwarzes Glück

Mutter und Peter verstanden sich prächtig.

Und ihre Mutter sah mit ihren 53 Jahren aus wie neun Jahre jünger. Das machte das gepflegte und bewegte Witwenleben. Mutter hatte Muße, auch zwischen Herbst und Frühjahr sich ein-, zweimal in angenehmen Gefilden auszuruhen. Rotes Meer. Mit Halbpension in Kitzbühl. Oder immer wieder ihr angestammtes Madeira. Die Rentner und Frühpensionäre waren es heutzutage, denen die Welt zum Liegestuhlaufstellen auf den Kleinen Sunda-Inseln offenstand. Nur daheim stiegen für die Jüngeren die Mieten irgendwie ins Unermeßliche, zerrann die Altersversorgung, war das Leben ein Würgegriff aus Faulfleischskandalen, Steuererhöhungen und immer tieferen Schlaglöchern in den Straßen. Mutter war flott. Ihre Mutter wurde im Grunde von Jahr zu Jahr souveräner. Waren es die Dünenwanderungen, das Kraxeln durch Ruinenstädte diverser Völker, was ihren Waden die zeitlose Idealform verlieh? Das waren Cha-Cha-Cha-Beine.

Ausschließlich zum Schlichten, zum Retten war Mutter aus Freiburg herübergesprintet. Nun brachte Peter seine Schwiegermutter wieder zum Zug.

Gieslinde Keßler stellte auf dem verwaisten Frühstückstisch drei Tassen zusammen. Im Morgenmantel stand sie auf und trug das Geschirr, obendrein den Wurstteller, zur Anrichte. Weil die Winter im allgemeinen klimatisch hinüber waren, hatte der Wagen noch Sommerreifen. Bei der dünnen

Schneedecke, die dennoch plötzlich heruntergekommen war, würde Peter mit Mutter länger zum Bahnhof brauchen.

Mutter mochte Peter. Sie bestaunte sogar seine beängstigende Art, als Ingenieur vom Tunnelbau zur Brückenkonstruktion zu wechseln, nach seiner Zeit als Schwimmcrack zum Squashchampion zu werden, dauernd neue Freundeskreise um sich zu scharen und mitunter aufzulachen, wenn man ihm vorhielt: «Womit willst du exakt enden, Peter?» Eher ein optimistischer Dauertäter als ein Gemütsmensch war Peter. In solcher Unruhe lag auch sein Charme. «Dann werd' ich mich eben in der Verliererhölle amüsieren», hatte er noch gestern nacht munter gerufen, als Mutter ihn beim Mensch-ärgere-dich-nicht, ein Vorschlag Gieslindes, in die Startposition zurückgewürfelt hatte. Mit einigen Sechsern war er kurz darauf Sieger geworden und hatte nachgeschenkt.

«Dein Mann! Eine Kämpfernatur», hatte Mutter angemerkt: «Ihr habt euch kennengelernt, weil ihr euch ergänzt. Das ist schön.» Gieslinde fand es auch jetzt noch nicht tragisch, beinahe Zweite, am Ende Dritte geworden zu sein. Mit ein bißchen Verlieren und dem kleinen Graugefühl mußte jeder früher oder später zurechtkommen. Sieger freuten sich nur; Verlierer waren oft die klüger Gewordenen. Gewiß, auch mancher Sieger konnte klug und nett sein. Aber was sollte man sich dafür aufreiben? War doch alles flüchtig. Auf ein bißchen freundliche Wahrnehmung kam es an.

Sie reckte sich im Morgenmantel.

Teller und Tassen schichtete sie in die Spülmaschine ein, griff vom Tisch die Gläser und Bestecke.

Nun gut. Gestern nacht war Peter zur überfälligen und spürbaren Versöhnung zu müde gewesen … Aber zumindest herrschte wieder Friede. In den Räumen wob wieder ein

Gefühl von Zuhause, Heimat aus Peter und Gieslinde. Alles, was sie umgab, Balkon, Couch, Bett, war wieder Teil ihres gemeinsamen Lebenslaufs, der Kleiderschrank, die Klobürste. Die Ehe war aus den Strudeln heraus und mochte nun endlich ruhig fließen.

Mutter hatte sie gerettet, die Kluge, die Wunderbare, die Behutsame!

Mit beiden Hände stützte sich Gieslinde auf der Anrichte ab, holte tief Luft, lächelte dabei mit Mund und Seele. Sie strich sich übers Haar. Plötzlich drehte sie sich, wie um dem Jubel Ausdruck zu verleihen, einmal im Kreis. Mit 35 Jahren wurde ihr davon fast schwindelig. Ja, zwei besondere Charaktere ergänzten sich, sie und Peter. Auch er, der unstete Welteroberer, spürte es immer mehr.

Beim Würfelspiel gelassen verlieren zu können, wie sie, war eine Sache. Eine andere wäre es, den menschlichen Lebenssport einzubüßen, in die Scheidung zu schliddern, den Beweger des eigenen Daseins nicht länger zu besitzen. Ohne danach zu begehren, sodann solo zwischen Wänden und Stunden zu stehen, keinen komplementären Geruch mehr zu riechen, nicht mehr reagieren und agieren zu müssen, bloß noch mit der eigenen Stimme aufzuwachen, einzuschlafen: ohne ihn, ohne dies in seiner Weise auch wunderbare banale, zweite Ehe-Ich, in dem man sich spiegeln und erkennen durfte.

«Er ist wieder da, meiner!» Gieslinde Keßler wußte, daß dieser Sonntagstriumph im Hanghaus bei Heidelberg auch beinhaltete, daß sie sich weiterhin Plage mit dem Gefährten einhandelte, aufs neue Eifersüchten, allerlei Wochentagsphlegma entgegensteuerte, daß sie nun weiterhin auch von ihrer Persönlichkeit und ihren Kräften wegschenkte. Aber daß dennoch tiefer Gewinn dabei sein mußte. Ein gut Teil

Geborgenheit, Echo auf die eigenen Regungen, Sex ohne bizarren Aufwand, ein sogar stummes Zusammenrücken gegen alle Unwirtlichkeit, eine synchronisierte Beruhigung im Leben.

Sie mußte nicht lange überlegen.

Um Peter zum Mittagessen eine Freude zu bereiten – auch sich selbst –, brauchte sie nur ein Stück Lamm aufzutauen, eine provençalische Sauce anzurühren. Er liebte rosa Lamm. Und nach einer Flasche Wein, da sagte er nie nein, mochte der Liebesgott wieder die Fackel lodern lassen. Nach wochenlanger Finsternis. – Gestern nacht war er wegen einer Magenverstimmung wieder aufgestanden, das hektische Leben!, und hatte sich, warm eingepackt, im Wohnzimmer mit Kopfhörern eine neue Laurie-Anderson-CD anhören wollen. Sie selbst war bald eingeschlummert und hatte keinen Mucks mehr vernommen.

Im Wohnzimmer mußte noch aufgeräumt werden.

Dann frische Wäsche für Mutters Bett im Gästezimmer.

Schnaps? Ein Tröpfchen? Jetzt um zehn? – Gieslinde Keßler, Lehrerin für Gemeinschaftskunde und Biologie, tappte barfuß und im grünen Frotteemantel über den hellen Wohnzimmerboden. Ein Glas und die Flasche mit süßem Amaretto fand sie auf dem derzeit ziemlich geplünderten Barwagen. «Ich bin dein, du bist mein … wollen nimmermehr getrennet sein … Starke Liebe siegt.» Bemerkenswert kitschig konnte sie sein; erstaunlich auch, wie zwei Leben, gerade durchs Abschleifen der Kanten, zusammenwuchsen. Geduld war nötig. Vielleicht war es schade, daß es keine Skala, keine Vergleichsbilanzen für Opfer und Gewinn, Glück und Unglück in der Liebe gab. Man blieb blind. Aber das war auch herrlich.

Gieslinde nippte, trank dann mit einem Schauer von Wohlgefühl zügig. – Mutter hatte kühle Umsicht gezeigt. Hier auf der Couch hatte die Weltreisende und elegante Notrufsäule den seit Monaten gräßlich entfesselten Ehemann unter sechs Augen ins Gebet genommen. Nicht zum ersten Mal. Die Aussprache hatte beim erkalteten Käsefondue angefangen.

«Du hast dich, mein lieber Schwiegersohn, vor Jahren für eine einzige Frau entschieden …»

«Ich habe es nie bereut.»

«Heißt es Liebe, Treue, Schonung, wenn du diese Freundin …»

«Diese?» war Gieslinde ihrer Mutter laut ins Wort gefallen. «Eine? – Nach dem Geständnis, daß es eine Hildegard gebe, kam ich ja erst auf die Spur der Französin. Wahrscheinlich parallel hat er mich mit zweien erniedrigt, hintergangen, ganz verraten …»

«Ich kenne die Männer. Ich bin kein Moralapostel. Die Jahre machen zahmer. Alles nicht sehr glänzend getarnt, mein Herr!» hatte Mutter sich nur ungern unterbrechen lassen, «entweder schwörst du, vor Zeugen, diesen nur windigen Amouren ab, oder Gieslinde packt ihre Koffer und kommt mit nach Freiburg.»

«Nächte blieb er weg.»

«Wenn du sie quälst, quälst du dich selbst. Ich dachte nicht, daß dir sämtliche Selbstbeherrschung und Diplomatie fehlen.»

«Natürlich trank er viel.»

«Wie durfte Gieslinde je dahinterkommen!»

«Ich hatte mich vergessen. Kurz ist das Leben …»

«Jaja», hatte Mutter begütigend gelächelt.

«Ich mag sie ja, ich lieb' sie ja.»

Und Mutter hatte ihrem schmollenden, auch äußerlich noch so jungenhaften Schwiegersohn ganz unaufgeregt ins

Gedächtnis rufen können, daß Gieslinde eine hervorragende Kameradin sei, daß nach Liebeleien die Katerstimmung garantiert, daß seine Frau umgänglich und eine reizende Erscheinung sei, daß sie plötzlich einmal auch seine Beschützerin und einzige Stütze werden könne.

«Ist denn Treue nicht oft eine Folge von Angst», hatte er noch einzuwerfen gewagt, «und wer will den Ängstlichen?»

«Frechheit», hatte Mutter gelacht und Peter eine spielerische Ohrfeige verabreicht, worauf auch er schmunzeln mußte.

«Meine Treue ist meine Stärke», hatte Gieslinde klargestellt.

Das gerüttelt Maß Zuverlässigkeit, wußte Mutter, sei unabdingbar, sonst reibe jeder sich auf.

Ach, viele und geläufige Argumente gabe es für und wider die Treue, die Freizügigkeit. Allein die Liebe konnte alle Dynamik kanalisieren.

«Man verträgt sich einfach wieder, das ist ganz schwer und ganz leicht», und Mutter hatte doch noch vom Fondue gekostet. Sie hing trotz allem an Peter, und seine Entgleisungen wühlten ihre Seele natürlich weniger auf. Und geradezu entzückt hatte sie es vor Jahren akzeptiert, daß er sie – mit plötzlichem Bildungseifer – ein verlängertes Wochenende lang zu Kathedralen und durch Weingebiete Burgunds kutschiert hatte. Seither gestattete auch er der Schwiegermutter Einmischung.

Gestern hatte er sich auf die Oberschenkel geschlagen, «Gut» gesagt, einen wackeren Neuanfang zugestanden und die beiden Frauen umarmt. Mutter hatte in die Hände geklatscht und munter befohlen: «So, Gieslinde, nun einen Kirsch.»

Gieslinde blickte über die weiße Schrankwand. Sie nahm

sich vor, am Montag – mochte das auch der erste Winterschlußverkaufstag sein – nach neuer Garderobe Ausschau zu halten. Frischere Farben. Partner mußten auch neu erobert werden.

Schnee fegen? – Gewiß nicht barfuß.

Also zuerst Mutters Gästebett neu beziehen. Wahrscheinlich setzte sie sich jetzt schon zu Kaffee und Zigarette in den Speisewagen. Zum safranfarbenen Kostüm trug Mutter die Ton in Ton passenden Schuhe.

Gieslinde, seit neun Jahren verehelichte Keßler, ertappte sich bei der unbeobachteten Unart, mit der Zunge den letzten Tropfen Amaretto aus dem Glas zu schlecken. Sie konnte es wie scheingespült wieder auf den Wagen stellen.

Jetzt wieder dieses alberne Gefühl, mitsamt dem Haus den Hang hinabzurutschen und dann unten auf den Bungalow von Bürkli-Neuhofs zu krachen.

«Träum hier nicht rum.» Gieslinde, die Gott sei Dank nicht mit ihrer Mutter in den Schwarzwald fliehen mußte, die wieder im Schulterschluß mit einem begehrenswerten Mann lebte, transportierte voller Anstand das Glas doch lieber in die Küche. So gestärkt wie heute, würde eine nächste Krise bereits viel routinierter bewältigt werden. Der andere würde immer weniger fremd, die Seelen vernähter werden. Sie schaffte den Staubsauger ins Wohnzimmer. Weißbrotkrümel. Jeder mochte es heimelig und ordentlich. Dies war kein Hanghaus von Gescheiterten, sondern von Geprüften, sich mühenden Menschen, die aus ihren Unterschiedlichkeiten etwas Drittes, Besseres, Lebendiges machen wollten. Wieder gemeinsam Musik hören!

Die Anderson-CD lag noch verschweißt auf dem linken Lautsprecher. Peter war wohl auch dafür zu müde gewesen. Gewiß war er mit seinem Sodbrennen noch vor die Haustür gegangen und hatte über sich selbst nachgedacht, endlich. Alle zutrauliche völlige Hingabe käme schon, «weil ich ihn liebe … Und er mich erkennt.»

Vielleicht sollten sie noch im Winter zu dritt fort. Zu dritt konnte es lustiger sein. Safrane Lebedame, ein gereifter Bursche noch ohne Plombe in den Zähnen und eine gestärkte Gieslinde, die dezent die Programmgestaltung übernehmen würde.

Aus dem Dielenschrank nahm Gieslinde einen Packen Bettwäsche. Heute durfte es die roteste sein und fürs meist brachliegende Gästezimmer sowieso. – Der Ausbrecher war heimgeholt. Die Französin mochte in Frankreich greinen und sich tummeln. Mit vier-, fünffach erfrischtem Schwung zog Gieslinde im Gästezimmer die Gardinen auf, sah trüben Januar, schob eine Pflanze beiseite und machte das Fenster weiter auf. Bürkli-Neuhofs waren zu Hause, zumindest ihr Dalmatiner hinter der Verandatür.

Argumente und Beharrlichkeit, die Vernunft hatten gesiegt. Gegen zuviel Trieb.

Sie legte das rote Bettzeug aufs Fußende. Wer wäre hier der nächste Gast? Wieder Mutter? Sie hatte diesmal in weißem Baumwollsatin geschlafen.

Gieslinde zog das Kissen ab. Sie öffnete die Knöpfe des Bettbezugs. Daß Mutter vorm Schlafengehen immer noch rauchte! Eine Unart. Und sie hatte noch geraucht. Etwa im Liegen? Oder am Fenster? Gieslinde erkannte eine ihrer Untertassen als Ascher wieder.

Wann machte es wem je Spaß – nie!, keinem! –, eine Daunenmasse aus dem Bezug zu zerren und dann dies Volumen wieder ins Gebügelte zu stopfen!

Mal bedenken, ob man nicht zu dritt in die Dolomiten sollte. Das wäre ein Gespann!

Gieslinde hielt inne.

Was steckte da? – Sie ließ das Bettzeug los.

Zerschnipselte Mutter vorm Einschlafen denn ihre Zigarettenpackungen? Gieslinde griff nach dem Papierfetzen, nach dem kleinen, beschrifteten, blauen Pappstück, das zwischen Laken und Bettkante steckte.

Sie erbleichte.

Kim hatte drei Buchstaben. Mutter rauchte *Kim*. *Kim Ultra*. Etwas anderes rauchte Mutter nicht. *Blausiege* – das ‹l› fehlte am Ende des Pappfetzens – *Blausiegel*, diese Präservativsorte gab es auf dem Zigarettenmarkt doch gar nicht.

V.E.R.D.I.s Nudelgericht

Zwischen den beiden Frauen brannte die violette Kerze.

«V.E.R.D.I. – Was soll das sein?»

«Der Inhaber ist Piemontese. Das war König Vittorio Emmanuele auch. Und der Schlachtruf der Italiener, die diesen König als König vom befreiten Italien haben wollten, war eben: V.E.R.D.I.! – Vittorio Emmanuele Re d'Italia.»

«Was du alles weißt, Gieslinde.»

«Es steht hinten auf der Speisekarte: Der überaus hitzige Ruf *V.E.R.D.I.!* war um 1850 eine doppelte Liebeserklärung des italienischen Volkes. Er meinte eine natürliche Huldigung des gefeierten Komponisten. Er war unter österreichischer Besatzung auch ein Bekäntnis …»

«Mit *ä*.»

«… zu einem geeinten unabhängigen Italien.»

Die Freundinnen schauten sich an. Gieslinde Keßler, die schon öfter die V.E.R.D.I.-Osteria in der Innenstadt besucht hatte, schob ihre Hand am Kerzenhalter vorbei, um die Hand Beate Schusters zu drücken. Beide lächelten. Es war gut, sich nach so vielen Jahren wiedergetroffen zu haben. Beate hatte, aus einem Antrieb heraus, Gieslindes Telefonnummer über die Auskunft in Erfahrung gebracht. Nun, nach dem ersten Dauergespräch am Apparat, war die Schulfreundin vom so nahen Baden-Baden nach Heidelberg herübergekommen. Am Neckar arbeitete Gieslinde Keßler wieder als Lehrerin für Gemeinschaftskunde und Biologie.

Sie hatte nach dem Bummel am Fluß das Lokal vorgeschlagen. Ein wenig schrumpelig kam sie sich vor, seitdem sie die Freundin vom Zug abgeholt hatte. Im Gegensatz zu Beate war sie vor vier Wochen das letzte Mal beim Friseur gewesen. Im Vergleich zur geschmeidigen Gestalt von Beate Schuster fühlte sie sich ein bißchen linkisch. Gegen das mattrote Kostüm der Bankettchefin aus der Kurstadt kamen die schwarze Hose und die floral gemusterte Bluse natürlich nicht an. Aber die inneren Werte zählen viel.

«Und wie viele Leute hast du im Hotel unter dir?»

«Bei Empfängen sind es mitunter vierzig. In der Saison habe ich feste Aushilfen.»

«Frauen sind auf dem Vormarsch. Bei den Gewerkschaften, in den Kabinetten, bei allen Führungsposten. Irgendwann werden Männer und Frauen durch den Druck der Zivilisation ein- und dasselbe sein. Irgendwie.»

Beate hob die dunklen Brauen. Dann studierte sie wieder die Speisekarte. Die vierzigjährige Mitschülerin von einst liebte offenkundig Stehkragen. Die weiße Bluse hatte einen, die fabelhaft geschnittene Kostümjacke gleichfalls. Die großen Knöpfe glänzten schwarz.

«Findest du was?»

«Ich nehme Venezianische Leber.» Seltsam. Immer wenn Beate sprach, wehte gleichzeitig ein Hauch Parfum herüber. Nach der Schule war sie Stewardeß geworden. Seit fünf Jahren stand sie als erste Dame dem *Badischen Hof* vor: «Ein-, zweimal im Jahr riskiere ich Leber.»

Gieslinde Keßler wollte sich keine Gedanken machen. Sie nahm es hin, daß wohl jedes Restaurant, in das man eine Bankettchefin führte, mangelhaft wirken mußte.

Doch man besaß eine gemeinsame lebhafte Vergangenheit. Hier ging es – gut zwanzig Jahre nach dem Hersfelder Gymnasium – nur bedingt ums Essen.

«Haben Sie gewählt?»

Beate Schuster bestellte ihr *Fegato Veneziano.* Gieslinde entschied sich rasch für hausgemachte *Tagliatelle Impèria*, die Spezialbandnudel mit Meeresfrüchten. Im V.E.R.D.I. wurde vornehmlich Piemonteser Wein ausgeschenkt. Beate stimmte für einen Rosé.

«Donnerstag ist mein freier Tag.»

«Ich genieße noch die Schulferien.»

«Nicht übel, da hast du dich kaum umstellen müssen.»

«Bis vor drei Jahren ging's mit Peter immer sofort auf Reisen.»

Der junge Kellner brachte Gläser und Karaffe. Er ließ Beate vom hellrubinfarbenen Trunk kosten. Sie nickte. Er rückte ihr im Grunde perfekt liegendes Besteck abermals zurecht.

Gieslinde Keßler, – seit drei Jahren vom Monstrum Peter Keßler, vom verheerenden Lustschwein in allen Gassen, geschieden –, Gieslinde wußte jetzt nicht, ob es Beate gleichfalls so erging: An Kellnern, auch an diesem im Smoking hier, haftete immer etwas Obszönes. Ob solche Bedienung nur vorm oder direkt am Tisch stand, ob sie nun Rosé einschenkte oder Messer justierte – was Kellner quasi unaufhörlich mitpräsentierten, war ihr Geschlecht. In Augenhöhe manövrierten sie mit dem Unheil herum. – Das war so abnorm wie unvermeidlich. Der Ober, vielleicht Turiner, entfernte sich.

«Und du hast die Scheidung und Trennung nun gut überstanden?»

«Bestens. Zuerst war ich natürlich aufgerieben, fast hysterisch, dann wie tot. Nun bin ich wieder ein gelassener Mensch.»

«Prima.»

Im vorderen Teil der Osteria steuerte ein junges Paar auf einen der weiß eingedeckten Tische zu, erblickte offenbar ein Reservierungsschild und suchte sich Plätze am zweiten Fenster.

«Verlassen zu werden, Beate! Das war anfangs das Härteste in meinem ganzen Leben. Wir, Peter und ich, hatten uns ja auch einmal geliebt.»

«Sonst heiratet man nicht. Doch man muß die Schlußstriche ziehen können. – Hast du noch Zigaretten?»

Gieslinde Keßler angelte ihre braune Umhängetasche von der Lehne. Unter zwei losen Papiertaschentüchern, ihrem Führerschein fand sie die Mentholmarke. Mit einem Nicken reichte sie die grünliche Packung ihrer einerseits vertrauten, andererseits fremden Sitznachbarin von der *Grimmelshausen-Schule*. Beate zögerte, zog aber doch eine scheingesündere Zigarette heraus: «Wir müssen uns nicht in Scheidungen vertiefen. Ich kam, vielleicht leider, nicht einmal in Versuchung zu heiraten. Ich habe mein Leben zu sehr selbst in Bewegung gehalten – oder wie soll ich sagen? Du, Gisi, hattest immer diese Leidenschaftsschübe und eine Zähigkeit! Bist du nicht damals Edward Lotch, diesem Englischlehrer aus Aberdeen, bis nach Schottland nachgereist?»

«So etwas kenne ich nicht mehr. Ich habe mich in den Griff bekommen. Dazu das Alter. Die bodenlosen Leidenschaften habe ich in mir ausgemerzt. Das viel stillere Glück habe ich entdeckt. Wie ein sanftes Gesetz.»

«Gut. Damit lebt man gesünder. Ja, auch innerlich sollte man mit sich pfleglich umgehen. Wie leicht schwankt sonst alles zwischen Euphorie und Depression.»

«Du ahnst nicht, Beate, wie ich betrogen wurde! Er war ein Triebmensch. Alles, alle, ich glaube, noch die Neckarbrücke hat er heimlich gefickt, weil Brücke weiblich ist und fünf Öffnungen hat …»

«Holla! – Das klingt gewagt. Aber sprechen wir nicht von ihm, wenn es dich quält.»

«Mich quälen? Ich weiß kaum mehr seine Haarfarbe. Die Photos habe ich gleich entsorgt. Als er weg war, habe ich das Badezimmer desinfiziert. Mehrmals.»

«Es muß schlimm gewesen sein.»

«Meine Mutter … Ich kenne sie nicht mehr!»

«Ach, jetzt nichts weiter von Familie, Liebes. »

«Das Schlimmste, Beate, war noch nicht einmal manches Flirten, Fremdgehen, das gegenseitige Sich-Umbringen zu Hause. Das war sogar auf seine Weise noch intensiv, eine kämpferische Verbundenheit. Und es gab immer die unerschütterliche Hoffnung, daß wir uns, erschöpft, noch einmal um so vertrauter finden würden. Wir kannten auch Versöhnungen, vielleicht süßer, inniger als der Anfang der Liebe. Nein, das Brutalste kam danach. Ich meine das definitive Ende selbst der brüchigsten Hoffnung und Geborgenheit. Er war schließlich der Mann, der mich kannte. Wie, Pardon, ein Stück Scheiße lag ich da, als das Viech endlich zusammengepackt hat und ausgezogen ist. *Ich gehe – und du komm' gut durch*, wünschte er noch. Dann schaltest du das Licht zwischen toten Wänden an, es beleuchtet nur noch deine einsamen Geräusche. Ich hatte mich leergekämpft. Die sinnlose Wut half: Ich habe sogar die Klobrille weggerissen, auf der er gehockt hat.»

«Ich sag' ja: So besitzergreifend war ich nie.»

«Alles auch bei mir passé. Auch die Gefühlskälte, die auf den Schock folgte, nach dem Weggeworfenwerden, war nur eine natürliche Reaktion. Sie macht einem Gott sei Dank alles gleichgültiger.»

«Grauenhaft. Es muß Liebe gewesen sein!»

«Die Jahre sind vergangen. In zunehmendem Frieden. Ich habe jetzt meine kleine Wohnung. Ich habe meine Schüler und bin aktiv in der Stadtteilpolitik. Als freier Mensch gehe ich jetzt manchmal wandern.»

«Du hast ihn nie wiedergesehen?»

«Vor gut zwei Jahren. Er kam mir auf derselben Straßenseite entgegen. Neben Peter spazierte eine andere. Ich habe den Gehweg gewechselt und mir Schuhe gekauft.»

«Schade, daß du keinen Liebhaber bei dir hattest ... und auf derselben Seite geblieben bist.»

«Männer! – Ich hasse sie – fast immer noch – alle.»

«Das gibt sich irgendwann wieder. Ich kenne nette, höfliche, auch nur so zur freudigen Benutzung. Was stochern wir im Vergangenen?»

«Eben. Was war, ist nicht mehr. – Peter-Roland Keßler. – Wir hatten ein tolles Duo in der Brandung des Lebens sein wollen. Es war ein phantastisches Vorhaben. Wir wollten beide unsere Heimat sein, zwischen allem Dunkel um und hinter uns.»

«Romantisch, ja, wirklich vernünftig in dieser aufreibenden Welt.»

«Er verheimlichte anfangs perfekt.»

«Doch alles geht brauchbar weiter, bis man stirbt, Gisi. – Letztes Jahr bin ich in Trinidad von einem Surfer fast übersegelt worden. Wir hatten dann noch eine gute Zeit. Ein Karibe.»

«Karibo macht Kinder froh», freute sich Gieslinde über ihren Reim.

«Und Erwachsene ebenso», beide lachten.

Die Leber und das Nudelgericht kamen.

Nachdem er zwei Warmhaltekerzen in einem schmiedeeisernen Rechaud angezündet hatte, servierte der Kellner aus Kupferkasserollen. Er legte Beate nach dem Fleisch gedünstetes Gemüse und dekorierten Reis vor. Gieslinde bekam Pasta und Getier, das nach Hafen duftete, auf den Teller.

Obwohl weder Kino- noch Theaterschluß war, füllte sich die Osteria zusehends. Zwei ältere Ehepaare schienen direkt aus der Ära Konrad Adenauers hereinzuspazieren. Die beiden Herren mit Haarkranz trugen graue Anzüge, dazu viereckige dunkle Brillengestelle. Die Ehefrauen hatten sich für fatales Brokat und Häkelstola entschieden. Den vieren aus der Vergangenheit folgte ein jüngeres Männerpaar, das nach flotten Schritten durchs Lokal bei den Tischen vor der Aquariumwand die ineinandergehakten kleinen Finger losließ.

«Hhmm», Beate goß aus einer Miniaturflasche etwas Maraschino über die Leber. Eine Spezialität des Hauses. Gieslinde entdeckte zwischen Tintenfischringen, Muscheln auch Garnelen in ihrer Speise. Man reichte sich die Parmesanreibe.

«Sieht lecker aus.»

«Solche Tagliatelle gibt es nicht zu kaufen. Dahinter stecken Generationen italienischer Mamas, die fünf Eier mehr unter den Teig kneten und eine Prise Safran untermischen. Ich liebe Frutti di Mare ... Mein Alleinsein seit drei Jahren hat, weiß Gott, sein Gutes. Man genießt wieder ruhiger, muß nicht an daheim denken. Befreit! – Ein Wahn war es, sich an einen einzigen Menschen binden zu wollen. Zumal die Menschen heute so lange leben. Ich kann über alles nur noch lachen ...»

«Ja, so sieht man's dann», sortierte währenddessen die Bankettchefin Champignonköpfe, die sie nicht mochte, aus ihrem Gemüse: «Neckarbrückenbumser – den Ausdruck merk' ich mir. Dein Ralf …»

«Peter hieß der Alligator …»

«Wie ich auf Ralf komme?»

«Nenn' ihn meinetwegen Guntram, mir egal. Doch lassen wir das Thema», Gieslinde Keßler fischte sich aus dem Kupfertopf noch brutzelnde Scampis: «Was ich klar sagen will, Beate, ist nur folgendes. Es war Narretei, mein Glück, den Reichtum meines Lebens von jemand anderem erwarten zu wollen. Nun gut. Gemeinsam blühten wir auf, so oder so, waren verschworen oder wild. Immer erzeugen zwei Menschen zwischen sich eine unersetzliche Spannung, man atmet doppelt. Und selbst die zweisamen Leiden vertreiben alle Fäulnisgefühle …»

«Nicht beim Essen jetzt.»

«Es war ohnehin Wahn, glücklich sein zu wollen. Nun erwarte ich Zufriedenheit nur noch von mir selbst. Und das ist Gold wert.»

«Ähnlich wie bei mir.»

«Ich bin mein eigener Staat», glücklich breitete Gieslinde die Arme aus.

«Drei Jahre Trennung», nahm sich die dezent mahagonigetönte Schulfreundin vom Fenchel nach, «sind aber auch reichlich, um sich neu zu sortieren. Ich meine, selbst die tiefsten Verletzungen, die dein Ralf …»

«Wir hatten uns auf Guntram geeinigt.»

«… dir zugefügt hat, werden zum üppigen und verwendbaren Schatz der Vergangenheit.»

«Ich hatte ihm den Tod gewünscht.»

«Nun hast du's hinter dir.»

«Genau. Und jetzt Schluß damit. Ich werde mich vielleicht doch mal wieder umschauen … Sie haben die Scampis mit Peperoni gebraten, aber nicht zu scharf.» Sie drehte ein Tier in die Pasta.

«Er sei fortgezogen, habe ich gehört.»

«Na, dann.»

«Das macht alles noch leichter.»

«Man bewältigt alles. Und nach dem Tod ist alles noch mehr bewältigt. Da sind wir also beide wieder fidel beisammen, Gisi.»

«Bin so glücklich, dich zu sehen, kleine Bea.»

Beide Frauen tauschten auf Blicke hin einen Happen Leber und Garnele. Die Bügelfalten des Kellners berührten sogar das Tischtuch, als er Beate nachschenkte.

Die Schwulen am Zweiertisch bekamen Lobster.

Vor der Theke bestellten Gäste zur Fischplatte noch zwei Schoppen Roten.

Gieslinde Keßler überlegte, daß sie sich womöglich etwas Ausgefalleneres hätte bestellen sollen. Als sie vor Jahren mit Peter im V.E.R.D.I. gewesen war, hatte er sie zu Spanferkelspitzen à la Aosta überredet. Der Hauch Studentenleben, der Nudeln anhaftete, war trotz der Meereszutaten nicht ganz zu leugnen. Beates Menü war viel aufwendiger garniert!

«Sind die Tagliatelle al dente?» «Auf die Sekunde, Beate. Köstlich.»

«Hab' immer Ralf im Kopf.»

«O bitte, Beate, nicht mehr das Thema.»

«Namen sind Schall und Rauch.»

«Wie der Kerl auch. Ich habe ihm sogar verziehen. Alles war seine Natur. Schuldlos ist er vielleicht sogar im Tiefsten. Aber mittlerweile erübrigt sich sogar das Verzeihen.»

«Dann wenden wir uns einem Digestif zu.»

«Heute will ich auch noch einen tollen Nachtisch. Was

mit Krokant. Sag', Bea, hast du Marie-Luise je wiedergesehen? Sie wollte Schauspielerin werden.»

«Marie-Luise, du mußt mir auf die Sprünge helfen ...»

Beide Frauen blickten von ihren Tellern auf. War etwas mit der Beleuchtung nicht in Ordnung, das Licht dunkler geworden?

Gieslinde Keßler blickte zu ihrer Freundin. Beate Schuster versuchte die Gestalt zu erkennen, die von hinten herangetreten war und nun in ihrem Rücken im Licht stand.

«Tja, ich dachte ... lange her ... tja, guten Abend!»

Während die letzte Silbe – gesprochen von einer hohen Erscheinung mit einer angenehm tiefen Stimme – verklang, riß Beate Schuster, zum eigenen Schutz, schon beide Hände vors Gesicht. Was da auf einmal vom Tisch, dann in der Luft vor ihr in Bewegung geriet, war quasi alles Greifbare. Nicht nur Arme, Blusenärmel, Hände sah sie zwischen ihren gespreizten Fingern, sondern sofort auch Hand mit Teller, Tagliatelle in der Luft, Scampis, Tintenfisch, die Garnele im Flug, Löffel, Gabel, Unterteller hinterher. Im Moment des Aufklatschens, halb über und hinter sich, erblickte sie aus einer Drehung und eigentlich nur aus ihrem Augenwinkel, wie Nudeln, Peperoni, Sauce, frisch Gebratenes aus einem Gesicht – unter vollem Haar – dem Teller nachfolgten und von Schultern, Brust, Hosen troffen. Der Löffel sprang über den Boden.

Beate Schuster schrie.

Der Mann mit der V.E.R.D.I.-Portion im Gesicht kreiste neben ihr.

«Mörder», brüllte ihre Schulfreundin, wie im Alptraum über den Tisch gebeugt, den eingeteigten Mann an. Peter Keßler trug einen blauen Schlips unter den Nudeln.

Der Kellner und zwei Gäste waren zur Stelle.

Meeresfrucht fiel dem Wankenden aus dem Gesicht.

«Ralf?… aus Heidelberg», erkannte die Bankettchefin den Betrüger, «… vier Jahre ist's her …»

Gieslinde Keßler umkrampfte den Rechaud.

Wunden heilen

Sie verließ das Hotel *Excelsior*.

Die 63jährige schulterte ihr Täschchen. Der schmale Lackriemen endete in Hüfthöhe in einer Art Schatulle fürs Nötigste: Taschentücher, Brille, Lire und Personalausweis.

Sie erreichte den Corso Matteotti.

Es war eine hervorragende Idee gewesen, vor einer der letzten Kampfphasen mit Schülerinnen, denen die Paßenge der Jeans wichtiger war als das biologische Wunder der Parthenogenese, mit dem aufmüpfigen Gerd Reinhard, der sich die Hände hatte tätowieren lassen, einen Kurzurlaub einzuschieben.

Der Mensch brauchte Freude! Eigentlich immer. Zumindest aber ein-, zweimal im Jahr.

«Permesso, Signora ...»

«Ah, mi molto dispiace», sie ließ eine Mutter passieren, die mit ihrer Zwillingskarre und Weißbrotstangen einigen Platz auf dem Gehsteig benötigte.

Syrakus lag in blendendem Licht.

Der erste Vormittag von insgesamt drei Tagen Hafenstadt – und dann zwei Tage in Noto, der gepriesenen Barockmetropole – durfte dem Flanieren und Schlendern gelten.

Sie freute sich auf schwarzkräftigen *caffè* an dieser oder jener Bar und vielleicht sogar schon auf einen Vor-Apéritif unter einem Sonnenschirm. Warum nicht schlicht, wie es simpel hieß, das Leben leben! Feine Mandelliköre servierten sie in diesen Breiten. Auch einen hochprozentigen Gaumenkitzler aus gefrorenen Trauben vom Ätna. Das war lecker und sinnige Tradition. Im Morgenverkehr der Innenstadt sah die Pfälzerin ein dreirädriges Töfftöff vorbeiknattern. Der Melonenberg auf der Ladefläche wirkte fast stabil.

Der Süden! Doch weiterhin eine Wohltat! Warum waren Nordeuropäer nicht längst, zu ihrer eigenen Daseinserleichterung, südländischer geworden? Sie reisten schließlich fortwährend ins Mediterrane. Weshalb wurden sie im Norden wieder trübäugig, gehässig, verspannt bis zur Infarktgrenze? War es möglich, daß Menschen viel sahen, aber gar nichts lernten? Denn nach all den Urlauben, die Deutsche in Andalusien, auf Samos zugebracht hatten, hätte es auch in Baden-Württemberg zwanglose Tapas-Bars mit köstlichen Stärkungen, inmitten plaudernder Kundschaft, geben können. Zumindest das! – Sie hatte sich vor ihrer Reise das Haar kupferfarben tönen lassen. Mit Wind, der von Libyen wehte, im frischen Schnitt überlegte sie, ob sie in Richtung Dom oder doch zuerst zu den antiken Nekropolen flanieren sollte.

Das war angenehm gleichgültig. Die Heidelbergerin marschierte die eingeschlagene Route weiter.

Sizilische Seide. Der Himmel spannte sich mattblau. Wenn auch Smog dem Azur eine zarte Schattierung untermischte.

Reich war Syrakus.

Der erste Aufenthalt vor sehr vielen Jahren hatte im Nu darüber belehrt. Ein römisches Amphitheater wies die Stadt auf. Dieses Quaderrund war noch das geringste. Dieser verzauberte Ort, mit einer Halbinsel im Ionischen Meer, war dreitausend Jahre alt, war zeitweise die größte Stadt der Antike gewesen, ein Korn- und Weinspeicher, und schon die Griechen hatten ihrerseits ein Theater hinterlassen, Totenstädte, die noch immer den Göttern des Hades zu gehören schienen. Dem vorchristlichen Hafen gegenüber thronte die Festung der Byzantiner. Nach den Hellenen und Westgoten waren es die Oströmer gewesen, die vor den Arabern, Normannen und Spaniern über diese Polis und Perle geherrscht hatten. Ein solcher Ort hatte Anspruch darauf, einmalig genannt zu werden.

Sicherlich schritt sie über tief verschütteten Amphoren, in denen noch immer Rebensaft des Jahrgangs 567 vor Christus – falls man diese Zeitrechnung der Antike zumuten durfte – wachsversiegelt lagerte. Möglicherweise pulste in den Adern des Fiat-Fahrers, der in die zweite Reihe einparkte, Gladiatorenblut. Im alten Heidelberg reichte alle Vergangenheit hauptsächlich auf die Pfalzverwüstung durch den Franzosengeneral Mélac zurück.

Der Melonentransporter kehrte zurück. Oder war es ein anderer? Existierte hier ein dreirädriger Melonenfrachtdienst?

Geschäftsleute schoben mit langen Stangen die Eisenjalousien ihrer Schaufenster hinauf. Der Autoverkehr bildete eine Schneise. Mit heulenden Sirenen raste ein Krankenwagen hindurch.

«Come stà?»

«La schiene ancora fa male un pó», vernahm Gieslinde Keßler zuerst neben, dann über sich, wo eine Anwohnerin mit Gießkanne zu einer Passantin mit prächtigem Goldschmuck auf köstlich brauner Haut hinuntergrüßte. Man zeigte, was man besaß. Und der breite, feinziselierte Armreif mußte keineswegs verwundern. Allein das fälschlicherweise oft als marode verrufene Norditalien besaß die Wirtschaftskraft ganz Englands. Unten am Stiefel funktionierte manches unter straffer Mafia-Führung insgeheim und teilweise noch besser.

Die Lehrerin wandte sich nach rechts.

Einer vagen Erinnerung nach mochte die Gasse zum Arethusa-Brunnen führen. In einer Vorzeit war dort eine unbotmäßige Nymphe versteinert worden. In ihrem Tränenquell schwammen Syrakus' legendenumrankte Goldfische, dort verinnerlichte der sensible Gast von Caféterrassen aus das zeitlose Unglück.

Von fern her leuchtete das Molenblau.

Gieslinde Keßler, mit erprobt praktischen Schuhen, aber einer neuen weißen Bluse, entsann sich nicht exakt, ob sie seinerzeit diese Gasse entlanggebummelt waren. Vor der Hochzeit hatten sie anno '66 oder '67 aus bedenkenlosem Schwung heraus und mit wenig Geld die Propellermaschine nach Catania genommen – und hatten im kahlen Pensionszimmer das krachende Bett und sogar den Fliesenboden nicht zu hart gefunden. Der deutsche Schwur «Immer nur du!» hatte schließlich die Concierge gegen die Tür trommeln lassen.

Zwischen den Palaisfassaden einer Via Zanagona verharrte die Reisende. Welch entsetzliche Erinnerung! Hätte der Schwur gehalten, wären sie ein gemeinsames Seelenschmuckstück geworden. Seit wann hatte Peter Messereisen vorgeschoben? Egal. War mit der eigenen Schwiegermutter …

Der Heidelbergerin wurde schlecht, wenn sie an ihre endlich debil verstorbene Mutter dachte. Den ersten Scheidungstermin hatte er damals womöglich noch ihretwegen verpaßt.

Satanas. Und hoffentlich auch schon verbuddelt. Immer das Besondere und viel davon sollte es sein.

Sie schüttelte sich mitten auf der Via, um eine Erinnerung loszuwerden.

Die 63jährige atmete durch. Nein, die schönsten Orte, die sie in ihrem Leben kennengelernt hatte, würde sie nicht einem Ungeheuer überlassen. Auch auf Amrum hatte sie längst wieder gekurt.

Das Ende von Versuchung, Glück und Mißgriff lag über zwanzig Jahre zurück. Und sie hatte wenigstens völlige Hingabe gewagt! Das konnte nicht jeder von sich behaupten. Kleinere Gemüter, Bläßlinge gab es, die nicht mit solchem *feurio* und titanischem Durchhaltewillen im Liebesnachen durch Orkane steuerten. Allerdings hatte er ihren Schmelz mit sich genommen und und sie mit schmaleren Lippen zurückgelassen. Der Preis für die Erfahrung.

Sie setzte ihren Weg fort. Angenehm war es, nun zwischen älteren Freundinnen am Neckar, selbstbestimmt zu leben, donnerstags zum Bowling zu gehen. Sie konnte sich ganz den Schülern widmen, Hilfsdienste beim Blutspenden leisten. Krankhaft war es gewesen, von Seele und Eros, vermeintlicher Geborgenheit ein Leben abhängig zu machen. Zu zweit hätten sie allerdings das Haus mit Garten lange und froh bewirtschaften können. Auch die Adoption eines bedürftigen Kindes wäre nicht ausgeschlossen gewesen. Enkelkinder ... Völlig andere Weihnachten.

Sie zog den Riemen der Lacktasche zurecht und betrachtete Uhren in einem Schaufenster. Mechanische Laufwerke, an die sie gewöhnt war, gab es fast nicht mehr. Es war nun das allerletzte Mal, daß sie auch nur ein Gran eines Gehirnzellenbruchteils an Peter Keßler verschwendet hatte. Die haltlose Bea hatte sie damals mit dem verdatterten nudelverkleisterten Monstrum beim Piemontesen hocken lassen. Ralf. Grotesk!

«Abbiamo degli orologi della Svizzera economici.»

«Non, non, già hai una ...»

Ein Dampfer ankerte in der Bucht. Nur dem hinteren der Schlote entwich eine Dieselfahne. Die Paläste rundum waren einer um den anderen Preziosen. Die verwitterten Schnörkel reichten bis unter die Gesimse. Von den Balkonen wollten sich Blumen garbenweise auf die Passanten ergießen. Volieren mit bunten Vogelscharen liebten sie hier. Das war ein Ort fürs Alter. Wenn man irgendwo in Europa seinen Lebensabend in gesetzter sonniger Würde zubringen wollte, dann waren Syrakus und Umgebung das Rechte: Brise von Afrika, Ätnatrauben-Liköre, duftendes Obst, Papyrushaine, durch die einst Flamingos stolziert, sizilianischer Bär und Luchs gestreift waren.

Gieslinde Keßler bog um die Ecke.

Die Piazza um den Arethusa-Brunnen war belebt. Auf dem Kastell wehte die Flagge der Republik. Der Jachthafen tat sich auf. Es war berauschend, über sich selbst verfügen zu können. Wenn man für sich lebte, lernte man sich gerade durch Depressionen viel besser kennen. Wenigstens erfuhr man, daß man allein auf sich selbst bauen konnte. Das Alleinsein machte stark, es stählte, falls es einen nicht zerbrach. Und tauchte für den Einzelmenschen nicht ab und zu ein reinerer Genuß auf als für denjenigen, der etwas Zweites hinter sich her zerrte und ihm – in einer auszehrenden Dynamik – hinterdreinhechelte.

Abgründig pur war die auf sich selbst bezogene Seele. Gewiß, gemeinsame Gewohnheiten waren köstlich gewesen, die beiden Zahnputzbecher mit zwei Bürsten im Bad.

Mit anderen Touristen, die vom *Ohr des Dionysos* zurückkehrten, jenem Steinschlund, durch den der Tyrann seine Gefangenen belauscht hatte, reihte sich die Pfälzerin in die Scharen, die auf der Hafenbefestigung promenierten. Einigen von ihnen würde sie in Noto wiederbegegnen. Bei Millionen von Reisenden erblickte man Bekannte ohnehin bald eher in der Fremde als auf der Karlstraße. Die Menschen latschten den verheerten Erdball platt.

Die Lehrerin wollte, zumal sie darin inbegriffen war, nicht verbiestert sein.

Der Dampfer *Smolensk* tutete. Die Flaggenfarben konnte sie keinem Zerfallsstaat des Ostens zuordnen. Am Heck war noch ein sowjetisches *CCCP* zu erahnen ... Lenin, Stalin, Breschnew, sogar Glasnost und Perestroika ... eisgraue Vorzeit.

«Wir müssen uns sputen. Das Delta macht heute über den Winter dicht. Wir essen danach.»

«Laß doch das Delta.»

«Aber, Renate, das Cyane-Delta ist ein Weltwunder!»

«Ich hab' Hunger, Richard. Ein Delta kannst du dir auch vor Hamburg anschauen.»

«Aber das ist hier das berühmte Quell-Labyrinth mit Papyrus ...»

Das norddeutsche Ehepaar überholte Gieslinde. Das Naturwunder, wo eine weitere widersetzliche Nymphe in eine Quelle verzaubert worden war, wurde am Nachmittag für Monate geschlossen? Wegen Sanierungsarbeiten? Damit sich der Sagenort von den Besuchern erhole? Kein Kaffee auf der Piazza!

Sie zögerte nicht. Es war ein Muß, daß sie als Touristin und Biologielehrerin das Papyrus-Labyrinth aufsuchte. Es galt als einmaliges Biotop.

«Taxi!» war das erste laute Wort an diesem Oktobertag. «Taxi!»

Gleich der erste gelbe Wagen mit Chassisbanderole stoppte. «Andiamo per il Fonte di Ciane», kramte die Urlauberin frisch entschlossen in ihrem Wortschatz, der zum Teil auf Opernabende in Verona zurückging.

Beim ersten Aufenthalt in Syrakus war man vor Turtelei nicht bis zur Cyane-Quelle vorgestoßen. Sie sprudelte dicht vor der Stadt.

Der Taxifahrer bog vor weiteren Palästen nach links ab, überquerte eine Art Gracht, Fleet, welches das Zentrum vom Festland trennte, hupte sich einen hierzulande stets monumentalen Corso Umberto I. entlang, folgte der Ausschilderung nach Noto und erreichte ein Viertel mit neueren, nicht zu Ende gebauten Häusern, wo Müllkippen dominierten. Aus der Ferne grüßten die Halbrunde der Amphitheater. Antigone, Klytemnestra, Medea …

«E lungo a il Delta?»

«Gleix da», vernahm die Heidelbergerin.

«Come il fonte?»

«Können mit Bott fahren.»

«Come?»

«Mit Bott.» Eine nicht unriskante Armbewegung im Verkehr machte deutlich, daß sie wohl einen Tretbootverleih in Anspruch nehmen mußte, um vor der Schließung das Märchengefilde zu erreichen. Natürlich. Auch eine Kollegin hatte von dem Ausflug geschwärmt.

Der nicht auf dem Kopf, aber im Nacken stark behaarte Chauffeur mit zahlreichen Fotos vor der Windschutzscheibe bog abermals ab. Nach wenigen Minuten hielt er auf einem gut frequentierten Parkplatz.

Platanen und bereits Schilfrohr umgaben Busse aller Länder, umrahmten in nächster Nähe ein Blockhaus mit Tor: BIGLIETTI.

Froh und begierig, ein unbekanntes Ziel zu haben, zahlte Gieslinde Keßler einen Fahrpreis, der zu Hause bis Dürkheim gereicht hätte. Auch diese Unregelmäßigkeiten würde die EG bald eliminieren, mußte man hoffen, fürchten. Glück durfte kosten! Nun erst einmal Wassergrün, echter, wilder Papyrus. Der einzige in Europa. Der Dom, das Shopping konnten warten. Die Luft roch würzig und schwer feucht.

Sie gelangte in einer Menschenschlange rasch voran. Nach mehreren Franzosen mit schwarzen T-Shirts war es an ihr, 20 000 Lire zu berappen und schon smaragdgrünes Wasser vor sich zu sehen. Binnen kurzem fand sie sich auf einem Bootssteg wieder. Sattgrün wucherte die heiße Flora.

«*L'Orso II.*»

Der uniformierte Alte, dem Gieslinde ihr Ticket aushändigte, wies zu einem der letzten Boote, die hier vertäut lagen. *L'Orso II* war vorne das dunkle Holz beschriftet, *Der Bär II.* Und wahrscheinlich schwappten *Der Bär I*, *Il Cavallo IV* sowie *Il Lupo* schon mit anderen Deutschen, paddelnden Asiaten und Bretonen auf den Wasserläufen durch Seerosenauen.

«Hopp, Signora, non è difficile.»

Gieslinde entsann sich, wann sie das letzte Mal gerudert war. Um 1970 mit ihm auf der Edertalsperre. Nun ging es auch so. Der klapprige Wärter half ihr, nachdem sie die Tasche von der Schulter gezogen und ihre Brille aufgesetzt hatte, zum fatalen *Orso*-Kahn hinunter.

«Oh, huch ...»

«Very much easy, Signora, eh! Sporto! Il fonte is very quiet, dolcissimo ...»

Der Greis lachte mit wenigen Zähnen. So mußte Urlaub sein. Erfrischend, spontan, authentisch.

Als sie über die Barkenkante geklettert war, hangelte sie sich mit beiden Händen zum gepolsterten Sitzbrett vor, verstärkte das Schwanken durch die falsche Gegenbewegung, kam dennoch zügig auf dem Brett zu hocken. Sie lachte hell und umgriff die Ruderenden.

«Avanti, siete forte, nonna. Andiamo!» Mußte sie sich von einem Großvater als stabile Oma bezeichnen lassen?

«Dann mal ran, Gieslinde!»

War das Rudern so heikel? Nein, ein sinniger Bewegungsablauf war es. Nachdem das linke Paddel oberhalb des Wassers zweimal einen Stegpfosten getroffen, das rechte auf der Stelle gehackt hatte, zog Gieslinde Keßler mit ruhigem Genuß fort, selig ins Edelsteingrüne. Vollere Boote, auch Kanus mit nur einem Insassen, tauchten allenthalben im dampfigen Quellendelta hinter Schilfwänden, zwischen Seerosenteppichen auf. Die schlichten Transporter glitten fast lautlos unter silbrigen Zweigen in andere Nymphenwasserarme. Es war paradiesisch. Dort im Schatten wiegte sich erster Papyrus.

Ein Liebespaar saß küssend im Boot vor den kostbaren Stauden.

Es war schier zu schön rundum.

Die sizilianische Sonne sprenkelte durchs Blätterwerk güldene Sesterzen, die Libellen schwirrten über Wasserringen. Aqua Cyane.

Orso II machte gute Fahrt.

«Die packt's nicht… Attenzione!» Mit glückhaftem Manöver gelangte Gieslinde Keßler aus der Reichweite eines Gefährts, in dem Landsleute offenbar der Anlegestelle zustrebten.

Es hielt kurz inne.

Sie war in ihrer Welt.

War sie hörig gewesen?

Unsinn? Die Liebe hatte gelenkt. Nur grauenhaft, daß sie hinterher keinen Anschluß mehr gefunden hatte. Daß sie kein rückhaltloses Vertrauen mehr zu irgendwem, nicht einmal in sich selbst, hatte fassen können.

Aber viele wurden interessante Ruinen.

Gemächlich ruderte sie weiter.

Die Arme würden morgen schmerzen. Ein gesundes Weh. Wo war die Quelle, die vordem eine Gottheit gewesen war? Welcher Frieden? Die süße Luft im Delta, das sich irgendwo zu einem Fluß staute, der sich ins Mittelmeer ergoß. An dieser Gabelung herrschte momentan kein Verkehr. Hoffentlich versteuerte sie sich nicht zu arg. Sie schwitzte, aber angenehm.

L'Orso I.

Die Schwesterschaluppe. Eine hübsche Begegnung.

Und was war das für eine Damenerscheinung, die dort auf dem Vordersitz des *Bären I* zum Vorschein kam? Elegant! Den Florentinerhut hatte man zuerst erblickt. Dann hörte und sah Gieslinde Keßler die Dame, vorgebeugt, lachen. Eine helle Jacke hatte sie übergehängt. Die grazile, offenbar weißhaarige Person, mit einem Fächer, verließ mit dem Rest des Boots den Seitenarm.

«Und das hat der Portier gesagt ...?»

«Wortwörtlich ...»

«Zu komisch.»

«Ich hab' nichts geantwortet.»

Gieslinde Keßler ließ die Ruder sinken.

Die 63jährige Lehrerin merkte, daß sie mit Zähnen und Zahnersatz sich auf die Zunge biß, ohne den dazugehörigen Schmerz wahrzunehmen. Geäst schob sich durch ihr Gesicht, und die Kielspitze ihres *Orso II* stieß ins Papyrus.

Was war das?

Die nach Luft schnappende Ausflüglerin griff sich aufs Herz. Ein Schrei entfuhr ihr, der in plötzlichem Reihergekreisch unterging.

«Der Fächer paßt zu dir, Dorothea.»

«Ungewohnt. Aber wenn du's sagst.»

«Soll ich dir die Jacke abnehmen?»

L'Orso I, Peter Keßler – der Mann, den längst nicht alle angebetet oder auch nur sehr bemerkenswert gefunden hatten – war mit 71 Jahren, acht Monaten und exakt zwei Wochen womöglich tot. Nein, war nicht tot. Er befand sich in Süddeutschland, in Berlin oder ganz gleich wo auf der Welt.

Sie duckte sich. Mit Schwung warf sie sich nach vorn in *L'Orso II*, um nicht erblickt zu werden. Von *L'Orso I* tönte Ruderschlag.

«Aber laß uns bitte noch in Rom bleiben.»

«Wie du willst, Schatz. Doppelte Pension, doppelte Ferien. Und danach zu deinen Kindern. Ich freu' mich schon, Kurt und Johanna wiederzusehen.»

Gieslinde Keßler merkte, daß es so etwas gab wie abrupte Verstandesstille. Sie hing im Papyrus, ein Schuh von ihr hinten im Boot.

So – wohl längst eine Brille? Weißhaarig war er geworden. Wagte sich nach Syrakus zurück. Arrangiertes Glück am Grabesrand?

Vor der schwankenden Pflanzenwand spähte Gieslinde Keßler aus nur einem Auge.

Im Freizeitpulli, routiniert zur Cyane-Quelle, à deux, voller Lebensbejahung… vielleicht aber auch schon todkrank.

O Gott, sie kamen näher. Es waren seine Arme, die das Wasser aufgruben.

«Laß uns auf die Siesta verzichten.»

«Dann ruh' dich vorm Abendessen aus, Dorothea.»

«Mal sehen. – Warst du mit ihr hier auch?»

«Wir kamen kaum aus der Pension raus.»

«War sie sehr attraktiv?»

«Sie hatte ihre Vorzüge. Sie war lieb und ich jung. Aufopfernd war sie. Vielleicht zu anhänglich. Machte leckere Salate. Du weißt, ich mag souveräne Menschen, die dem Wahnsinn des Lebens ins Auge sehen.»

«Wo lebt sie?»

«Ich hoffe, daß sie lebt. Ist ja aber egal.»

«Sei nicht, hart und undankbar.»

«Bin ich nicht, Doro.»

«Wo willst du essen? Sag', würdest du mit ihr sprechen?»

«Ich würd' sie kaum auf der Straße erkennen.»

Es war schwer zu sagen, wie es geschah.

«Da liegt *Bär due*», hörte man die Männerstimme.

Den Griff ihres linken Ruders hatte die Alleinreisende nicht losgelassen. Ehe *Bär I* im Brackwasser der Cyane-Quelle mit seinem Rand an der Kante ihres Boots vorbeischleifte, war die 63jährige mit einer Kraftanstrengung, die sie seit dem Arbeitsdienstjahr auf einem Bauernhof nicht mehr geleistet hatte, im schwankenden Boot auf die Beine gekommen. Drei entsetzliche Schreie hallten durch die Cyane-Haine. Aber das Paddel, das den Ruderer auf den Kopf traf, fuhr mit solcher Wucht nieder, daß seine Brille erst nach Metern Flugs im smaragdenen Sumpf versank. Die Leiche einer Frau, die offenkundig in einem Zweikampf unterlegen war, tauchte erst nach Monaten aus Schlick und Schlingpflanzen auf.

Die Optiker

Bei *Samen-Schmitz* und *Samen-Dehner* am Viktualienmarkt blühte das späte Geschäft. Es war höchste Zeit für mancherlei Sämereien und das Setzen von Stiefmütterchen. Vor den Schaufenstern prangten reihenweise in Paletten Osterglocken, Primeln und Hortensien. Ein warmer Vorfrühlingstag – mit attischem Blau über Gamsbärten und Autostaus, Kruzifixen und Computerterminals – ging in Oberbayern zu Ende. Politessen kämpften sich durchs Innenstadtgewühl heimwärts in ihre kleinen Vorstadtwohnungen. Lind strich ein Wind um bleiche Winternasen und letzte Turmkletterer auf dem Aussichtsrundgang von Sankt Peter. Aus einem offenen Fenster im Erzbischöflichen Ordinariat in der Rochusstraße drang merkwürdigerweise Marschmusik und merkwürdigerweise der preußische *Hohenfriedberger.* Am Hofgarten in der Staatskanzlei leuchtete links in der oberen Hälfte Licht auf. Neben einem Löwen aus Nymphenburger Porzellan und einem Rohkostsalat begann der aschblonde Ministerpräsident mit der Nachtfron für den Staat seiner Bürger.

«Ist das noch der Fasching?»

«Nein, das glaube ich nicht.»

Nach einem guten Essen, Rehschäuferl und Haxe, hatten Jens Kröger und Hinnerk Bartels das *Spatenhaus* verlassen. Die beiden jungen Handwerksmeister begutachteten die Menschenströme, die sich hin zu einem klassizistischen Portal zentrierten: Herren unter breitkrempigen umkordelten

Hüten, in Loden-Pelerine, mit spiegelnden Lackschuhen; Damen in Lang, mit gebauschten Volantröcken, aus Atlas, mit Paillettenstreifen am Dirndl. Bäuerliche Halstücher, aus indischer Rohseide, mit Brillantspange, eine Sorte von *Cyberspace*-Trachten mit Goldtroddeln.

«Nicht Fasching. Das mit den Säulen ist die Oper! Vielleicht ist da heute Premiere. Oder Gala-Modenschau für Folklore-Designer.»

Die etwa 40jährigen Optikermeister aus Hannover bahnten sich ihren Weg in Richtung Hotel. Die acht Stunden auf der 50. Handwerksmesse, in den neuen Hallen mit Solarenergie, das Gedränge auf den Gängen, das Geschiebe beim *Rodenstock*-Empfang, dann bei *Aigner-Eyewear* waren anstrengend gewesen. Die recht schlanken Optiker, die angenehm gesättigt waren, atmeten vor der Hauptpost durch, von der sie nicht wußten, daß es die Hauptpost war. Allein schon die Präsentation der *Prismatischen Einstärken-Gläser* von *Fielmann* hatte die Reise zur Fachmesse gelohnt. Außerdem hatten, an dicht umlagerten Ständen, *Paco Rabanne* und *Jean Paul Gaultier* verlockende Sonnenbrillen-Kollektionen vorgestellt. Von diesen teils dreieckigen Modellen konnte man für einen normalen Laden nur Einzelstücke ordern.

«Was machen unsere besseren Hälften jetzt?» Jens Kröger versuchte an einem Gebäudesockel ein Kaugummi von seiner Sohle abzuschaben.

Sein Kollege zuckte die Achseln: «Hab' ich dir das erzählt?» Hinnerk Bartels stopfte die Hände in die Taschen seines blauen Blazers: «Da kam doch letzte Woche ein Kunde zu mir in den Laden, von irgendwo bei Hildesheim, und wollte, rat mal! ...»

«Was hatte er auf dem Herzen?»

«Er brauchte eine Schießbrille für Bogenschützen!»

«Ein Krimi!» Das schimpfte man zu Recht Verführer.

«Für einen erstklassigen Krimi von Bedeutung müßte ich wohl die Strategien der Hochfinanz, Gen-Schiebereien zwischen Labors, die Finessen des Waffenhandels studieren!» röchelte ich voller Wahrhaftigkeit zurück.

«Doch eine Satire könnte dir noch gelingen!»

«Heißt es nicht», verging ich allmählich: «Am übelsten sind jene Dichter und Menschen, die andere nur verschreien?»

«Wer als Schriftsteller nicht sofort etwas schreiben will, verdient nichts Besseres als du. – Doch … beim dreifach Grünen Omen und dem Rhombus der Sphinx, deine allerletzte Chance!» vernahm ich, während ich kaltes, wegen der defekten Bad Tölzer Kläranlage bakteriensattes Wasser prustete. «Du schreibst jetzt über diese Begegnung!»

«Ah ja, da steckt – wie in einem Steinbruch – manches drin. Aber die Auslassungen über Wirkliches und Phantastisches, in dieser Kürze? Und die Poesie muß dabei gerettet werden! Die Liebe sollte wichtig sein. So wichtig, wie sie es ist. Und Geschundene, Beladene dürfen sich vom Geschriebenen nie verlassen fühlen. Demut, Wachsamkeit und Zauber retten. Die Literatur ist mitunter der letzte Bruder im Leben. Lang lebe das Reich der Literatur! Bücher, wahre Kissen für die Seele. Nur die Musik kann noch herrlicher sein.»

Ich wurde wieder unters Wasser gestoßen.

Aber es war das richtige Abschiedswort gewesen. Ende. Finis. O Gott, der nicht immer erkennbar, wenn überhaupt, hilft. Ich war wieder über dem Wasserspiegel: «Na gut, machen wir in dieser mittleren oder späten Phase der Zivilisation das … Thema zum Thema. Uns. Aber diese Dynamik, hier am Hang …», ich gluggerte, wurde wieder emporgezogen, «muß man erst einmal abbilden können. – Nun, neben vielem übrigen ist mir mein Leben natürlich das Liebste.»

«Quisquos sutetam atque», murmelte er oder irgend etwas anderes: «Du gehst an die Arbeit. Amüsieren wir uns nun aber etwas anders.»

«Gut. Die Stadt, die Menschen sind nicht weit», brachte ich hervor.

Konnte das Gesicht eines Arbeitsteufels noch geheimnisvoller werden, als es das von jenseitiger Natur aus schon war? – Viel später lichtete sich über Schäftlarn das Gewölk allmählich, ganz allmählich.

Kleine Sittenkurve

Kein Zweifel. Das Abendland besitzt seinen Gedenktag, wenn es um Gesittung, Verfeinerung des Benehmens, das Nachdenken über Umgangsformen und um den wohlanständigen Menschen geht. Es ist jener 23. Mai 1524.

An diesem Tag vor knapp fünfhundert Jahren war ein Buch druckfertig, das wie kein anderes Einfluß auf unser weltliches Verhalten nahm ... oder nehmen wollte, ein Werk, welches das Bild des höflichen Menschen prägte. Sein Autor, Signor Baldesar Castiglione, hatte etliche Jahre am kunstreichen und sinnesfreudigen Hof von Urbino zugebracht, und in einer fiktiven Gesprächsrunde aus dreiundzwanzig Personen, Damen und Herren der Renaissance, ließ er diskutieren, wie sich der Mensch – nach den Zeiten des Mittelalters – zu benehmen habe, um vor Gott und den Menschen tugendhaft, liebenswert und achtbar dazustehen.

Il Libro del Cortegiano, also *Das Buch vom Hofmann*, betitelte Castiglione seine diesseitige Bibel mit den detaillierten Geboten für das Wohlverhalten des Menschen unter Menschen, in einem neuen Zeitalter des Lichts. In vier Abteilungen und dreiundsiebzig Kapiteln ließ der Italiener darüber debattieren, daß es einem Ehrenmann nicht gezieme, zu lauthals zu lachen, zu grelle Kleidung zu tragen, sich entweder als allzu stolz oder allzu demütig zu zeigen. Der Hofmann, der Mann von Welt, sollte im Leben, das leicht zu Extremen verführt, ein Mensch der Mitte sein: zuvorkommend, ohne anbiedernd zu werden, er sollte Tanz und Künste lieben, ohne der Übertreibung zu frönen, gelehrt sein, ohne pedantisch und trocken zu wirken, der Schönheit im Inneren und im Äußeren stets den Vorrang einräumen vor dem Bizarren und Ulkigen. Neue Leitworte setzte Signor Castiglione in die Welt, mit deren Hilfe eine veränderte Spezies Mensch ihren Umgang miteinander veredeln sollte: innere Gelassenheit, Diskretion, Vertrauenswürdigkeit, Harmonie von Seele und äußerer Erscheinung, Ritterlichkeit auf dem glatten Parkett der komplizierten Gesellschaft legte Castiglione seinen Lesern ans Herz. Und es war Ludovico Graf von Canossa, der in diesem Buch vor seinen Gesprächspartnern von 1524 in Urbino festhielt:

«So zeigt unser Hofmann in der Unterhaltung mit Männern und Frauen jeglicher Art, beim Spielen, Lachen, bei der Arbeit, im Ernst eine gewisse Lieblichkeit und derart angenehme Gewohnheiten, daß jeder, der mit ihm spricht oder ihn nur sieht, ihm zwangsläufig ewig zugetan bleibt. Zu unserem Gegenstand zurückkehrend, behaupte ich aber, daß es zwischen dieser hervorragenden Anmut des Weltmanns und der unsinnigen Tölpelhaftigkeit noch etwas Mittleres gibt: Und diejenigen Menschen, die von Natur aus mit Vollkommenheit begabt sind, können die natürlichen Mängel zum großen Teil durch Achtsamkeit und Anstrengung mildern und bessern. Ich möchte außer dem Adel also, daß der Hofmann vom Schicksal begünstigt sei und von Natur aus nicht allein Verstand und Schönheit an Gestalt und Antlitz habe, sondern auch eine bestimmte Anmut und, wie man zu sagen pflegt, *eine Art*, die ihn jedem, der ihn sieht, beim ersten Anblick angenehm und liebenswert macht, und daß dies seine Zierde sei, die alle seine Handlungen bestimmt und begleitet und ihn schon an der Stirn als denjenigen kennzeichnet, der des Umgangs und der Huld jedes großen Herrn und jeder großen Dame, wie überhaupt jedes Menschen würdig ist.»

Konkret oder abstrakter formuliert, gab Castiglione hiermit für die Sittengeschichte etwas vor, das man als die zeitlos aristokratische Lebenshaltung bezeichnen kann. Die anmutige Dezenz im Auftritt und Wesen, eine individuelle Hoheit in Sein und Gestus, die sich keinen Augenblick lang in Hochmut oder Selbsterniedrigung verkehrt.

Wo konnte dieses höfische Ideal eindrucksvoller zur Geltung kommen und über die Zeiten hinweg triumphieren als – gut zweihundert Jahre später – in Versailles. Dort, bei Paris, hatte sich der Menschengeist durch den Willen des Sonnenkönigs einen Palast erbaut, in dem die neuen Regeln des zivilen Verhaltens ihre großartigste Entfaltung erlebten. Noch vor einer Küchenmagd zog Ludwig XIV. den Hut, und in dieser kunstvollen Maschinerie der Zivilisierung Europas zeigte am feinsten das Menuett, mit welch gemessener Grazie Hunderte von Menschen – würdig, einander würdig zu sein – sich in achtsamer gemeinschaftlicher Bewegung befinden konnten. Unter Deckengemälden, die Mythen und Träume verewigten.

Die Gesellschaft von Versailles meinte einen Höhepunkt des vereinbarten und ritualisierten Wohlverhaltens der Menschen zueinander, immer bedacht auf wache Anteilnahme und gebührenden Abstand. Versailles, ein metaphysischer Ort, an dem die schönste Gesittung aber auch fortwährend an Zufällen, Unabwägbarkeiten und den Triebstrukturen des Menschen zerbrach, wo das Untere, das Wüste seine Wege nach oben fand und das Sittenprogramm von 1524 zerrütteten. So berichtete ein Chronist: «Alles menschliche Zeremoniell war nicht imstande, die Sitten wirklich zu zügeln.» «Ich war höchst erstaunt», erzählte ein italienischer Reisender, «als ich sah, wie die Kardinäle Retz, Bouillon und Bonzi in den Vorzimmern in die Menge gestoßen wurden – und man erklärte mir, es gebe bei Hofe zu zahlreiche Personen von Rang und Namen, als daß man Federlesens machen könnte.» Im Palast des exquisiten Geschmacks und der tadellosen Zeremonien konnte man Übleres, oder Wilderes, erleben: Prinzen und Prinzessinnen füllten bei Tisch ihre Taschen mit Fleisch und Ragout, bis ihnen die Brühe am Gewand herabrann. Damen und Herren erleichterten sich in die Kamine und brachen in Wehgeschrei oder schallendes Gelächter aus, als die Urne einer verstorbenen königlichen Verwandten vom Sockel stürzte und mit Aschenstaub zerbarst. Ein Zentrum lohnenden Diebstahls wurde Versailles, das der Ordnung und Zivilisation geweiht war. Ein Räuber zeichnete sich durch besondere Verwegenheit aus. Eines Morgens stellten die Wachen fest, daß sämtliche goldenen Fransen der königlichen Prunkgemächer abgeschnitten waren. Die erdenklichen Nachforschungen und Verhöre, um den Frevel zu bestrafen, blieben vergebens. Nach etlichen Tagen aber fiel von einer Saalempore ein riesiges schwarzes Paket auf die Tafel, an welcher der König zu Abend speiste. Als man es aufschlug, wandte sich der Monarch zur Seite und kommentierte, ohne sonderliche Erregung, den Einbruch des Unberechenbaren mit: «Ich glaube, das sind meine Fransen.» Und sie waren es in der Tat. 1671 wurde der Marquis de Saissac, Comte de Clermont-Lodève vom Hofe verbannt, weil er am Tisch des Sonnenkönigs betrogen und mit gezinkten Karten 50 000 Louisdor ergaunert hatte. «Man spielt, gähnt, langweilt, beneidet und verleumdet sich», notierte Madame de Maintenon, die späte Favoritin des Monarchen: «Ein Merkmal dieses glänzenden Hofes bestand darin, daß alle Menschen, die in Formvollendung und Glanz wetteiferten, derb waren, sich an jegliche Beschwerlichkeit gewöhnt hatten und die rüpelhaftesten sein konnten.»

Baldesar Castligione hatte vielleicht vergebens den Verhaltenskatalog für den korrekten, zivilen, den neuen Menschen aufgestellt. Anmut, Offenheit und Großmut hatten zum gelebten Ideal werden sollen, um wohlgefällig miteinander die Erdenzeit zu durchstehen. Doch das blendende Schema deckte sich nicht, wie jedes exakte Programm, mit dem Leben, das seine natürlichen Ausbrüche, Entgleisungen und schrillen Höhepunkt will. War es also für die Katz, gänzlich umsonst gewesen, was in Urbino einst debattiert und gelehrt worden war, daß nämlich der Mensch einer inneren Gesittung vor dem egoistischen Impuls, der Nachlässigkeit, vor dem Radau, der Verbohrtheit und dem Haß den Vorrang geben sollte – auch, um dann von seinem Gegenüber mit Weltläufigkeit und Respekt bedacht zu werden? Es war nicht völlig vergebens gewesen. Als am 25. Oktober 1793 Marie Antoinette das Schafott bestieg und dabei dem Henker von Paris auf den Fuß trat, wandte sie sich um und sagte:

«Verzeihen Sie, Monsieur, ich habe es nicht absichtlich getan.»

Ein Beispiel größerer Vornehmheit, wie sie ihren Vordenkern vorgeschwebt hatte, und gerade in Stunden größten Unheils, ist kaum auf uns gekommen.

Altlast

So ’n Mist! – Es gab zu viele Termine, die man sich merken mußte. Rolfs Geburtstag. Muttis Kurbeginn. Das Altstadtfest. Wieso hatte es sich in ihr so festgesetzt, daß ausgerechnet am 8. Juni 1946 die deutsche Wehrmacht und das übrige vor den Amerikanern kapituliert hatten? Der 8. Mai war’s gewesen! Und natürlich, selbstverständlich im Jahr davor! Das mußte endlich jeder wissen!

Katrin Neubert, Drogistin in Dinkelsbühl, zudem Gelegenheitsautorin bei den Würzburger *Blättern für Kurzprosa* – sogar schon Gewinnerin der *Rose der Vergänglichkeit* –, schlug mit der Hand auf ihre Maus. Das Blatt auf dem Monitor blieb leer.

Zum 8. Juni konnte sie endgültig keine Geschichte mehr zum Dritten Reich schreiben. Das wirkte schief, verspätet … oder aber doch besonders … geschichtsbewußt, betroffen, um das nationale Wohl besorgt. Doch sie mußte behutsam vorgehen, falls sie noch etwas Seelenschwarzes, auch Fanalhaftes für die *Blätter*-Ausgabe zuwege bringen wollte. Zu Hitler, das schien klar, war wohl schon eine Menge gesagt. Sie konnte ihn als «Dreck» bezeichnen; das war aufrichtig, umfassend und zuallerletztendlich für diese Type ausreichend. Das wußte man, das mußte man so in Erinnerung behalten, das konnte man als 34jährige Laien-Autorin kundtun. Katrin Neubert trank von ihrem Samstagnachmittagstee. Irgend etwas, was sich im Mai 1945, nicht im Juni ein Jahr danach, in der Reichskanzlei abspielte, das bot Stoff in Hülle und Fülle.

Es ließe sich etwas über den derzeit wieder gefährlich populären Rüstungsminister schreiben, etwa eine Szene ... zu der vielleicht noch Anhaltspunkte zu finden wären ... in welcher der Minister Hitler ohrfeigte. Oder das Gegenteil, ihm versicherte, mit ihm in den Kugelhagel zu rennen. Eigentlich egal, innerhalb einer Verbrecherbande.

Aber das war das Material, bei dem Publikum mit entsetzter Neugierde erstarrte, geradezu der Verkaufsschlager, der lehrreich blieb. Ja, beinahe die ganze Welt wollte Hitler und Deutschland im Doppelpack.

Ekelhaft.

Sie sollte besser, überlegte sich Katrin Neubert, in den Garten gehen und sich eine andere Story für die Juli-Ausgabe überlegen. Aber nein, auch sie mußte sich in Vergangenheit verwandeln. Man brauchte nicht viel von Historie zu wissen, um zu spüren, daß ein Tausendjähriges Mörderreich, das natürlich nicht ganz so lange gedauert hatte, leider der Inbegriff Deutschlands war. Neben Hitler, Goebbels, Bismarck und diesem Gauleiter aus Österreich oder irgendwo ... Mä?-Me?-Metternicht ... waren alle in Deutschland schon immer gemeinfährlich, rassistisch, faschistoid und kriegslüstern gewesen. Ein ganzes Volk hatte seit seiner Entstehung eigentlich stets nur darauf gewartet, «Heil Hitler!» brüllen zu können. Das ergab sich doch aus dem, was die Medien gerade jetzt so gespenstisch klarstellten. Ja, nun, der Kölner Dom, da irgendwelche Feste in Schlössern, diese toten Kaiser da aus Wien, Albert Schweitzer, Mozart, Bach ... diese paar hundert Jahre, in denen sie in Deutschland noch so getan hatten, als wären sie irgendwelche normalen, netten, gastfreundlichen, sogar künstlerischen Bürger in der Mitte Europas, diese Vorlaufphasen ... seit den Römern bis ... circa 1930 waren Augenwischerei, Schwindel, eigentlich inexistent, und man mußte nicht viel darüber wissen.

Hitler ist Deutschland.

Das konnte sie in einer Geschichte noch einmal klarstellen und damit schockieren. Der Mensch mußte sich ins Entsetzliche eingraben, denn sonst sähe das Land auf einmal sogar wieder normaler aus, und die Leute würden zukunftsgewandt betroffen werden. Ein Unding. Und überhaupt nicht zu Ende zu denken war es, daß nach der, wenn nicht erst durch die Katastrophe in Deutschland die Demokratie, der Wohlstand, die freie Aufarbeitung, die größere Menschlichkeit ihren Einzug gehalten hatten. Unverrückbar.

So durfte sie, schon gar in einer Kurzgeschichte, das Desaster keinesfalls ins Positive wenden.

Die Dinkelsbühlerin stand auf und setzte sich wieder.

Auch sie mußte, beinahe wie mit Scheuklappen, Zeugnis ablegen. Sie nahm den Restfetzen des Tagebuchs ihres Großvaters: «Wir fuhren nach Mährisch-Ostrau ...», las sie als einzige erhaltene Eintragung. Daraus konnte sie am Ende noch, bei mancher Kanne Holunderblütentee, einen neuartigen, aber schön aussichtslosen Roman um die deutsche Katastrophe spinnen.

Sie schluckte. Harte Arbeit, Geschichte zu verlebendigen. – Also heute doch vielleicht erst einmal zum Altstadtfest.

Daheim

Die Ostheide, das tolle Nichts

Endlich wieder einmal Plattdeutsch: «Wenn een Wittinger Kind ok noch so wid geiht/So wid, dat hei nich hürt, wenn die Betklock sleiht/So hangt sin Hart doch an Wittingen fest/As an den Eekbohm dat Katteker-Nest!» – «Wenn ein Wittinger Kind auch noch so weit geht/ So weit, daß es nicht hört, wenn die Betglocke schlägt/So hängt sein Herz doch an Wittingen fest/Wie am Eichbaum das Eichhörnchennest!»

An diese Glocke kann ich mich nicht präzise erinnern. Fortwährend erklang unterschiedliches Tönen vom backsteinernen ungefähr tausend Jahre alten Kirchturm. Viertelstunden, volle Stunden, Hochzeits- und Beerdigungsgeläut hallten über die roten Dächer und das landschaftliche Nichts. Die Ostheide, in der auch mein Heimatort liegt, existiert zwar als flacher, regnerischer Raum, aber kaum als Begriff. *Heide* kennzeichnet bereits eine Leere. Der Brache noch ein *Ost* voranzustellen, war für die Bewohner zwischen Wolfsburg und Uelzen vielleicht zuviel der Selbstverkleinerung und Bescheidung. Nie als Ostheidjer, sondern lieber als Niedersachsen richteten sie sich in den Ortschaften Ausbüttel, Vollbüttel, Allesbüttel, Neudorf-Platendorf, Gannerwinkel und Wittingen ein. Bauern, Imker, Pendler des VW-Werks, immer mehr Angestellte und Rentner.

Eine Landmasse von 50 x 50 Kilometern eine Brache, ein Nichts? Der Stuttgarter, der Sizilianer, der zufällig die Bundesstraße 4 entlangfährt, wird es so empfinden. Geduckte

Dörfer, Kühe, Abzweigungen in Moore, Wimpelgirlanden fürs Schützenfest, Großmütter auf Fahrrädern im Wind – dazu dauernd ein Blick ins Endlose, wo Himmel und Wiesen sich berühren. Hier scheint die Antitoskana zu sein.

Die Heidelandschaft gab es ursprünglich nicht. Sämtlicher Urwald wurde jedoch im Mittelalter in Lüneburg unter den größten Salzpfannen Europas verheizt, so daß eine Art von Tundra mit Heidschnuckenherden entstand. Erst 1866 nach dem preußischen Sieg über das Königreich Hannover, dessen blinder König Georg wenig Widerstand leisten konnte, wurde wieder aufgeforstet.

Öde Weite, Leere? – Gifhorn und Bodenteich locken mit den, wie es heißt, einzigen Biedermeierkirchen Deutschlands. Das versteckte Kloster Isenhagen ist ein Juwel. Mit den Flußperlen der Ise wurden einst Bischofsgewänder bestickt. Der Hügel im Klosterhof hat sich aus den Knochen der Nonnen etlicher Jahrhunderte aufgeschichtet. Der Kreuzgang ist indes noch nicht ganz fertig. Während der Großen Pest im 14. Jahrhundert wurden, wegen des Aussterbens der Bevölkerung, die Bauarbeiten unterbrochen. Als Kind konnte ich mich durch die unverschlossene Pforte ins Zisterzienserkloster einschleichen und die gotischen Schränke öffnen, die beim Einzug der Novizinnen auf dem Dachboden reihenweise abgestellt worden waren.

Die Ostheide ist ein Reiterparadies. Auf den Gehöften bewegen sich mehr Rösser als Bauern. Zu den neueren Attraktionen der breiten Weite zählen Luftkurorte sowie das *Otterzentrum*, wo der Interessierte die Lebensweise und Aufzucht von Marderarten begutachten kann. Ein gewisses Highlife bietet Wolfsburg, in dessen Stadthalle die *Deutschen Meisterschaften im Gewichtheben*, *Das Frühlingsfest der Volksmusik mit Carmen Nebel* stattfinden und seit einhundertfünfzig Jahren Roger Whittacker und Vicky Leandros auftreten.

Als ich sechs oder sieben Jahre jung war, verfrachtete mich meine Tante Wilhelmine in eine Van-Gogh-Ausstellung in der Autostadt. Ich sollte die genialen Sonnenblumen liebenlernen. Eine verfrühte gute Absicht.

Wer an Heimat denkt, macht ein Faß auf, aus dem es zuerst tröpfelt. Dann ersäuft man unter den Fluten.

Ich hatte Glück. Mein Leben in der Ostheide war gesegnet. Durch die üblichen Verheiratungen innerhalb eines Orts, was hin und wieder zu seltsamem Nachwuchs führte, besaß ich in unserer Heidestadt an die sechzig «Onkel» und «Tanten». Sie waren Stellmacher, Tischler, Witwen, Schlachter, Bäckermeister, so daß ich als Kind Nougatringe und Brote warm aus dem Ofen aß. Meine Familie mütterlicherseits betrieb ungefähr seit dem Siebenjährigen Krieg eine Schmiede. Mein 1945 aus dem Osten herangespülter Vater führte den Handwerksbetrieb fort, und ich erinnere mich, daß er und seine Gesellen in atemberaubenden Aktionen riesige rotglühende Eisenreife auf die Holzräder von Erntewagen brannten. Unsere Kundschaft, typische Heidjer, bleibt das Personal zu einem deutschen Zeitroman: Onkel Fritz, Großbauer aus Eutzen, brachte uns jeden Sonnabendmorgen zwei, drei Kilo *Thüringer Mett* ins Haus und fütterte mit den Hackbrötchen jeden, der durch die Küche lief. Auch den Bauern *Piepen*-Piep darf ich nicht vergessen. Von diesem Pfeifen-*Piepen*schmaucher hieß es, daß er seine Stiefel selbst im Bett nicht auszog, so daß er in jedem Zimmer Kuhfladenkrümel und Landduft hinterließ. Derweil bekam in unserm Nachbarhaus Onkel Otto, Gerbermeister, mit 80 Jahren zum dritten Mal eigene Zähne. Ein medizinisches Wunder. Die vielen Kinder, die sich allerorten tummelten, waren bei jedem Familiengeschehen einfach zugegen und wurden nur dann ausquartiert, wenn Oma oder Opa, zumeist «an Zukker», in ihren Schlafzimmern starben.

Ich empfinde mich, besonders durch die Heide, als Übergangs-, als Brückenmensch. Ich lugte noch in Pökelfässer und fürchtete mich vor der finsteren hauseigenen Räucherkammer. Während meiner Kindheit waren Bücher offenkundig noch etwas Besonderes und von Heidebürgern Begehrtes. Im 5000-Einwohner-Ort existierten vier Buchhandlungen, heute ist es noch eine halbe, mit Ikebana-Anleitungen zwischen Papierwaren. Eine Ortschaft und eine Landschaft wirken auf den Besucher mittlerweile saniert und sind mitgewachsen in bundesdeutschen Entwicklungen. Kleine Läden, Unternehmer sind selten geworden, der Mittelstand schrumpft. Wie um sich selbst zu veröden und ihr Eigenleben in den Welttrend einzufügen, weisen Gemeinderäte Baugrund für riesige *Schuhcenter* und *Lampenmärkte* aus. Bisherige Kleinstadtorganismen erlöschen. Pensionäre und *Volksbank*-Angestellte sind oft im Urlaub an der Algarve und auf Mauritius. Im ehemaligen Südfrüchteladen bemühen sich Neubürger aus Rumänien um ihre Handy-Kundschaft. Natürlich nicht tot ist so ein norddeutscher Ort, in dem Menschen leben. Heimat- und Gewerbevereine, Nachbarschaften veranstalten sogar eine wahre Flut von Straßenfesten mit immer raffinierteren asiatischen Genüssen. Allerlei Traditionskriminelle – tatsächlich oft aus der zerfallenen Sowjetunion? – halten die Eigenheimbesitzer in Atem. In einer Bankfiliale der Gegend wurde eine Kassiererin bereits zum dritten Mal als Geisel genommen, fand sich in Weißrußland wieder und besteht nun darauf, in ländlich-rüstiger Art, nach ihrer nächsten Entführung eine Gratifikation zu bekommen.

Ist das die langweilige Lüneburger Ostheide? – War es selten und, wie es so ist, immer nur für den, der selbst langweilig ist. Partner in zerrütteten Ehen flüchten sich aus Kästorf übers Wochenende zum Seitensprung nach Hamburg. Die *Amnesty-International*-Gruppe pflegt seit Jahren Patenschaften für Straßenkinder in Bolivien. Drei ortsansässige Pastoren gerieten nach ihrem Spargelkauf und Frühschoppen am Himmelfahrtstag im Auto von der Straße ab und wurden mit einem Großgottesdienst gemeinsam in die Gräber gesenkt.

Das Land zwischen der Aller und dem Hannoverschen Wendland ist wie jeder Landstrich voller Gesichter und Geschichten. Vom nahegelegenen Bergen-Belsen, vom verschwundenen jüdischen Kurzwarengeschäft Nathan in der Langen Straße wird noch immer nicht gesprochen. Der *Dorfnarr* Walter, der unter der NS-Diktatur sterilisiert wurde, marschiert beim Schützenfest nicht mehr hinter der Blaskapelle her. Auf der *Rentnerbank* am Wall hockt kein Großvater mehr zum stundenlangen Klönschnack. Längst begraben ist auch der Invalide aus dem Ersten? Zweiten? Weltkrieg, der morgens jahrzehntelang mit Beinstumpf und Krücken an unser Gartentor gelehnt stand und sich mit den Passanten, dem Speditionskutscher Meinecke – «Ik bring' Sie was!» – unterhielt. Statt dessen bringen nunmehr eifrige chinesische und türkische Gastronomen die deutschen Wirte vom *Lönskrug* und *Braunschweiger Hof* ins Hintertreffen.

Die Schulranzen und die Kleidung der Grundschüler sind mittlerweile derartig bunt, daß ich fürchte, solche phosphoreszierende Strahlkraft wird nicht immer, zumal wenn sie sich vor ihrem PC krümmen, in ihrem Innern aufleuchten. Meine Schulnachfolger, was lernen sie am Fuße der 136 Meter hohen *Wierener Berge* in Deutsch, Geschichte und Musik? Schon zu meiner Zeit war die musische Ausbildung in Niedersachsen eher ein Stiefkind.

Ist die Ostheide wirklich die Anti-Toskana?

Auf einen selbst und ein paar Umstände kommt es an. In dieser Region – «Nichts als Gegend», wie mein Onkel Traugott aus Sachsen behauptete – war moderne Weltgeschichte martialischer zu erleben – und sie klingt noch nach – als in Florenz. Der Todesstreifen zwischen der DDR und der Bundesrepublik riegelte als Ergebnis des Zweiten Weltkriegs das krautige Idyll im Osten ab. Wer Vibrationen einer Landschaft zu spüren vermag, fährt weiterhin mit einem Schlukken, einem Staunen von Niedersachsen nach Sachsen-Anhalt, vom Kreis Gifhorn in den Kreis Salzwedel hinüber. Den Wachtturm, von dem die Todesschützen der *Volksarmee* auf *Republikflüchtlinge* zielten, hat derweil vielleicht eine Weberin oder Töpferin bezogen und behaglich ausgestaltet. Wo die Weststraße nun in eine frischer geteerte Oststraße übergeht, war vierzig Jahr lang das Resultat deutscher Geisteskrankheit, des Mordens, alles irdisch Häßlichen zu erkennen, das Minenfeld, die Selbstschußanlagen. Heute funktioniert es nicht mehr so einfach: Doch bis zum Ende der Teilung mußte man in diesem Grenzgebiet, drei Kilometer vor unserer Haustür, zwangsläufig zum Geschichtswissenden werden. In einem Waldstück, von der Aussichtsplattform des Bundesgrenzschutzes, blickte man in das benachteiligte Ostdorf Waddekath. Wenn man in die DDR schaute, zwischen verfallenden Scheunen, LPG-Gänsen eine bedrückende Stille wahrnahm, gewann man ein bejahendes Verhältnis zum Westen und zur Demokratie. Hin und wieder fuhr ich als Gymnasiast zum Stacheldraht, beobachtete Lastwagen der *Volksarmee* und sagte mir: «Lieber hier die Fünf in Mathe als drüben eine Eins in Sport.» In der Altmark, der östlichen

Nachbarin der Heide, sind die Gebäude unterdessen fast durchweg renoviert. Oft liebevoller als im Westen. Etwas Gedrücktes, Verunsichertes ist bei den Bewohnern auf der Ostseite der Exgrenze bisweilen noch spürbar. Die Menschen, die sich 1989 hier in die Arme fielen, leben vierzehn Jahre danach recht stumm nebeneinander her. Die persönlichen Werdegänge sind noch zu unterschiedlich. Ein Ostdeutscher ärgert sich über die Selbstgefälligkeit eines Westnachbarn. Mancher Niedersachse mißgönnt einigen Altmärkern die erfreuliche Rente, die sie, ohne frühere D-Mark-Einzahlungen, beziehen. Es ist also gut, daß altmärkische und ostheidische Gesangsvereine sich zum Adventskonzert treffen, Handballklubs miteinander wetteifern, der Baumkuchenhandel floriert. Im Vergleich zu anderen Problemen der Welt sind die deutsch-deutschen Harmonisierungsreibereien nichtig.

Grausam ist die Lüneburger Gegend an heißen Sonntagnachmittagen. Sommerglut lastet über Rüben. Radfahrer ächzen zu den Naturschutzgebieten fürs Heidekraut Erika. Die Joghurtschnitten stehen steif und schweigen. Motorradfahrer jagen *full speed* über die Pisten. Protestantismus in jeder Birkenrinde. Theologische Seelenfreiheit. Und dann und wann ein Krankenwagen.

Spontan wird hier selten jemand zum Grillabend eingeladen. Früh kriecht die Abendkühle auf die Terrassen. Man holt die Strickjacke und schenkt Aquavit nach. Selbstmordgedanken. Sich vor lauter landschaftlicher Flachheit mit den Mooren des Gemüts im Elbeseitenkanal ertränken? Aber was wird dann aus den Kindern, und wer wird den Rasen mähen? Deutsche feiern und halten durch. Gelassenheit haben sich die wenigsten angeeignet.

Da das Ruheland, nordöstlich von Celle, durch fehlende Metropolen und Natursensationen fast ein Vakuum darstellt, läßt es sich vornehmlich aus dem eigenen Gemüt beleben. Arno Schmidt tat es bücherweise in Bargfeld. Als 1970 ein schneereicher Winter hereinbrach, erklärten meine Freundin Birgit und ich unser Städtchen Wittingen einfach zu «Sankt Petersburg», und auf Spaziergängen priesen wir «die gleißende Weite Rußlands». Noch ausgefeilter verlief die Landschaftsbereicherung mit meinem Freund Wilhelm. Eine lichte Pappelschonung am Celler Bahndamm nannten wir ausschließlich «Provence». An manchen Nachmittagen, an denen wir nicht im Heide-Kosmos ausharren wollten, radebrechten wir Französisch: «Pourquoi ne pas aller au cinéma à Brunswick?» «Oui, allons à la grande capitale, la nouvelle Babylone!» Das Närrische, das Freie kann im undefinierten Land gedeihen. Peter spielte vorzüglich Klavier. Da uns von außen wenig Spirituelles geboten wurde, setzte er sich ans Instrument, und wir vertonten mit Koloraturen im Duett Kafkas *Das Urteil*, mit Passagen im Walzertakt. Drogen, neben Bier und Korn, waren in dieser Monotonie und Offenheit vielleicht stets willkommen. In nächster Nähe kannten wir drei Adressen, wo spottbillig LSD zu kaufen war. Halbe Schulklassen wandelten *stoned*, bevor die meisten den Ernst des Lebens bewältigten, durch den Wunderbütteler Busch und übers Weiße Moor, um Sonnenaufgänge zu inhalieren, um sich als Prophet Elias mit einer intuitiven Rede von einem Eichenstumpf vernehmen zu lassen: «Höret, ihr Kinder, der Herr ist unser Hirte und schenkt uns die Natur!» Renate küßte Henning, und Beate schlief auf der Luftmatratze mit Wilhelm. Von der Ostheide aus erschien uns Frankfurt am Main als gehetzt, München als dumpf. Die süddeutsche Sperrstunde wird in Gasthäusern und Diskotheken nicht exekutiert. Nur wenn *Castor*-Transporte nach Gorleben rollen, befindet sich das Land wie im Kriegszustand.

Hubschrauberstaffeln dröhnen durch die Mittagsruhe. Die Polizei rückt in Hundertschaften an.

Ich gebe unvollständig ein Mosaik wieder. Wer in die Ostheide fährt, sollte das Mühlenmuseum von Gifhorn besichtigen. Er kann in Betzhorn Störche stelzen sehen. Nachdem er den von Friedensreich Hundertwasser wild und schön umgestalteten Bahnhof von Uelzen bestaunt hat, wird dem Fremden eine Thermalpause in Bad Bevensen, mit tiefem Einatmen in der Schwefelkabine, guttun. Die Einheimischen um ihn herum sind alle europäischer geworden. Dazu gehört es gewiß, daß weniger das Nationale, sondern das Regionale, als Betonung von Eigenart, neues Ansehen genießt. Kurse im fast verloschenen Plattdeutsch werden angeboten, Heimatforscher graben Schüsseln aus, aus denen der Burgvogt von Knesebeck 1503 seine Suppe gelöffelt hat, Familienstammbäume werden rekonstruiert und gegen die sich vereinheitlichende Welt ins Feld geführt.

Für mich existiert die Ostheide als geistige Lebensform und als wünschenswertes Fundament. Es besteht aus der bürgerlichen Souveränität meines elterlichen Handwerkerhaushalts. Die Steifheit der Menschen schließt nicht aus, daß sie mitunter verrückt sind und das Ungewöhnliche zulassen: «Nun ist Hinrich schon wieder die ganze Nacht allein durch die Feldmark marschiert. Da gibt's doch nix außer Sterne.» Die Ostheide ist ein Raum, in dem man entweder lebenslang sich selbst zu Humus verwandelt oder aber Ausbrüche wagt. Die ruhigen Horizonte stellen es einem frei. Dahinter brodelt gewiß packendes Leben! In einer Landschaft, wo man beim Anblick von ungereiften Weintrauben an Fachwerkgemäuer feststellt: «Et was son natten un käuhlen Sommer west, dat die Windruwen nich rip worrn sünd und noch inn Novemberdag an die Hüser rüm hungen» – dort hat Melancholie ihren Platz und ist die Lebensfreude zu einer besonderen Anstrengung aufgefordert. Ist das nicht Mitteleuropa?

Celler Seligkeiten

Seit mehreren Jahren rast der ICE ohne Halt durch Celle.

Nur mit Mühe, und bei gehöriger Aufmerksamkeit, erkennt der Reisende durch getönte Scheiben den Turm der Stadtkirche, die Dächer des architektonisch reizvollsten Zuchthauses Deutschlands von 1720 und die Waggons der *Osthannoverschen Eisenbahn* (*OHE* – Oma hat's eilig), die vielleicht für immer auf Nebengleisen abgestellt sind.

Das Durchflitzen der Hochgeschwindigkeitszüge, die es in Richtung Hamburg meistens über Eschede hinaus schaffen, erträgt Celle mit Gelassenheit. Die Königin der Heide hat es nicht nötig, sich jedem Eilenden hinterherzubeugen. Auch ohne Stop des ICE, der im lächerlich kalten Hannover seine letzte Pause einlegte, trudeln pro Jahr über 600000 Touristen in das Fachwerkjuwel an der Aller. Sie besichtigen das *Rothenburg des Nordens* mit seiner fast komplett erhaltenen Innenstadt aus Bürgerhäusern der Gotik und der Renaissance. Was im Zweiten Weltkrieg in Hildesheim, Braunschweig wie Zunder brannte, reckt hier beharrlich seine bemalten Balken, die schiefen Erker über die Beschauer. Ein Bummel durch die Schuhstraße, mit Schrecken am *Karstadt*-Neubau vorbei, dann über die Stechbahn endet stets mit einem «Ah!», «O wie schön!» des Fremden, der schließlich im Gasthaus *Schweine Schulze* zu Sauerfleisch mit Bratkartoffeln einkehrt. Kein Transittourist der ehemaligen Residenzstadt genießt jedoch ein Privileg der Einheimischen. Wer am Ort wohnt und bleibt, ist Celler. Wer hier geboren wurde, wie ich, darf sich Cellenser nennen.

Als Kind wollte ich meistens in London oder in Celle wohnen.

In London spielten die Francis-Durbridge-Krimis, die vom frühen deutschen Schwarzweißfernsehen ausgestrahlt wurden. London lockte mit Geheimnis, mit Unüberschaubarkeit und gepflegt kriminellem Pfeifeschmauchen in Ledersesseln. Celle betörte mich – der ich im Umland aufwuchs – mit anderen Werten. Es war die erste «Stadt», in die meine Oma mich mitnahm. Wir übernachteten bei Tante Luise, um deren Wohnung der Schokoladenduft der *Trüller*-Keksfabrik wob, welche die Konfektmarke *Celler Ruhm* herstellte. Prägender aber für mich Landkind und gelegentlichen Besucher wurden andere Phänomene. Ich lernte in Celle Heimweh und bittere Verlorenheit kennen. Ich weinte im *Kepa*-Kaufhaus an der Hand einer Verkäuferin, die in ein Mikrofon rief: «Hans hat seine Oma verloren! Bitte holen Sie ihn an der Kasse ab!» Ich wurde wieder aufgelesen und bekam im *Café Kies* ein fettes Stück niedersächsische Torte.

Nichts jedoch übertrumpft an Wirkung Omas damalige Aufforderung: «Heute besichtigen wir das Schloß.» Seit jenem Sommertag um 1965 wurde das Wort *Schloß* für mich zum Schlüssel für Kultur, Lebensart und erstrebenswerte Zivilisation. Das Celler Schloß ist ursprünglich eine Wasserburg im Stil der Weserrenaissance. Italienische Giebel, inmitten der Heidebrache, zieren seinen Ostflügel. Im 17. Jahrhundert verschönerten die Herzöge von Lüneburg-Braunschweig den viertürmigen Klotz. Als Kind durchdrang mich in den Prunkräumen zum ersten Mal: Pracht, der Luxus umgoldeter Spiegel, Nymphen, die auf Deckengemälden schweben. Die Suche auch nach äußerer Schönheit hat mich seit meinem Umhertappen unter den Kristallüstern nicht losgelassen. Aus einem flüchtigen Besuch entwickelte sich Bleibendes. Geschichte mit ihren Geschichten wurde auf den roten Teppichen lebendig.

Ein Porträt im Treppenhaus zeigt eine wunderschöne Dame mit tiefem Décolleté und Perlengeschmeide, Eléonore d'Olbreuse. Obwohl die Gemahlin von Herzog Georg nicht standesgemäß war, wurde die eingeheiratete Französin zur Urgroßmutter Friedrichs des Großen und zur Ahnherrin des englischen Königshauses. Und die Turmgemächer verwahren natürlich das berühmte Drama der Caroline Mathilde, jener hierher verbannten Dänenkönigin, die vierundzwanzigjährig 1775 in Celle «an Melancholie starb», wie mir meine Oma zuraunte. Traurig erschauernd, bestaunte ich das Denkmal der unglücklichen Geliebten des geräderten und dann gevierteilten Grafen Struensee im Französischen Garten. Noch heute erscheinen mir die Schwäne dort wie verzauberte Hofdamen und Kavaliere. Das ruhig-lebendige Celle verbindet seinen Besucher zwanglos mit Vergangenheit, die sich ausschließlich als Bereicherung der Gegenwart offenbart. Die krummen Dachfirste der Kalandgasse, unweit des Amtsitzes der *Lüneburger Ritterschaft*, zeigen, wie perfekt und wie steril wir heute bauen und wohnen. Der Anblick der Pranger am Rathaus läßt den Besucher seinen modernen Rechtsstaat ehren, in dem er wegen Schwarzfahrens und entdeckten Ehebruchs nicht öffentlich angekettet wird.

Wer von Celle spricht, muß sein Schloßtheater erwähnen. Es ist die älteste bespielte Bühne Deutschlands. Johann Sebastian Bach wanderte als junger Musiker hierher, um französische Musik zu studieren. 250 Jahre später hatte Ruth Maria Kubitschek auf den Brettern ihr Debüt als Schauspielerin. Ab einer bestimmten Windstärke wird im Theater ohne Kulissen agiert, da sie an der Turmmauer emporgehievt werden müssen. Eine *Orestie*-Ausstattung segelte vor Jahren bei einem unfreiwilligen Transport auf Windböen in den Wassergraben hinab. Das Bomann-Museum gegenüber ist groß, wirkt dunkel verwunschen und birgt viele Schätze.

Wer sich für Bienenzucht und Honiggewinnung, eine Heidespezialität, interessiert, kann alles Dazugehörige in ungestörter Andacht betrachten. Man schreitet an garagengroßen Bauernschränken vorbei und durchquert vollständige Hauseinrichtungen mehrerer Jahrhunderte. Im Fluß der Epochen kann der föderalistisch gesinnte Deutsche im Bomann-Museum vor den Standarten der hannoverschen Armee einige Tränen vergießen. Die tapfere Streitmacht unter dem Oberbefehl ihres blinden Monarchen unterlag 1866 bei Langensalza den Preußen ... und das Königreich Hannover wurde aus der Weltgeschichte gelöscht. Die Welfenpartei ist im Lande lange stark geblieben. Leider haben ihr seit Jahrzehnten Neonazi-Parteien den Rang abgelaufen, deren Wähler in dieser Gegend berüchtigte, trostlose, braune Klumpen bilden. Um über die hirnlos-destruktive Vaterlandsvergötzung auf dem laufenden zu bleiben, hat die *Antifaschistische Infogruppe Celle* ihre Internetseiten eingerichtet.

Dumpfes Beharren, Deutschtümelei ist zwischen den Fachwerkgiebeln gewiß am wenigsten passend. Als Cellenser darf ich es sagen: Das britische Empire entwickelte sich nur scheinbar von London aus. In Wirklichkeit rührt die englische Weltfamilie aus Celle her, denn das Haus Hannover/Windsor, das 1714 auf den englischen Thron gelangte, besaß eine Stammutter in der Celler Prinzessin Sophie Dorothea ... die wegen zusätzlicher Liebesaffären 39 Jahre lang in einem feuchten Allernest inhaftiert war. Daß ihre Heimatstadt im Zweiten Weltkrieg nicht bombadiert wurde – nur das Gaswerk flog in die Luft –, begründet der Einheimische weiterhin gerne mit dem Argument: «Die Engländer wissen, daß sie von hier stammen!» Man befindet sich an einem verdeckten Knotenpunkt der Welt.

Abends herrscht in Celle wenig öffentliche Fluktuation. Kulturveranstaltungen im Saal der *Union*, einem Gastronomiepalast der wilhelminischen Ära, haben mich selten in ihren Bann geschlagen. Wegen Platzmangels und fehlendem Orchester tanzte das *Monte Carlo Festival Ballett* zum Tonband. Am feinsten logiert und speist der Durchreisende im *Fürstenhof*, während in anderen Lokalitäten das Gemüse knackiger sein könnte. Im Norden schätzt man manchmal die Konserve. Einen nächtlichen Gang durch Celler Gassen im Schneegestöber vergißt keiner jemals. Gestalten E.T.A. Hoffmanns könnten einem um eine Häuserecke entgegenhechten und krakelen: «Laßt uns noch ein Totentänzlein fideln!» Im Gegensatz zu München wird am Zusammenfluß von Aller und Fuhse, soweit ich weiß, keine Sperrstunde exekutiert. Falls Wirt und Gäste es wollen, kann man sich mit *Ratzeputz*, dem lokalen sechzigprozentigen Ingwerschnaps, noch im Morgengrauen in andere Gefilde saufen und Wahnvorstellungen schüren.

Für viele Menschen besitzt die Stadt zwischen Mooren und Wäldern die Wichtigkeit von Bayreuth. Nur handelt es sich in Celle nicht um Sänger, um Wagner und um Isoldes Liebestod, sondern um Hengste. Karten für die *Hengstparade* sind ähnlich schwer zu bekommen wie die für einen Auftritt von Daniel Barenboim auf dem Grünen Hügel. Die Hengstparade mit ihren tänzelnden Beschälern, den Dressur- und Kutschfahrtvorführungen ist einmalig. Angeborene und unverstellte Eleganz läßt sich am Trab der prachtvollen Rösser bewundern; und doch kann ein gutes Buch nach all dem tierisch-körperlichen Gepränge nicht schaden. Ich danke diesen Pferden. Sie haben mich in meiner Jugend nicht nur abgeworfen, sondern mich über Heide und Wiesen getragen, wo ich mich um ihre schweißdampfenden Hälse klammerte und ihnen einen Kuß in die Mähne drückte.

Die kostbarsten Hannoveraner werden im Landesgestüt von Celle-Adelheidsdorf gezüchtet, wo ich vorzeiten *Bereiter* werden wollte. Doch die annähernd lupenreine Kavalleristen-Ausbildung schreckte mich ab. *Tiefgefriersperma* der Celler Hengste wird seit 1973 übrigens in die Welt versandt und ist kein billiger Exportschlager.

Nicht weit ist der geographische Sprung vom Gestüt zum vormaligen Nonnenkloster von Wienhausen. Wer von Renaissance und Barock gesättigt ist, kann in Wienhausen einen der eindrucksvollsten Zisterzienserbauten der Gotik bewundern. In manchen Eichenbohlen des Klosters erblickt man seltsame Vertiefungen. Sie gruben sich ein unter den Knien der Nonnen, die seit dem 13. Jahrhundert auf harten Erbsen beteten. Die Wienhauser Wandteppiche gehören zu den wertvollsten Stickereien Europas. Wegen ihrer Lichtempfindlichkeit werden sie alljährlich nur nach Pfingsten aus ihrer Verwahrung geholt und präsentiert.

Zu den bedeutenden Söhnen meiner Geburtsstadt zählt Albrecht Thaer. Er war ein frischer, praktischer Geist der Goethezeit. Gegen schlechte Ernten, gegen Hunger, gegen unbedachte Ausbeutung der Natur erfand er im Durchgang seines Lebens die Landwirtschaftswissenschaft. Thaers Garten war einst ein revolutionärer Ort, in dem der Agronom erkannte: Gehen wir mit der Erde behutsam um, es wächst nicht immer alles nach.

Celle besaß bereits 1845 eine Eisenbahn nach Lehrte. Daß in der Gemeinde urbane Straßenbahnen verkehrten, weiß ich nur noch von den Schienenresten, über die ich stolperte. Vergangener Transport mit Schaffner auf dem Perron.

Warum wollte ich lange Zeit in Celle leben? Warum rührt mich die Stadt unvermindert an? Sie ist ein Platz der Kindheit. Sie war meine große Welt, die nicht erschlagend war. Die liebevolle Mühe, unser flüchtiges Dasein zu schmükken, drückt sich in den Akanthusschnitzereien der Häuser und in der Stukkaturenorgie der Hauptkirche aus. Die Stadt birgt weiterhin Geheimnisse. Zum Beispiel das Palais des *Hofagenten* und *Financiers* Stechinelli. Wer war dieser Venezianer? Was trieb ihn vom Canal Grande in diese Gegend? – Ehrfurcht vor der Reformation, also vor einer Rebellion, flößt Celle ein, angesichts des Grabmals von Herzog Ernst dem Bekenner. Auf Gedeih und Verderb führte der Früh-Lutheraner Land und Leute aus dem römischen Gehorsam heraus und schaufelte nebenbei die Klosterschätze in seine Truhen.

Celle ist ein Rest des malerischen Deutschland, ein europäischer Geschichtenvorrat, heimelig, in unguten Fällen muffig, geizig, boshaft. Es kann sich deutsch-venezianisch-englisch geben und eine Aufforderung an Fremde und Bewohner sein, solchem Reichtum zu entsprechen. Getrost darf die Kreisstadt den ICE an sich vorbeirauschen lassen. Wer in Celle nichts sieht, sieht auch woanders nichts.

Der Vater

Zeiten und Umstände, die wir nicht mehr kennenlernen werden: Kindheit mit sechs Geschwistern in einer Zwei-Zimmer-Dachwohnung in einem Städtchen, jenseits der Oder. Der Vater – mein Großvater also – kam mit 29 Mark Wochenlohn nur übers Wochenende zu seiner Familie. Die übrigen Tage arbeitete und lebte er im Lausitzer Braunkohle-Tagebaurevier. Die Mutter – meine Großmutter – achtete daheim auf Nestwärme und Disziplin. Aus dem Kinderhaufen sollten brauchbare Menschen werden. Im Winter 1945 floh sie mit einem Handkarren, darauf Bettwäsche, Personalpapiere, Fotos, mit dem großen Treck in Richtung Berlin. Sie verhungerte bald danach in der Ruinenstadt. Die väterliche Familie war, wie Deutschland, zersprengt.

Aus der Kindheit meines Vaters erfuhr ich vieles.

Liebenau, im Kreis Züllichau-Schwiebus, war von weiten Seen umgeben, die herrliches Spielen und Abenteuer ermöglichten. Aber schon als Zehnjähriger mußte mein Vater durch frühmorgendliches Glockenläuten Geld dazuverdienen. Mit fünfzehn wurde er Schmiedelehrling. Einmal trat er als Knabe, ohne anzuklopfen, in das Haus des Apothekers. Er erblickte die Hausherrin ungeschminkt im Morgenmantel und erstarrte vor Schreck. Sie verpaßte dem Eindringling eine knallende Ohrfeige. Was mit der ersten Dame des Orts wenige Jahre später bei Kriegsende geschah, bleibt im dunkeln. Ihr Mann, der Apotheker, wurde beim Ansturm der Roten Armee mit der Axt erschlagen und blieb mit gespaltenem Schädel auf der winterlichen, schneebedeckten Straße liegen.

Mein Vater lebte 1940 als blutjunger Maschinenschlosser in Berlin. Er aß, wie Tausende andere auch, bei *Aschinger* Erbsensuppe mit Schrippe. Das war offenbar ein beliebter Treff im Altberliner Leben. In *Ufa*-Filmen schwärmte er eher für die mutterwarme Magda Schneider als für den großdeutschen Vamp Zarah Leander und ihren kurzsichtigen Schmelzblick. Ich glaube, er hatte zu dieser Zeit Geliebte, die er am Potsdamer Platz traf. Er sprach später jedenfalls davon, daß er in seinem modischen Trenchcoat, einem *Staubmantel*, «eine gute Figur» gemacht habe. Bald wurde er einberufen.

Von den vier Kriegsjahren berichtete er fast nie. Ich glaubte, solches Schweigen über so entscheidende Jahre sei ungewöhnlich. Er muß diese Zeit als zu schrecklich empfunden haben. Mein Vater steuerte als Grenadier im dunklen Kampfanzug einen Panzer über Weichsel und Dnjepr in den Osten. In dem Stahlsarg verbrannten bei lebendigem Leibe, das hörte ich irgendwann einmal heraus, um ihn herum seine Kameraden. Auf dem Rückzug donnerte er durch die Gewächshausreihen einer pommerschen Großgärtnerei. Auch diese Frontverkürzung half dem Dritten Reich nicht mehr.

Im April 1945 verteidigte er die Villa Heinrich Georges und Berta Drews' gegen die Truppen von Marschall Schukow. Die Speisekammer der geflüchteten Schauspielerfamilie war voller Delikatessen, die zuerst von den Deutschen, dann von den Russen vertilgt wurden. Wenige Tage später kämpfte er, dem Stadtzentrum bereits erheblich näher, auf dem Flughafen Tempelhof. Im Granathagel auf dem Rollfeld ereignete sich jenes ungeheuerliche Geschehnis, das er erst vor wenigen Jahren andeutete: Jemand aus seiner Kompagnie erschoß einen Offizier oder einen SS-Mann, um Schluß mit dem Krieg zu machen.

Diesem unauslotbaren Drama folgte die gefährliche Flucht nach Westen. Der 24jährige durchschwamm bei Wittenberge die eisige Elbe. Er schlich übers Land und schlief in einer Scheune meines Heimatorts Wittingen ein. Bauern in der Lüneburger Heide, die nie Fremde wollten, schenkten ihrem Soldaten nur ein paar alte Kartoffeln.

Er blieb aber, denn es gab kein weiteres Ziel. Er war gelernter Schmied, und es arbeiteten sieben Schmiedemeister am Ort mit seinen dreitausend Einwohnern. Mein Großvater – mütterlicherseits – stellte 1945 den Gestrandeten in seiner Werkstatt ein.

Es war die Zeit der Schwarzschlachtungen bei Morgengrauen, und im Schlafzimmerschrank meiner Großmutter steckten noch Kugeln vom Straßenkampf der *Hitlerjugend* gegen die Engländer unter Feldmarschall Montgomery.

Im ersten Nachkriegssommer wurde der Aufmarschplatz mit dem Namen des hannoverschen Gauleiters wieder ein normaler Schulsportplatz für Weitsprung und Kugelstoßen. Die vorherige Bezeichnung *Teltschow-Platz* verflüchtigte sich jedoch erst im Lauf von Jahrzehnten, und ich selbst benutzte sie noch ahnungslos.

Aus der Nachkriegszeit erzählte mein Vater gern, und ich hörte als Knirps mit Wonne zu, denn damals war viel los im Kaff!

Eine ausgebombte Opernsängerin aus Dresden veranstaltete auf dem Tanzboden von *Hotel Nöhre* Liederabende und begleitete sich selbst auf dem Klavier. Eine Gasthauswirtin feierte als Stripteasetänzerin Erfolge vor britischen Soldaten und wurde ortslegendär. Noch über die 70jährige hörte ich auf der Straße: «Lotti hatte Beine wie

Marlene … Sie wird wissen, wie die Nächte endeten …» Für Kaffee, *Navy Cut* und Mettwürste wurde in unserer ehrenwerten Elterngeneration fast jeder zum Dieb, sogar an den Räucherkammervorräten seines Nachbarn oder Schwagers. Von der stattlichen Anzahl der eigentümlichen, oft rothaarigen Inzestgeschöpfe in den Heidedörfern war mein Vater überrascht. Eine malerische Bandbreite an Ariern tat sich ihm zwischen Mooren, Wacholder und Storchennestern auf. 1949 heiratete er die Tochter seines Schmiedemeisters. Sie wurde meine Mutter. Für die Ehe mit einer Protestantin im Lutheranerland wechselte der Katholik ohne größere seelische Konflikte die Konfession. Falls es einen Gott gab, war er für meinen Vater von keiner spezialisierten Kirche abhängig. Man konnte einfach und umfassend an ihn glauben. Genaueres war in der Sache nicht zu bewerkstelligen.

Ich kam um ein Haar auf einem *Herkules*-Moped zur Welt, als er 1956 mit meiner Mutter durch die Nacht ins fünfzig Kilometer entfernte Celler Krankenhaus übers Kopfsteinpflaster preschte.

Ich achte meinen Vater, ich mag ihn uneingeschränkt, wenngleich wir niemals ausführliche oder tiefschürfende Gespräche geführt haben.

Als Flüchtling mit polnisch durchwehtem Namen mußte er härter arbeiten als die alteingesessenen Handwerker, die Pieper oder Gusebrink hießen und die ihn kaum dulden wollten. Auch sonnabends, sonntags fuhr er schon um sechs, sieben Uhr früh zu den Gehöften, um kranke Pferdehufe zu behandeln oder auf den nassen Äckern Pflüge zu reparieren. «Unser Betrieb», das heißt «seiner», überlebte durch solchen Einsatz als einziger. Das Wort Urlaub fiel erstmals in den 60er Jahren. Aber statt dessen fuhren wir zum *Heidepilz*, einem Café-Kiosk mit rotweißem Fliegenpilzdach an der B 4, wo man im Sommer wegen der Wespen den Kuchen sehr ruhig essen mußte. Von der Rutschbahn aus landeten wir Kinder im Sand. Meine Schwester trug an Ausflugstagen einen Reif mit künstlichen Blumen im Haar.

Mein Vater nahm mich Winzling mit zum «Rechnung kassieren». Dabei erlebte ich beeindruckende unvergeßliche Rituale und heute verschwundene Welten. Wir, «aus der Stadt», nahmen in den riesigen Küchen der Großbauern zwischen den Knechten, Großknechten und Mägden Platz. Die Altbäuerinnen – allesamt bereits mit sechzig Jahren krumm, schwarz gekleidet, bodenlang die Röcke, und mit weißer Duttfrisur – tischten zehn, fünfzehn allabendlichen Essern, die vom Feld oder, noch in Stiefeln, aus dem Kuhstall kamen, vom offenen Herdfeuer immense Schüsseln mit Bratwürsten und Kartoffeln auf. *Kalorienbomben* ist gar kein Begriff für das, was zu Bier und Most in vielköpfiger plattdeutscher Runde verzehrt wurde. Zu den Schützenfesten waren komplette Stuben bei den Kunden, die uns einluden, besonders bei Rehbocks in Erpensen (es gab zwei gleichrangige Gehöfte Rehbock, das von Willy und das seines Bruders Heinrich) und bei Burmeesters in Eutzen, mit Torten vollgestellt.

Zu Ostern oder Pfingsten kletterte ich auf den *Ford-Taunus*-Beifahrersitz, wenn mein Vater regelmäßig zu den alljährlichen Vertriebenentreffen nach Braunschweig oder Hannover fuhr. Für mich lag gegen Autoübelkeit ein Kotzbeutel im Handschuhfach. In der niedersächischen Heimat sah er seine Schulkameraden, die überlebt hatten, wieder, deren Frauen, Kinder, bald die Enkel. Ich hockte bei gelber Brause und Bockwurst zwischen den Ostbrandenburgern und Westpreußen und ihren Erinnerungen. Ich entsinne mich übrigens nicht, bei den Vertriebenen, die wir kannten, jemals etwas von der Rückeroberung Liebenaus gehört zu haben. Vielleicht mit einem leisen Gefühl für deutsche Schuld war an den langen Tischen auch nie von Haß auf die Polen die Rede, die jetzt dort wohnten. Aber ich hörte nicht immer zu. Ich war berüchtigt dafür, zwischen den Beinen herumzukriechen und intensiv den Unterrocktaft und die Petti-coatspitzen der Frauen zu prüfen. Wahrscheinlich daraus resultierte eine grobe Fehleinschätzung meiner späteren Lebenslinien.

«Komm' da jetzt endlich hoch!»

«Ja, Papa.»

Mein Vater war an den geeigneten Tagen großzügig. Es verging kein runder Geburtstag, Martini-Markt im November, keine Konfirmation, an der nicht dreißig bis fünfzig Menschen, Onkel, Tanten, Kundschaft, dazu seine Kegelbrüder vom *Klub Germania* bewirtet wurden. Für die Gastereien wurde eine Stubenwand durchbrochen und vom benachbarten Innungsmeister Kurt Pertermann ein vorzüglicher Tisch mit Ausklapp- und noch zusätzlichen Anbaumöglichkeiten getischlert. Die nötigen Sitzgelegenheiten bestanden auch aus Küchenhockern und Worpsweder Stühlen aus der *Rumpelkammer* unterm Dach. Wir Kinder schleppten sie gern, denn das Räumen verhieß: Fest. Und vielleicht eine Mark von Tante «Lüttje Grete», die mit ihrer Mutter «Olle Grete» – beide verwitwete rundliche Damen sehr vif – bei uns Platz nahmen, zu Zungenragout und Wein von Mosel-Saar-Ruwer. Überhaupt: Speis und Trank und *der Schnack* mit geröteten Wangen hielten das meiste zusammen, waren der Leim zwischen den Individualisten, Nörglern und Falstaffen. Manchmal wurden für die Hausorgien die Zehn-Liter-Töpfe und Jahrhundertwende-Terrinen aus dem Keller geschleppt und eine Köchin, Frau Gerche, ins Haus geholt. Frau Gerche vom Lönsweg besaß die weißeste Haut, die ich je gesehen habe, über der weißen Schürze glänzend wie chinesisches Porzellan. Mit ihrem Kochlöffel oder der Fleischgabel verteidigte die ranke Kochkönnerin ihre Puddingsorten, Vanille und Mokka, die auf dem Fensterbrett abkühlten. Eine Zeitlang hatte ich auf der Straße Frau Gerche mit Frau Knittel verwechselt, doch Dora Knittel war unsere lokale Heimburgin, das heißt, sie wurde nach Sterbefällen ins Haus gerufen, um die Toten zu waschen und fein anzuziehen. Zum Beispiel meinen Großvater. Er wurde leider schon mit dem Leichenwagen abgeholt und nicht mehr mit der Totenkutsche, die in meinen frühesten Tagen mit schwarzen Federbüschen einschüchternd den Hindenburgwall und die Achterstraße entlanggepoltert war.

Die erfreuliche Gastfreiheit damals in unserem Haus wirkt sich bis heute aus. Die meisten der Zecher, Schreiner, Witwen und dem Umtrunk zugeneigten Pastoren sind tot. Aber wer heute noch lebt und sich bewegen kann, mit dem Gehstock oder im Rollstuhl, pirscht sich weiterhin an Festtagen ans Altenteilerhaus meines Vaters und seiner zweiten Frau heran: «Tach, Hans, herzlichen Glückwunsch ...»

«Ja, dann mal rein mit dir, Otto, einen Schnaps und ein bißchen Suppe verträgst du doch wohl noch.»

«Jau, dann man tau.»

Der Schornsteinfegermeister mußte irgendwann des Hauses verwiesen werden. Er kam bald bei jeder Dienstfahrt vorbei und ging unaufgefordert an den Kühlschrank, um sich *Schinkenhäger* einzuschenken: «Prost!» Auch der befreundete Zollamtschef im Rang eines Oberinspektors bekam schließlich von meinem Vater einen Rüffel. Sein Spitzname war *Knutschi*, denn der Mann in Uniform küßte zu gern auch jede fremde Ehefrau ab. «Nee, Knutschi kennt ja gar kein Halt», wurde sich schließlich da und dort von den Frauen, etwas halbherzig, beschwert. Für mich war dies alltägliches Treiben in einem Haus mit wunderbar offenen Türen. Zigeuner, die in meinen jungen Jahren auf unserer Flurbank zu essen bekamen, blieben merkwürdigerweise irgendwann aus. Davor hatten sie ihre Wagen bei Stackmanns Teich aufgestellt.

Dieser Lebhaftigkeit, der Gastlichkeit, die meinen Eltern angeboren war und die sie vermittelten, trauere ich nach. Wie soll man sie heute und in einer Großstadt leben? Die ängstliche Vereinzelung scheint weiter um sich zu greifen.

Meine Mutter starb 1974 an Rheuma, als ich siebzehn war. Mein Vater umsorgte die Kranke, die sich schließlich kaum mehr regen konnte, mitten im Radau des Alltags, zwanzig Jahre lang. Lange nach ihrem Tod hat er zugegeben: «Ich wäre am liebsten weggelaufen, ein paarmal. Ich wollte doch nicht Krankenpfleger sein ... Aber wir haben uns 1949 unser Jawort gegeben.»

Wohl nur einmal haßte ich meinen Vater abgrundtief. Er, der 40jährige, hatte eine Liebesgeschichte vor meiner gelähmten Mutter nicht geheim genug gehalten. Ich legte nachts ein großes, altes Messer auf den Tisch. Ich meine, er verstand.

Ich war, ohne Überbeanspruchung, zwanglos ins Familiengeschehen einbezogen: Sonnabends mußte ich die lange Bürgersteigfront fegen, dann, mit Zettel, die Wochenendeinkäufe erledigen. Die Krusten der ofenwarmen Brote von Bäcker Gades, wo ich bereits Kuchen geschenkt bekommen hatte, biß ich auf dem Heimweg ab.

Es waren die späten sechziger, frühen siebziger Jahre. In Bonn lächelte Kanzler Kiesinger, «der schöne Georg», vergeblich über die Vorwürfe zu seiner NS-Vergangenheit, über die Probleme seiner Großen Koalition und die Jugendrevolte gegen das Nachkriegsestablishment mit seinen Altnazis hinweg.

Unweit unseres Hauses perfektionierte die DDR ihren Todesstreifen mit Selbstschußanlagen.

Mein Vater ließ mir große Freiräume, was keineswegs selbstverständlich war. Natürlich hätte ich sein Nachfolger, also Schmied, werden sollen. Aber er sah, daß ich an der Feueresse bestenfalls krumme Schürhaken aus dem glühenden Eisen hämmerte. Er duldete ein Laissez-faire. In meinem Kleiderschrank, meinem Schiff *Esmeralda*, verschlang ich *Die Schatzinsel*, und er erlaubte es, daß ich nicht zu den Mahlzeiten erschien, sondern mit Brot und Wasser als Schiffsproviant zwischen meinen Hemden und Hosen hockenblieb und mich in Jim Hawkins auf hoher See verwandelte. Ich durfte Zirkusvorstellungen (gegen 20 Pfenig Eintritt) auf dem Hof veranstalten, wobei außer Schaukeln und Rollschuhpirouetten eigentlich nichts geboten wurde, und ich durfte meinen kleinen Garten mit zwei Kürbissen und *Mittagsgold* innerhalb unseres Gemüsegartens anlegen. Mit *E-605* gegen Schnekken und Kartoffelkäfer vergiftete ich mich fast selbst.

«Geh sorgsam mit dem Wasser um! Bei Regen mußt du nicht gießen.»

Als die Zeit für einen Wechsel aus der Volksschule anstand, verlangte mein Vater allerdings eine gesonderte Prüfung durch einen pensionierten Lehrer und ließ mich dann, wahrscheinlich mit Trauer im Herzen, in die gehobene Bildungswelt des Gymnasiums ziehen.

Meine Wehrdienstverweigerung bekrittelte er mit keinem Wort. Das war bei einem gebürtigen Preußen keine Selbstverständlichkeit. Später bemerkte er zur Wahl meines Studienfachs *Theaterwissenschaft*: «Du weißt, man muß irgendwann vom Gelernten leben können.»

Eine Drohung mit *brotloser Kunst* hörte ich nicht. Mein Studium unterstützte er exakt bis zum Tag des Abschlusses. Danach war es an der Zeit, daß ich selbst zusah, was aus mir würde. Es wäre mir nie eingefallen, ihn ohne Not um mehr zu bitten.

Manchmal war er ganz selbstverständlich «mein Vater», manchmal ein fremder Mann, mit dem ich biologisch zufällig, aber ebenso gewiß wie unbestimmt zusammenhing. Nie war er der enge Vertraute, aber lange Zeit mein Ernährer, der mir mein Leben mit seinen Eigenheiten gestattete. Er erzog mich mit teilweisem Erfolg zu «Ordnung, Anstand und Zuverlässigkeit», nicht mehr und nicht weniger. Die Heirat meiner Schwester mit einem Nigerianer kommentierte er ohne Begeisterung mit: «Wenn's denn sein soll.» Bald danach saßen sich der nur englischsprachige Schwiegersohn aus Lagos und der deutsche Schmiedemeister rätselnd, aber freundlich gegenüber. So gelangte Kakaofarbe in den dürren Stammbaum.

Erst wenige Wochen vor der zweiten Heirat meines Vaters haben wir einige intime Worte gewechselt. Natürlich sah ich, als eifersüchtiger Sohn, eine neue Hausherrin anfangs ungern. «Das geht dich gar nichts an», bekam ich an diesem Tag ungewohnt streng mitgeteilt. «Das ist mein Leben. Es war hart genug. Ich bin keine fünfzig. Willst du mich später vielleicht umsorgen?»

Jetzt sehe ich alles ein.

Mein Vater setzte die Verläßlichkeit voraus, die ihm selbst Natur war. Manche Eltern wollten ihre schwererziehbaren Söhne nur bei ihm in die Lehre geben, denn er verabreichte ihnen, wenn kein gutes Zureden mehr half, auch «ein paar hinter die Löffel». Obwohl das bereits verboten war und er angezeigt werden konnte. Einige der Jungrabauken rannten wutschnaubend davon. Fast alle kehrten reumütig zurück. Vor Weihnachten war dann insgesamt jeder Streit vergessen. Mein Vater lud seine ganze Belegschaft in die *Bauernschenke* ein. Unter dem dunklen Gebälk bestellten Lehrlinge und Gesellen von der Speisekarte so viel, wie in sie hineinpaßte. Das war eine schöne Menge. Ich saß damals mit Wonne dazwischen am runden Tisch, wo «mir» und «mich» schnell ins plattdeutsche «mick» verrutschten, wo über Schrauben, Eisenverzinkung, einen neuen Preßlufthammer und anvisierte Verlobungen debattiert wurde. Es duftete nach Bier, Braten und Maschinenöl aus den gewaschenen Handporen.

Die Seele meines Vaters ist zart. Menschen und Tiere konnte er nicht leiden sehen. Er empfand es als seine erworbene Ehre, auf Baustellen, beim Gang zu Beerdigungen, zu denen er einen Zylinder aufsetzte, auf dem Bürgersteig als «Meister» angeredet zu werden. Damit hatte er einen uralten Platz zwischen Millionären und Professoren oder Literaten.

Das Leben meines Vaters war Arbeit und Lust am Feiern. Sein Anstand in allen Dingen, mit denen er zu tun hatte, wird heute noch geschätzt und zu Recht gewürdigt. Er ist gebrechlich jetzt. Die Grabsteine für sich und seine Frau hat er längst, passend zu den bisherigen Familiensteinen, voranfertigen lassen und sicher, luftdicht und dunkel gelagert: «Du mußt nur noch das Datum einsetzen.»

Und dann den Tannenzweig

Welche wunderbare Stille vor dem Niemandsland. Auf den Gräsern blinkte das Eis. Der verjährte Grenzstein zwischen dem Königreich Hannover und dem Königreich Preußen trug seine Schneekrone würdevoll. Unter den kahlen Apfelbäumen gefror in den Straßengräben das Laub. Kein Auto weit und breit. Hinter mir nur die Lichter aus den Gehöften der Dörfer Rade und Suderwittingen.

Auch vor mir, im Osten, auf der anderen Seite des Todesstreifens, herrschte Abendruhe. Die Peitschenlampen hinter dem Stacheldraht und dem Minenfeld beleuchteten die leere Betonpiste für Geländewagen der Volksarmee. Ein matter Schein fiel aus dem Wachtturm, in dem DDR-Grenzsoldaten neben ihren schußbereiten Waffen die Fußballergebnisse ihrer Heimatvereine *Lokomotive Leipzig*, *Energie Cottbus* hörten oder Popmusik aus dem Funkhaus Hannover, die *Les Humphrey Singers* und die leicht verrucht wirkende Daliah Lavi mit der eigentümlichen Botschaft ihres Songs: «Meine Art, Liebe zu zeigen, das ist ganz einfach schweigen.»

Im Kaff Waddekath, nur einen Steinwurf vom Territorium der Nato entfernt, schnatterten die LPG-Gänse, und ich sah einen DDR-Bürger, mit dem ich niemals Zurufe austauschen durfte, auf sein Moped steigen. Möglicherweise fuhr er, in seinem sozialistisch-revolutionären Drittel Europas, zum Skatabend in die altmärkische Kreisstadt Salzwedel.

Ich wanderte in jungen Jahren gern am Eisernen Vorhang entlang. In der leeren Pufferzone zwischen den feindlichen, zum Todeskampf aufgerüsteten Machtblöcken konnte ich laut singen, schreiend über die Äcker stampfen oder unbehelligt irgendeine Trauer durch den Wind tragen. Es war ein Selbstfindungsgebiet, mit einem scharfen weltpolitischen Akzent.

Drei Kilometer weiter westlich bereitete sich derweil, in der kapitalistisch-niedersächsischen Kleinstadt, meine Familie auf die heimeligen Freuden des Weihnachtsfestes vor.

«Die Kartons verstopfen die ganze Stube!»

«Die Pakete müssen vorm Nikolaustag auf die Post! Sonst sind sie erst nächstes Jahr in Berlin.»

«Räumt den großen Tisch leer!»

«Der reicht nicht!»

«Wir dürfen diesmal Hertha in Meißen nicht vergessen! ... Liegt das Packpapier noch im Flur? Heinz und Hilde haben letztes Jahr keine Sardellenpaste bekommen! Hilde hat es im Brief ganz beiläufig erwähnt ...»

«Aber erwähnt hat sie's!»

Das Erdgeschoß unseres Hauses, neben unserer Schmiedewerkstatt, war hell erleuchtet. Die Türen standen offen. Flur und Stube erinnerten Anfang Dezember immer an eine Güterrampe, wo anscheinend ein Frachtschiff mit Hilfswaren für ein ostafrikanisches Katastrophengebiet beladen werden sollte.

Kartons mit *Hanseaten-Kaffee*, andere voller *Kaba, der Plantagentrank*, Kisten mit *Libby's Ananas* oder *Früchte-Cocktail* lagerten neben Tomatenstiegen, in denen jetzt tütenweise Datteln und Feigen, diese um 1970 bereits altbackenen Weihnachtsleckereien, ihres Versands harrten. Auf dem Sofa und dem zuvor leergeräumten Schreibtisch meines Vaters türmten sich *Sprengel-Schokolade* und die neue, unüberbietbare Süßigkeit für den gehobenen Geschmack: *Mon Chéri* mit der *Piemont-Kirsche*.

Dieser gewaltige Lebensmittelvorrat, der griffbereit dalag, duftete kaum. Bereits in der Regierungszeit Willy Brandts war Eßbares in Westdeutschland geruchsfest verschweißt, in Dosen vakuumverpackt oder mit Sicherheitsgummi gegen das Auslaufen gesichert. Das war begrüßenswert. Allein durch unser Familienkontingent an Packungen mit Produkten der Firma *Appel* hätte sich sonst ein Interzonen-Paketwaggon in einen Öltriefenden, strengriechenden *Lachsersatz*-Bottich verwandeln können.

Vor dem 6. Dezember erlebte unser Haus den fulminanten Winteraufruhr. Das lag, wie fast alles Unangenehme, am Zweiten Weltkrieg. Meinem Vater war im April 1945 noch die Flucht in den Westen geglückt. Er hatte in Wehrmachtsuniform die Elbe durchschwommen. Seine Eltern und die meisten Geschwister aber waren aus dem Odergebiet mit den Flüchtlingskolonnen nur bis Berlin vorgedrungen. Dort hatten sie später allesamt – wobei eine Pechsträhne mitgewirkt haben mußte – ein Zuhause und Arbeit im Ostsektor gefunden. Diese überwältigende Mehrheit der väterlichen Familie wohnte seit der Nacht des 13. August 1961 plötzlich hinter der Mauer, dem *antifaschistischen Schutzwall* der Deutschen Demokratischen Republik, und saß mit der Einheitspartei fest.

«Lebt Tante Mariechen noch? Oder hab' ich jetzt einen Karton zuviel?» Die Frage meiner Stiefmutter war begreiflich. Mit lieber Mühe hatte sie sich in die ostdeutschen Clan-Verästelungen meines Vaters einzuarbeiten und die richtige Anzahl Marzipanbrote bereitzulegen.

«Natürlich lebt Mariechen noch», beschied mein Vater: «Wir haben schließlich keine Trauerkarte bekommen.»

«Dann muß sie über neunzig sein!»

«Mariechen hat immer bescheiden gelebt.»

«Ob neunzig bescheiden ist?»

Oft erfuhr ich erst durch solche Gesprächsfetzen von der Existenz einiger meiner Blutsverwandten im geheimnisvollen Osten. Die Reise- und Informationsprobleme zwischen EWG und Comecon um 1970 ließen vor allem die nachwachsenden Generationen beidseitig des Eisernen Vorhangs auseinanderdriften. Die Zahl meiner Cousins und Cousinen hat sich mir auch durch die Wende nicht erschlossen. Vor allem einen Uwe, falls er nicht Lutz heißt, vermag ich nicht unterzubringen.

«Sollten wir nicht doch noch *Mariacron* kaufen, Ursel?»

«Wenn sie drüben was reichlich haben, dann ist es Schnaps. Außerdem gehen die Flaschen kaputt.»

Ungefähr zwei Tage dauerte die alljährlich wiederkehrende Großaktion – den Folgen eines Totalen Kriegs angemessen –, den Staat Ulbrichts und Honneckers, das verwunschene Land der grauen Häuser, mit Westwaren zu beglücken. Und billig war diese Aktivierung mitmenschlicher Verbundenheit keineswegs.

Schon Ende November fuhr mein Vater mit unserem *Hanomag*-Transporter zu einem *Edeka*- oder einem noch konzernfreien Lebensmittelgeschäft und lud – gemäß der Einkaufsliste – Ostfriesentee und Camembert auf. In der Hochsaison waren elf Pakete mit dem entscheidenden Vermerk *Geschenksendung/keine Handelsware* auf der Post abzuliefern.

Die Geschäfte, in denen meine Eltern die Warenmassen einkauften, wurden jedes Jahr bewußt gewechselt. Keiner der Lebensmittelhändler im kleinen Ort sollte sich übergangen fühlen. Der freie Mittelstand, meinte mein Vater, der Innungsmeister, müsse sich wechselseitig stützen. «Sonst geht alles Kleinere unter.» Nur wirtschaftspolitische Verräter – also Beamte und Angestellte –, die Müßiggänger der Nation wühlten in den Sonderangeboten von Braunschweiger Großmärkten.

Extrem aufwendig erwiesen sich jedes Jahr natürlich die Kosmetika. Mein Vater holte das Bestellte bei seinem Kegelbruder, dem Friseur Gerd Rombach, ab. Was wir an Schönheitsartikeln in den Osten schickten, stand immer schon fest: Die gute Seife für besondere Gelegenheiten hieß *Rosa Centifolia*. Dazu kamen *Tosca*-Parfüm für die Dame und *Tabak*-Rasierwasser für die Onkel, später das als exquisiter geltende *Irish Moos*. Einige der Onkel waren allerdings Mitglied der SED geworden. Dieser Umstand wurde bei uns zu Hause gerne verdrängt oder verklärt: «Günter ist bei der Feuerwehr. Da muß er als Geheimnisträger natürlich in die Partei.» Zu Weihnachten wurde Günter trotzdem wie die übrigen bedacht. Er wäre vor Grimm vielleicht sonst noch Kaderleiter geworden. Als mein Vater das letzte Mal bei seinem Freund Gerd Rombach bezahlte, konnte niemand ahnen, daß der scheinbar immer fidele Friseurmeister nur wenige Wochen später in der Mittagszeit wortlos in die Scheune hinter seinem Haus gehen sollte, um sich, ohne nachvollziehbaren Grund, zu erhängen.

«Nein, Junge, die Clementinen bleiben hier, die sind für uns», rief meine Stiefmutter, als ich die Mini-Orangen zu den übrigen Versandsachen packen wollte. «Südfrüchte sind bis Berlin matschig, von Meißen gar nicht zu reden!»

Die Einkaufsliste veränderte sich kaum. Wohl noch heute würden meine Eltern *Nivea-Creme* in die Welt schicken. Eine Sisyphosarbeit bedeutete das Erstellen der geforderten *Inhaltsverzeichnisse*. Meine Stiefmutter schrieb sich an elf Ausfertigungen lahm, faltete sie sorgfältig und legte die Wische in elf Pakete. Durch den Aufschreibzwang konnte die DDR uns sogar für ein Weilchen auch unser Leben diktieren. Ein überschaubarer Triumph.

Wir Kinder – meine am Osten völlig desinteressierte Schwester und ich – profitierten auf den ersten Blick nicht vom Ostpakete-Packen.

Alles war abgezählt. Keine Schokolade blieb fürs gestreßte Westkind übrig. Doch wer, in zartem Alter, schon weiterdachte, wußte, daß um den 20. Dezember im Gegenverkehr dann die Weihnachtspräsente aus dem Osten bei uns eintreffen würden. Nichts war aufregender als ramponierte Pakete unter dem Weihnachtsbaum aufzuschnüren. Für die Briefmarkensammlung lieferte die sozialistische *Deutsche Post* wunderbar großen bunten Zuwachs: «Wer ist Otto Grotewohl, Papa?»

«Der war mal in Moskau, als wir auch dicht davor waren.»

«Und – Clara Zetkin?»

«Schau im Lexikon nach.»

Bei der Bescherung machte es wenig, daß der Inhalt gleichfalls meistens äußerst vorhersehbar war: eine Kerze, manchmal eine karge Krippenfigur aus dem Erzgebirge, fast schon eingetrockneter Stollen, Wäscheklammern aus einem *Volkseigenen Betrieb*, Unterwäsche *made in Bulgaria*, die selten jemandem paßte. Doch dann und wann entdeckten wir auch ein Buch, das jenseits der Elbe liebevoll eingepackt worden war. Dann konnte ich in Pioniergeschichten schmökern, die auf Rügen spielten, oder mich in die Abenteuer von sowjetischen Komsomolzen vertiefen, die eine Fabrik in Leningrad vor einem Anschlag des rasend aggressiven südvietnamesischen Geheimdienstes retteten. Dagegen waren

West-Kindergeschichten lasch, Verständnisplunder, Süßkram.

Darüber hinaus war es mit dem Austausch von Kulturgütern in unserer Familie nicht weit her.

Wir durften, selbst falls meine Eltern darauf verfallen wären, keine *imperialistischen Druckerzeugnisse* in den Osten schicken. Das Paket wäre vom DDR-Zoll, meinten wir, vernichtet oder für Staatsbedienstete beiseite geschafft worden. Und aus der Mangelwirtschaft, mit ihren beeindruckenden Fünfjahresplänen, erreichte uns auch nur selten eine *Eterna*-Schallplatte, mit Weihnachtsklängen aus der Oberlausitz. Und Peter Schreier, der einmal mit dem Thomaner-Chor in der Gifhorner Stadthalle aufgetreten war, hatte auf einer Platte, die wir besaßen, «Stille Nacht» mit den Regensburger Domspatzen gegen Devisen auch bei der *Deutschen Grammophon* eingesungen.

«Zigaretten, Hans?» fragte Ursel vor dem vollen Tisch meinen Vater unwillig.

«Hilde kann nicht anders als qualmen. Sie hat als Rotkreuzschwester in der Schlacht um Berlin damit angefangen.»

Hilde, meine nervöse, mondäne Tante in Köpenick, die ins Gorki-Theater ging, erhielt als einzige Drogen aus dem Westen. Wir wußten, daß ihre DDR-Marke *Duett* sie täglich ungeheure 8 Mark der *Deutschen Notenbank* kostete. Und Onkel Heinz bezog nur sein Lehrergehalt mit Kriegsversehrten-Zuschlag.

Beim Verstauen von Nüssen hielten wir wohl manchmal inne. Wieso gab es in der DDR keine Nüsse? Gediehen in Thüringen und Sachsen keine Nußbäume? Wir wurden das Gefühl nicht los, manchmal Waren zu verstauen und in die DDR zu schicken, die zuvor von der DDR-Planwirtschaft in den Westen verkauft worden waren. So verhielt es sich wahrscheinlich auch mit den Preiselbeergläsern, die in die Pakete kamen, und mit den *drüben* so heiß begehrten Fischdelikatessen. Die Makrelenfilets und Heringshappen waren womöglich, auf Befehl von Schalck-Golodkowski, erst kürzlich von Rostock nach Hamburg exportiert worden. Also bezahlten wir den Ostblock, der uns vernichten wollte, und schenkten ihm obendrein seine Erzeugnisse zurück! Darüber durfte man nicht näher nachdenken.

Ich fand die DDR alles in allem aufregend, aber nicht sympathisch.

Aber weil die DDR mich Kapitalistenkind haßte, mich umerziehen oder vielleicht sogar ausmerzen wollte, rächte ich mich auf meine Weise. In unbeobachteten Momenten stopfte ich unter die Geschenkartikel zerknüllte Seiten der *Hör Zu*, der *Für Sie* und des *Isenhagener Kreisblatts*. Sollten sie im Osten beim Auspacken doch mit Neid sehen, wie wild und bunt und üppig es im Westen zuging. Möglicherweise lag es an diesen Zeitungsausschnitten, an den Nackedei-Fotos der bei uns versehentlich abonnierten *Neuen Revue*, daß manche Pakete erst nach Weihnachten geöffnet oder überhaupt nicht in Meißen oder Pankow ankamen.

Der Clou für die Frauen im Osten blieben die Feinstrumpfhosen *Nur Die*, wofür die Kessler-Zwillinge mit ihren endlosen Beinen im Fernsehen hinreißend Reklame schwangen.

Die Männer, auch im Warschauer Pakt, mußten zusehen, daß sie aus *Edelweiß*-Camembert und mir selbst viel zu süßen Dominosteinen genug Lebensfreude gewannen.

Scheibletten, die einzeln in Zellophan verpackte, moderne Käse-Fadheit, eigneten sich ideal für den Versand über den Todesstreifen, auf dem Hasen und Menschen in die Luft flogen. *Scheibletten*, mit Schinken und Ananas, konnten auch in

Berlin-Mitte, bei Tante Gisela, zum zeitgemäßen Hit-Imbiß *Toast Hawaii* oder vielmehr *Röstbrot Havanna* werden.

Mit neutraler Holzwolle wurde Verstautes gepuffert.

Oft war es bereits tiefe Winternacht, wenn meine Eltern erschöpft vor elf gefüllten, noch offenen Kartons saßen.

Ich frage es mich erst jetzt. War es Pflichtgefühl, war es Mitmenschlichkeit, war es Liebe, war es nur Gewohnheit, war es eine gesamt-nationale Protesthaltung gegen die – allerdings selbstverschuldete – Teilung, die zu diesem postalischen Aufwand führte? Es wird eine Mischung aller Motive gewesen sein. Aus diesen gemischten Gründen heraus beschenkten sich Familien, die erst nach dem Fall der Mauer zu getrennten Monaden geworden sind. Eine jede für sich, fast ohne Austausch, mit dem Streben nach Glück und größerer Bequemlichkeit befaßt. Heute werden kaum mehr Geburtstagskarten geschrieben, man telefoniert vielleicht noch.

Die Inhaltsverzeichnisse wurden auf die Geschenke gelegt.

Zwischen der Holzwolle glänzte Weihnachtspapier, das bisweilen schon mehrere Male zwischen West und Ost gependelt war und hier wie dort aufgebügelt wurde.

«Das wär's dann also.»

«Das war's», verbesserte ich grammatikalisch, als ich schon Sextaner im Gymnasium war.

«Bis zum nächsten Mal im nächsten Jahr.»

«Um Gottes willen, bloß noch nicht dran denken», winkte meine Stiefmutter im Nylonkittel ab. «Jetzt wollen erst einmal wir gemütliche Weihnachten haben. Junge, hol' mal den Eierlikör und die Gläser! Er steht auf dem Fensterbrett in der Speisekammer.»

«Ich weiß.»

Auch ich, der ich nebenher Fernsehen geschaut hatte, durfte vor der Reihe der elf Pakete Eierlikör schlürfen, zu dem es eine Zeitlang spezielle Schokobecher zu kaufen gab, die man gleich mitverzehrte.

«Etwas fehlt doch noch, Ursel?» Mein Vater musterte die Gaben, die noch verschnürt und zur Post gebracht werden mußten. Dort standen Westler mit fast anachronistischen Ostkontakten in diesen Tagen Schlange, bevor die Briefmarken mit dem Porträt von Heinrich Lübke, dann mit dem des demokratisch gestrengen Gustav Heinemann abgestempelt wurden. Auch bereits unvermeidliches Propagandamaterial.

«Was soll denn fehlen?»

«Das Weihnachtliche, Ursel!»

«Ach so, natürlich.» Sie nahm das längst auf einem Stuhl bereitgelegte Grün und brach einzelne Zweige ab.

In jeden Karton wurde obenauf ein frischer Tannenzweig gelegt. Dann würden in zwei, drei Wochen beim Öffnen die Pakete zum Fest der Liebe nach Wald, Weihnacht und nach Frieden duften.

Nadine und die Folgen

Er war ein früher Beherrscher des ländlichen Wohnzimmers. Der Schwarzweißapparat hieß *Präsident* und stammte von der Firma *Nordmende*. Er stand auf vier schrägen Holzbeinen vor dem Gemisch aus Opas Ohrensessel, den geblümten Polstermöbeln, dem akurat gestapelten Mokka-Service im Schrank und einer Fußschaukel, auf der man auch reiten konnte.

Wegen der langen Umschaltpausen der ARD-Anstalten konnte das Fernsehen zur Qual werden. Die Familie saß bisweilen eine Stunde vor dem Pausenbild mit dem Schriftzug: *Kurze Unterbrechung*.

Deswegen sahen wir oft, drei Kilometer neben der innerdeutschen Grenze, das DDR-Fernsehen. Dort kam alles ohne Umschaltdilemma, etwa nach Baden-Baden, aus Berlin-Adlershof. Aber das ostdeutsche Programm der 60er und 70er Jahre, mit den Pioniertänzen und Melker-Wettbewerben in Gotha, wäre ein eigenes Kapitel.

Die erste West-Fernsehserie, die nicht nur mein Wesen ergriff, hieß *Der Ritter der Königin*. Der verzweifelte Kampf des Chevalier de Maison-Rouge, das Leben Marie Antoinettes doch noch vor dem Fallbeil zu retten – etwa zehn französische Folgen lang –, fesselte mein Kindergemüt. Um 1965 geschah es, daß ich mit Freund Wilhelm die Flucht der Königin aus dem Temple-Gefängnis nach- und weiterspielte. Kühn gesellten wir zu Marie Antoinette noch den gut 150 zuvor gestorbenen Kardinal Richelieu hinzu und spielten auf den Dachböden und auf den Dächern über den Gassen von Wittingen unser rasendes Drama: *Flucht*. Ob Wilhelm die Königin darstellte und ich den Kardinal, weiß ich nicht mehr. Jedenfalls hatten wir alte Hüte aus den Speicherschränken auf dem Kopf und brüllten ohne Unterlaß im Laufen und Klettern: «Sie kommen!» «Rettet die Königin!», «Auch der Kardinal weiß nicht weiter!» Immer war einer von uns beiden – denn wehendes Gewand gehörte dazu – in die Reichskriegsflagge gehüllt. Wir hatten das Tuch auf dem Speicher von Wilhelms Elternhaus entdeckt. Wilhelms Großmutter hatte die Fahne noch im Mai 1945 aus ihrem Firstfenster gehängt. Als in jenen Tagen Wilhelms Vater aus dem Krieg heimfand, wurde er von seiner Mutter mit den Worten begrüßt: «Die Besten sind gefallen, und du kommst zurück.»

In einem hinteren Raum jenes Fachwerkhauses lag übrigens eine Uraltverwandte namens Apollonia. Von dieser Schwiegergroßtante hieß es, daß sie alles Böse bewirke. Doch das greise Gespinst mit schwarzen Häkelcapes war offenbar bewegungsunfähig, hüstelte und röchelte jahrelang aus der Kammer.

Ahnungslos schenkte uns damals Frankreich – eigentlich nicht die prägende TV-Nation der Welt – neben dem Revolutionsdrama ein weiteres Fernsehglück. Oder sollte man es den Weg in den frühen Wahnsinn nennen?

Es geschah schon unter der erfrischenden Kanzlerschaft von Willy Brandt. Uns wurde es zu langweilig, wie die meisten für die Weltraumtänze der *Orion*-Mannschaft zu schwärmen, für Little Joe und Adam aus der *Bonanza*-Familie (obwohl beide für pubertierende Knaben recht faszinierend waren) oder uns für das Flaschenmädchen *Bezaubernde Jeannie* zu begeistern. Die Blondine wurde schnell zu fade, weil sie ja doch alles für ihren *Nasa*-Major herbeizaubern konnte.

Der Einbruch früher Kreativität ereignete sich durch eine eher unschuldige TV-Vorabendserie im ZDF. Der französische Mehrteiler trug den Titel *Nadine und die Olympiade*.

In dieser Pariser Serien-Anstrengung ging es um die junge Schwimmerin Nadine Duchaîne, ihre wackeren Eltern M. und Mme. Duchaîne, um Nadines Freundin Chantal und vor allem um die Schwimmlehrerin Madame Pujol. Diese herbe Frau wirkte mit ihrem Haarschnitt wie eine früh gealterte Mireille Matthieu. Sie hatte als Schwimmtrainerin naturgemäß den Auftrag, Nadine für den Start bei einem olympischen Ringen fit zu machen. Erfreulicherweise waren die Franzosen nie ein großes Trimmvolk, und so wirkte diese französische Serie um Schwimmrekorde von vornherein etwas skurril. Einmal hatte sich Nadine einen Fuß verstaucht und konnte in Toulouse nicht starten, dann hatte sie sich mit ihrer Freundin Chantal beim Picknick verspätet und erreichte erst im letzten Moment so ein ekelhaft verchlortes Schwimmbecken. Dann wieder lagen sich Madame Duchaîne und die wichtige Trainerin Pujol wegen Nadines Ernährung in den Haaren. Diese Schwimmbeckenserie, meistens am Stadtrand von Paris angesiedelt, bot Konflikte und Lösungen zuhauf, und Nadine strebte unaufhaltsam der olympischen Kampfbahn entgegen.

Sujet und Ambiente, also Kampfkraulen und Umkleidekabinen, wirkten besonders verfehlt und konnten keinen Zuschauer im Innersten rühren oder zu neuen Erkenntnissen führen.

Genau das war wohl der Punkt, der unwillkürliche Antrieb, daß wir drei Jung-Gymnasiasten Peter, Wilhelm und ich zum Füllfederhalter griffen und *Nadine und die Olympiade* fortentwickelten. Hat das bleibende Schäden hinterlassen? Peter schreibt in Hamburg weiterhin Kabarettverse, noch als Arzt bezwang Wilhelm sein Lachen, als eine junge Patientin sich mit dem Namen «Nadine» vorstellte. Ich selbst habe vielleicht 50 unserer damaligen Fortsetzungsepisoden aufgehoben.

Es läßt sich nicht mehr genau datieren und rekonstruieren. Irgendwann rief der eine bei dem anderen an und sagte: «Ich habe eine Episode geschrieben.» «Was?» «Nadine und die Olympiade.» «Lies vor!» «Also, es kommen vor: Madame Pujol, Nadine, die Familie Duchaîne und Chantal. – Die Duchaînes, Chantal und die Pujol sitzen in der Comédie Française in benachbarten Logen, ohne sich zu bemerken.

Nadine: Ah, da tanzt die Pujol.

Die Pujol tanzt in ihrer Loge.

Madame Duchaîne: Bonsoir, Pujol.

Sie geben sich die Hand, und Madame Duchaîne zerrt die Pujol über die Balustrade.

Madame Duchaîne: Gut.

Chantal: Ich hau' ihr auf die Finger.

Nadine: Oh, ein Strudel!

Nadine schubst ihre Mutter über die Balustrade.

Madame Duchaîne: Nadine, das sollst du nicht, es ist doch Erntezeit.

Pujol schwingt sich an den Kronleuchter über dem Parkett.

Pujol: Ich esse einen Apfel.

Chantal: Die Duchaîne ist tot?

Nadine: Mmh ... ja, ja, ja.

Monsieur Duchaîne geht auf die Bühne und stampft mit den Füßen: Immer Apfelkuchen, immer Apfelkuchen.

Nadine holt einen Hammer aus ihrer fettigen Theatertasche.

Nadine: Da!

Pujol: Oh, der schöne Schmuck!

Pujol wird vom Hammer getroffen und fällt ins Publikum, das sogleich anfängt, ihren Autoschlüssel zu suchen.»

Das Resultat dieser ersten freien Fernsehserien-Erweiterung war überwältigend. Peter, Wilhelm und ich lasen die ersten Episoden vor dem Unterricht im Gymnasium der Klasse vor, zumeist Fahrschüler aus dem weiten Landbereich, und insbesondere Heike Hansen rief: «Die sind wohl gegen die Wand gelaufen. Mehr davon!» Das war das eigentliche Startsignal, unbeabsichtigt das Fernsehen zu manipulieren. Binnen eines Monats entstanden in unablässigem Nachmittagsfuror zwischen 100 und 150 *Nadine und die Olympiade*-Episoden. Morgens in der Klasse – ansonsten moderne 70er-Jahre-Schüler, die ein bißchen haschten und, zeitgerecht, die Demokratisierung von Zensuren debattierten – erscholl der Ruf: «Episoden! Episoden! Was macht die Pujol?» Auch das Eintreten der Lehrer unterbrach nicht das Verlesen neuer Serien-Umbauten.

Nadine und die Olympiade, in der privaten Eigenfassung, wurde zum Hit der Pausenunterhaltung:

«Pujol betritt das Schlafzimmer ihrer Wohnung in Krakau. Sie schlägt das Bett auf und findet Madame Duchaîne gekringelt drin liegen.

Pujol: Ah, Madame, Sie machen Urlaub?

Madame Duchaîne: Ja, Paris ist Paris.

Pujol: Krakau ist lustig.

Madame Duchaîne: Lustig und so viel Holz in den Häusern. (Spielt auf den Marienaltar von Veit Stoß an.)

Nadine stürzt ins Zimmer, reißt die Tür aus den Angeln.

Nadine: Hallo, Pujol, auch in Krakau?

Madame Duchaîne: Es ist schwül. Auch unter den Brükken. (Nimmt ein Buch und wirft das Fenster ein.)

Nadine: Maman, Chantal trinkt Buttermilch!» …

Wichtig war, das Hauptsujet der Urserie wegzulassen: das Schwimmen. Es steigerte die Spannung, wenn Nadine dann doch einmal in einem leeren Schwimmbecken schwimmen sollte: «Madame Pujol steht ratlos vor Nadine, die das Wasser suchen soll.» Wohl sämtliche Brutalitäten, die sich in einem jungen, phantasievollen Herzen ansammeln können, kamen in der Neuserie kreativ zum Zuge: «Pujol wirft Nadine eine Nähmaschine hinterher und trifft.

Nadine: Ich bin platt.

Pujol: Wohl.»

Und es wurde ab einer bestimmten Fortsetzung radikal frei. Die Schwimmtrainerin Pujol trat nun als Winzerin im Bergischen Land auf, als Kantorin in Graubünden, oder Nadine mußte auf Tretbootfahren und Fliegen mit dem Fahrrad umschulen. Nein, es geht keineswegs zu weit festzustellen, daß wir mit unseren eigenen schließlich etwa 200 Folgen *Nadine und die Olympiade*, die fast ein Jahr lang eine Untersekunda in Atem hielten und entspannten, der Wiener Gruppe um Konrad Bayer und Oswald Wiener, dem berühmt-berüchtigten Nonsens von der Donau – von dem wir im Regierungsbezirk Lüneburg nicht das mindeste wußten – Paroli boten. Und welche geistige Entfaltung ermöglichte das Fernsehen! Bänkelgesänge entwickelten sich einst zu *Faust II*, unsere anfänglichen Episoden zu seitenlangen *Groß-Episoden* um *Nadine und die Olympiade*, die bei uns Schülern eine muntere Sprache und uneingezwängte Logik freisetzte:

«Die Amsel blüht, der Flieder grünt, und Pujol zackt nach Sachsen.

Pujol: Concorde oder wann?

Ein Sachse: Käm' ein Vöglein von der Seine, sollte man nach Hause gehn.

Er schlägt ein Rad in die Elbe und verheddert sich in der Augustusbrücke. Nadine fährt dort mit drei Rollschuhen und sagt rückwärts, sie wäre Richard Strauss. Dresdner singen zumeist und zuhauf.

Pujol: Das kann nicht sein.»

In Wahrheit ist wohl gar nicht aufzuzählen, was diese *Episoden* alles enthalten. Als später die Monty Phythons den *Sinn des Lebens* filmisch erkunden wollten, waren wir ihnen mit *Nadine* vielleicht schon um Jahre voraus.

In der Frühe

Der Wind fegte über Dächer, Landstraßen, Sommerwege.

Ich weiß nicht, wie es heute ist. Wenn man um 1970 im Nordkreis Gifhorn mit dem Rad fuhr, hatte man Gegenwind. Drehte man sein Rad um, blies einem gleichfalls der Wind ins Gesicht. Das muß eine meteorologische Bösartigkeit Norddeutschlands sein. Sie fordert zur Sturheit auf oder zum Verzagen.

Viel präsenter aber bleibt in der plötzlichen Erinnerung – an manchem Münchener Morgen, beim Aufwachen – die Wintereiseskälte von vor gut einem Vierteljahrhundert. In Hannover amtierte welcher Ministerpräsident, der stets auch noch als *Landesvater* empfunden wurde? Alfred Kubel, SPD? Die Alleebäume zwischen Isenhagen und dem Ortschild von Hankensbüttel waren jedenfalls frisch gepflanzt. Wer heute erwachsen ist, war damals noch jung oder winzig oder noch nicht geboren.

Zum Schulort verkehrten die Triebwagen, die klapprigen Waggons der *Osthannoverschen Eisenbahn*. Die Monatskarte für Schüler kostete 14 DM. Der Elbeseitenkanal existierte noch nicht. Unvorstellbar war es, daß Schiffe durch die Heide tuten würden, daß die *OHE* Lastkähne überquerte. Statt dessen flohen Rehe in die Forste, wenn der Schulzug uns in der Morgendunkelheit gen Sportunterricht, zu Fräulein Müllers Französischstunden mit dem sich täglich wiederholenden Versprechen – «Heute machen wir mal was ganz anderes› …» transportierte, zu Lateindeklinationen, den mittelalterlichen oder neuen Geschichtsdaten oder den Bedrohlichkeiten des Mathematikunterrichts: «Hopp, an die Differenzenquotientenfunktion!»

In Winterklirren und Finsternis – wenn in großen Städten manche erst zu Bett gingen – herrschte neben den Gleisen unseres Kleinbahnhofs Hochbetrieb der Jugend von damals. Ein paar Laternen beleuchteten uns mit kühlem Licht. Mit frostblauen Händen, eisigen Nasen wurden Fahrräder abgestellt, von Übervorsichtigen manchmal sogar abgeschlossen. 7 Uhr 20. Selbst der Sextaner trug keinen vormodernen Tornister mehr. Wer aufs Gymnasium ging, schleppte eine Aktentasche. *Walkmen* gab es 1970 – einem seinerzeit völlig akuten, frischen Jahr – nicht. *Video* war nicht einmal eine mediale Vision. Bei dem absurden Begriff *Computer* hätten wir ratlos gestaunt. Der Minirock war *in* zu jeder Jahreszeit. Auf dem Wittinger Bahnhof zitterten bei minus zwölf Grad Elke oder Annette in knappsten Stoffkreationen und traten sich in langen Stiefeln die Füße warm. Das Gros der guten Hundertschaft, die auf den Zug wartete, mit *Diesterwegs Grundzügen der Geschichte*, *Lütje-Gall-Reubers* Chemiekompendium in der schweren Tasche, bibberte, war in Parkas gehüllt, manchmal mit Kunstfellrand um die Kapuze, ein grün-blauer Haufen junge Bundesrepublik. Den *Tintentod*stift hatte man dabei, Federmappe und Zirkelkasten, zwei, drei Mark und vielleicht eine *Mollenhauer* Blockflöte.

Privilegierte Schüler wurden mit dem Auto zum Bahnhof chauffiert; oder von weither, vom Gut Rumstorf, kam Fritze Lührs bei Schneeverwehungen sogar auf dem *McCormick*-Traktor.

‹Du lebst und bist also ausgesetzt in der Welt›, sinnierte

ich hin und wieder in dieser unvergeßlichen Kälte neben dem blinkenden Schotter der Kleinbahn.

Ein Zug zur Oberschule fuhr aus Richtung Brome ein. In den Waggons saßen Mitschüler (die Armen, die noch viel früher hatten aufstehen müssen), jedoch schon längst im Warmen, im Hellen und waren bereits mit allen Fasern wach. Sie spielten Karten. Die in jedem Belang unerreichbaren Altschüler der Oberstufe, Siebzehn-, gar Achtzehnjährige, droschen Skat oder Doppelkopf. Die Jüngeren hockten zusammen und spielten im *OHE*-Zug *Quartett*: Autoquartett, Lokomotivenquartett, Schiffequartett, Länderquartett: «Frankreich hat mehr Quadratkilometer als Spanien. Du hast verloren. Her mit der Karte …» Werden Kartenquartette heute noch hergestellt? Rasch wurden Hausaufgaben erledigt und abgeschrieben. «Ich find' das 'ne Schweinerei, daß der Weickart uns die ganze Photosynthese aufbrummt!» – «Wer soll denn diese Peleponnesischen Kriege auseinanderhalten? Und für wen?» «Et censeo Carthago delendo?» «Quatsch! Die Piotter killt dich.» «Nicht sofort. Sie mag mich. Ich weiß, wann Karl I. geköpft wurde.» Am häufigsten wurden auf den verschlissenen Kunstledersitzen, hinter den von Atem beschlagenen Zugfenstern, auf Stehplätzen gewiß Vokabeln gepaukt: «Le groupe, le! – Scheiß Franzosen.»

Belebendes Treiben zwischen Altersgenossen, mitten in der freien Landschaft, fast in der Nacht, die erst noch *ins Leben treten* sollten: «Der Keller – la cave … Nous serions heureux, si tu aurais été heureux – Wir würden uns glücklich schätzen, wenn du glücklich gewesen wärest …»

Nicht ein Bruchteil des eingetrichterten Wissens wäre heute mehr abrufbar. «Wenn man die Wurzel aus den Winkeln eines gleichschenkligen Dreiecks zieht, das Ergebnis mit a minus y multipliziert, dann …»

Gedichte wurden nur noch seltenst auswendig gelernt.

Das bereut man später.

Der Schwarm aus dem Zug von Brome stürmte mit in den Anschlußzug, der uns zur meist interessanten Ausbildungsstätte am Amtsweg fuhr, eine Schule, die von vertriebenen Lehrern aus Mecklenburg, zuerst in einem Schafstall, gegründet worden war. Gedränge an den Türen und auf dem Triebwagengang, Leberwurstduft von Schulbroten, der auch ins Aktentaschenleder sickerte. Arzttöchter trugen neue schicke Cordhosen mit weitem Schlag, knöchellange *Maxi*-Mäntel. Nach dem hastigen Frühstück zu Hause wurden nun *Nuts*, *Mars*, ein Apfel verzehrt. Ab der 7. Klasse wurde Oswalt Kolles Sexuallexikon offen oder verdeckt herumgereicht. Erröten bei der einen auf ihrem Zugsitz, flinkes heimliches Zurückblättern bei Gerd Schuster vom Fuhlenriedweg. So unverückbar unterschiedlich waren die Geschlechter! Und derartig überwältigend bodenlos, was sie miteinander trieben? Sogar die Eltern einst und noch immer? Der Bürgermeister, der Papierwarenhändler Stosch und die Quiz-Assistentinnen von Hans-Joachim Kulenkampff und Vico Torriani ebenfalls? Zumeist in einem kleineren Abteil, auf Stammplätzen saßen auch schon unsere blutjungen Liebespaare, knutschten sich, wenn der Schaffner fort war, und wurden von Sextanern angestiert, die immer wieder verscheucht werden mußten. Die erste Fernsehgeneration Deutschlands, auch auf dieser Strecke, erzählte sich Filme vom Vorabend: «Beim *Kommissar* wurde gestern nur einmal geschossen. Meine Mutter findet die Rehbein am besten, die ließe sich als Kripo-Sekretärin nicht durcheinanderbringen.» «Wir kriegen nächste Woche einen Farbfernseher! Kannst dann ja mal rüberkommen.»

Peter Flessa, daheim musikalisch gefördert, schwärmte

für Wilhelm Furtwängler und den breiten satten Klang bei den Sinfonien Anton Bruckners. Ich hingegen schätzte, nebst manchen Schlagern bei Dieter Thomas Hecks *Hitparade*, Händels *Wassermusik*. Wir ereiferten uns, sogar in Streitschriften, darüber, ob «gute Musik langsam und leise oder laut und schnell» sein müsse. Ein gediegenes Thema für Minderjährige in der muffigen Winter-*OHE*. Im Sport waren andere gut. Schaffen sie auch jetzt noch den Sprung über den Kasten? Frühzeitig fürchtete ich bei diesem Gerät meine Entmannung.

Zuerst tauchte aus dem Dunkel Glüsingen auf, das nicht einmal eine Haltestelle besaß, sodann kamen die sechs, sieben Lichter von Emmen in Sicht. Ein bunter Haufen, der in Raum und Zeit verwahrt bleibt, fuhr an diesen Flecken vorbei. Unsere brabbelnde, rempelnde, blond-schwarz-braune Karawane trottete, wieder in der Kälte, vom Bahnhof zum Schulgebäude. Daheim Kühe im Stall, eine Tischlerei oder der Vater bei der Post. Im Lebensmittelgeschäft *Röhling* verproviantierten wir uns in aller Eile noch mit Süßigkeiten oder der Fruchtsafttüte *Sunkist*. In dem kleinen Laden am Weg, wo man zu den vielen jungen Kunden nicht einmal sonderlich freundlich war, hatte zuvor wahrscheinlich noch ein Lehrer Besorgungen gemacht, der mit einem Strahlungspendel sich seinen Joghurt auswählte. Zu uns aufs Land wurden häufig jene Pädagogen versetzt, die an den Großstadtschulen gescheitert waren. So muß im Lehrerzimmer oft eine gewisse Irrenhausstimmung geherrscht haben.

Wir näherten uns gegen acht Uhr dem Ernst des Lebens. Gott mochte noch irgend etwas geschehen lassen, daß eine Stunde ausfiele. Die Heitersten im Morgentroß hatten wahrscheinlich *Werken* vor sich, mit legerem Emaillebrennen für Weihnachtsgeschenke, oder *Kunsterziehung*, die kühne Pinselei im fensterreichen Malsalon von Horst-Ludwig Weber, der selbst Moorszenerien, Storchennester auf Reetdächern, die Windmühle von Ohrdorf für den Kreiskalender meisterlich zu Papier brachte.

Morgendlich beschwingt oder schon im voraus entnervt, betraten auch jene Mitschüler das Schulgelände, die bei Herrn Brammer oder dem kriegsinvaliden Herrn Lehr anhand zerkratzter Platten, mitten in einer ehedem nennenswerten Torfregion, Franz Schuberts Wiener Unermeßlichkeit vorgespielt bekamen. Einer der beiden Studienräte verzichtete auf die Vermittlung der Tonarten. Und einmaliges Vorsingen im Jahr, zur Not auch ein Kanon zu zweit, entschied über die Schlußnote. «Ein Männlein steht im Walde» schien meiner Stimme jahrelang sehr angemessen gewesen zu sein.

Klammere Gestalten in der Morgenfrühe und auf den letzten Metern zu den Schuleichen würden gleich in die nagelneue Turnhalle müssen, um noch im Kunstlicht die Gedärme am Reck zu malträtieren. Die ernstesten, stoischen oder heldischen Schüler hatten sich mit Traubenzucker und Talisman versehen, damit sie das Inferno einer Physikarbeit durchstehen würden ... Es mußte ein Leben *danach* geben!... Renate Ewers trug noch lange blonde Zöpfe. Mitschüler-Freund Wilhelm hingegen war ursprünglich zu einem Schüleraustausch ein Vierteljahr in New York gewesen, aber hatte am Hudson River alsbald in einer Bar gekellnert, bei der Musikgruppe *Desmond, Child & Rouge* gesungen und sich das Haar gefärbt. Nach seiner Rückkehr trug Wilhelm ein indianisches Glöckchenhalsband, eine Jeansweste mit dem Kopf von Lou Reed auf dem Rücken und tat so, als würde ihm nicht mehr jedes deutsche Wort einfallen: «Elevator ... wie sie sagt man noch für Elevator?» Seine Berichte über einen David Bowie alias Ziggy Stardust liefen anfangs ins Leere, da uns irgendein obskurer «Siggi» zuerst nicht sonderlich beeindrucken konnte. Hans-Jörg Hempel wiederum wollte den Bauernhof seines Vaters übernehmen und fragte lieber nicht nach, warum er die Zeitform des heiklen französischen *Passé antérieur* büffelte. Ellen Behne hatte das schönste hüftlange Haar und verbrachte geheimnisvolle Ferien bei Verwandten in Bad Sachsa. Begrüßenswerte Vielfalt. – Ellen erkrankte und starb schrecklich jung.

Es wurde langsam Wintertag.

Die nächste Party, tatsächlich sehr ahnungslos, aber laut «Dorfbums» genannt, in Wentorf, in Knesebeck, in Wunderbüttel war damals gewiß. Ich glaube, Jürgen Drewsen lebt und arbeitet heute in Australien. Uwe ist Chirurg. Die sehr zeitige Ehe zwischen Leo und Birgit ist seit vielen Jahren geschieden. Fräulein Müller, die wir wegen ihrer Korpulenz grausam hänselten und «Tigerlilly» nannten, ist längst verstorben. Manchmal hatten wir sie, mit ihren dick geschminkten Lippen, jedoch auch zum Lachen gebracht.

Manchmal, während Klassenfahrten, melden sich heimatliche Schulklassen bei mir. Die revolutionäre Raucherecke kennen sie nicht mehr, die einst modernen Sprachlabore sind als ineffektiv stillgelgt, statt dessen schwelt ein Streit, ob ein Pausen-Öko-Imbiß eingerichtet werden soll und wer's bezahlt.

Schönheit und Ruhm

1984 – eine Skizze

Womöglich gab es bereits damals zu viele Deutsche. 28 bis 37 Millionen weniger, und manches Problem wäre seit Jahren gelöst: freie Fahrt auf allen Autobahnen, viel komfortabler Wohnraum für jedermann, Platz für private Gemüsegärten und Spazierhaine rund um die Städte, Ende der allgemeinen Aggressionsfähigkeit. 43 Millionen Deutsche auf freundlichem Siedlungsraum müßten sich hüten, maßgeblich sein zu wollen. Man könnte sich innerhalb der Grenzen gänzlich der Kultur und der Milderung der Lebensbedingungen widmen.

1984 geschah auf den ersten Blick nicht viel. Es herrschte Wohlstand.

Die DDR bestand unangefochten. Erich Mielke regelte das Ausspionieren des Staatsvolks. Mutige Intellektuelle bemühten sich um einen Kritischen Dialog. Das *Berliner Ensemble* hielt die Erinnerung an die Ideale des Klassenkampfes wach. 1984 war die DDR, vom Westen aus gesehen, ein interessantes Museum. Viele Freunde aus Paris, wo François Mitterand in seinem zweiten Amtsjahr auf der Treppe des Elysée Staatsgästen entgegenschritt, lotste ich in die DDR, um sich ein verfallenes, graues, romantisches Deutschland anzusehen, das es woanders nicht gab. Saale-Burgen hinterm Todesstreifen. HO-Produkte mit Gilb. Rote Fahnen. – Glückliche, doch betrogene Generationen, die ohne diese Mit-, Neben- und Gegenwelt auskommen müssen.

1984 war München noch der Tummelplatz der Westrepublik und en vogue. Hier hatte Fassbinder gefilmt und war, in dunkler Orgie, zu früh gestorben. *Cabaret* war hier gedreht worden. Ingmar Bergmann inszenierte am *Residenztheater*. In *Kai's Bistro* versuchte die ehemalige Ballerina Margot Werner mit ihrem Chanson *Ich bin nur eine Frau*, der Beinahe-Metropole, ein bißchen vergebens, den letzten Hauch an Verruchtheit zu verleihen.

Wer gesellschaftskritisch denken wollte, ging eher nach Frankfurt, wer das Leben rasch bis zur Neige genießen mochte, orientierte sich nach Berlin. Das unaufgeregte Hamburg stand für alle offen.

Ich hatte 1984 meinen Magister Artium absolviert. Mehr schlecht als recht. Der treffliche Germanist Müller-Seidel fand das Thema deplaciert, anhand der Dichtung Gottfried Benns beweisen zu wollen, daß ein anerkannter Nihilist Utopien entwerfe und verbreite. Ich aber beharrte auf meinem Standpunkt, daß ein Dichter, der publiziert, die Wirklichkeit beeinflussen wolle. Wenn Benn in einem Essay forderte, daß die Droge *Pervitin, anstatt sie Bomberpiloten und Bunkerpionieren einzupumpen, zielbewußt für Zerebral-Oszillation in Höheren Schulen eingesetzt werden* könnte, dann schien mir der Wortführer der Nihilisten damit durchaus eine Utopie zu verfolgen.

Arbeitete ich 1984 noch als Komparse am Gärtnerplatztheater? Mein letzter Auftritt in *Münchens kleiner Staatsoper* war jedenfalls mein plötzliches Erscheinen als SS-Mann gewesen, der mitten in der Vorstellung von *Aufstieg und Fall der Stadt Mahagonny* (vielleicht die beste Oper des 20. Jahrhunderts) in den dunklen Zuschauerraum trat, um mit der Trillerpfeife schrill Bombenalarm zu signalisieren. Das hatte mir, trotz des eindrucksvollen Ledermantels, kaum mehr gefallen. Den freundlichen Ausklang meines schönen Jobs –

mit Maske, Musik und bezahlten Proben – hatte eher Jacques Offenbachs *Die Großherzogin von Gerolstein* gebildet, deren Adjudant ich war. Napoleonische Uniform, turbulenter Cancan-Rabatz im Orchester und auf der Bühne und bei der zweiten Hauptprobe das unvergeßlich Lebensgefährliche: Ein Seil der Gondel, mit der die tirilierende Großherzogin – «Ach, wie liebe ich die Soldaten, die Soldaten ...» – vom Schürboden in ihr Feldlager hinabschwebte, riß. Die hochkonzentrierte Sopranistin Retzenberg, deren Herz bekanntermaßen eher den Marketenderinnen zwischen den Kulissen zuneigte, und ich hingen plötzlich eine halbe Minute schreiend und angestarrt sechs, sieben Meter über den Armeezelten, in Pumps und Stiefeln strampelnd. Ein amüsantes Buch wären diese Zwischenfälle allesamt wert. Zum Beispiel die Geschichte mit der unversehens blockierten Drehbühne und dem Festplatz der *Verkauften Braut* darauf, oder das Debakel mit dem greisen Komponisten Werner Egk, der beim zweiten Akt seines Balletts *Abraxas* versehentlich die Partitur wieder von vorne zu dirigieren begann, woraufhin das irregeleitete Orchester sukzessive, bis zum letzten Bratschenkratzer, atonal verstummte, und die Tänzer sich mit improvisierten Sprüngen und Pirouetten, von der Bühne retteten. Das Publikum starrte verwirrt, doch wußte nicht, daß es das sein durfte ...

Nichts war 1984, mit 28 Jahren, in München zu bewältigen.

Studium in drei Fächern, Liebe – die fast vernichtende Kunde vom Virus war aus Amerika wohl noch nicht eingetroffen. *Vogelhändler*-Probe am Morgen, «Schenkt man sich Rosen in Tirol»; Rossinis fulminante *Italienerin in Algier* am Abend mit der Arie «Diesen Türken will ich braten, zwei Minuten und er ist gar»; Vorlesungen und Institutsfeste, Haareschneiden für Komparserie in Filmen über die 30er Jahre, Spaziergänge im Schleißheimer Park und – Schreiben.

In meiner kleinen Kartause in der Innenstadt schrieb ich zumeist von Mitternacht, nach dem Theater, bis gegen vier Uhr früh, so daß das Schreibmaschinengeklapper über den letzten Zechern verklang, die aus *Gerti's Weinstube* in den Nachtmorgen torkelten, in Richtung *Schmalznudel*, wo die ersten heißen Pfannkuchen und Kaffee zu bekommen waren.

Was lag an Romanen schon fertig in der Schublade und wurde mit nächsten Manuskripten befrachtet?

Das Schloß im Januar: Autobiographisch, aber kamoufliert, war eine Schilderung, wie zusammengeströmte Jugendliche in einer großen Universitätsstadt (!) nach vielerlei Erfahrungen sich am Ende künstlerisch oder materialistisch orientieren. Die an Hab und Gut Ausgerichteten entschwanden natürlich ins Nirwana.

Auf einem Lindenblatt: 250 Seiten, handgeschrieben. Es handelt sich um die Geschichte eines Luftgeists, der gemeinsam mit Nymphen durch die gegenwärtige Welt (die der 70er und 80er Jahre) streift, um eine endgültig bedeutsame Sage zu stiften. Es gelang mir nicht recht, bei diesem Vorhaben die Sprache eines Stadtstreichers abzubilden, den ich auf dem Stuttgarter Hauptbahnhof für die Handlung brauchte.

Gedanklich recht ergiebig und 22 Jahre später erschienen, bleibt die Reisenovelle *Zerstreuung*, die nur von der Anmutung des Titels etwas mit Thomas Bernhards *Verstörung* zu tun hat. Ein Filmemacher aus Bremen weiß nicht mehr, welches Filmsujet für ihn das zwingende ist. Während Francos langsamem Sterben eilt er nach Spanien, um die klare Ablösung einer Diktatur durch Freiheit zu dokumentieren.

Aber nichts klärt sich in Spanien für ihn wirklich. Er steht einer undurchdrinlichen Vermischung von Lebensmanifestationen gegenüber, und vor der Altarwand der Kathedrale von Toledo wird der westdeutsche Filmemacher sogar kurz empfänglich für die Ideen von reinigender Inquisition und Gottesstaat, in dem das Individuum zur Ruhe, zum Schweigen gebracht wird.

Die erste Lesung aus dem Manuskript fand in Berlin statt. Der Leiter des *Arsenal-Kinos* war literaturinteressiert. Und ein brieflicher Zuspruch von Botho Strauß ermunterte mich seinerzeit trotz aller Angst, zugegebenermaßen, sehr. Es war klar, worum es mir bei all diesem Schreiben ging. Um die Wertefluktuation – die um diese Zeit in Paris wohl schon *Postmoderne* genannt wurde – und darum, wie man, als Mitglied einer äußerlich bevorzugten Generation, ideelle Maßstäbe gewinnen könnte. Wie verhalte ich mich in der Freiheit?

Natürlich trug sich auch 1984 dieses und jenes im In- und Ausland zu. Die *IG Metall* streikte im Frühling für die 35-Stunden-Woche. Es ging nicht um Arbeit für alle, sondern um weniger Arbeit für alle. Für Künstler, Maler, Sänger waren solche Forderungen völlig belanglos. An meinem Geburtstag im Mai, auch Erinnerungstag *des Prager Fenstersturzes*, wurde Richard von Weizsäcker zum Bundespräsidenten gewählt. Wann die Bezeichnung *Häuptling Silberzunge* für den achtsam moderierenden Mann, *Bürger* par excellence, aufkam, weiß ich nicht. Im fernen Indien wurde Indira Gandhi von einem Sikh-Fanatiker erschossen, was die Rache von Hindus und zahlreiche Tote zur Folge hatte. Die Olympischen Spiele von Los Angeles fanden statt, die vom Ostblock boykottiert wurden, nachdem der Westblock die nicht so sonnengesegneten Spiele von Moskau wegen der sowjetischen Besetzung Afghanistans boykottiert hatte. Den krankhaftesten Zwischenfall jenes Jahres produzierte der US-Präsident Ronald Reagan kurz vor seiner triumphalen Wiederwahl. Bei der Mikrophonprobe im August in Santa Barbara sagte er: «Ich freue mich, Ihnen mitzuteilen, daß ich soeben ein Gesetz unterzeichnet habe, das Rußland als vogelfrei erklärt ... Die Bombardierung beginnt in fünf Minuten.» Im Kreml löste um diese Zeit der 72jährige kranke Konstantin Tschernenko den verdächtig abrupt verstorbenen Jurij Andropow als Generalsekretär der KPdSU ab. Von Gorbatschow noch keine Spur.

Der Globus hatte noch seine klamme Ordnung.

1984 war für mich sensationell.

Drei Bücher erschienen nacheinander. Der siegerländische *Machwerk Verlag* (R.I.P.) publizierte die Satirensammlung *Frühstückshörnchen.* Aus dem Band ist mir die Geschichte *Herz ist Herz* vielleicht weiterhin am gegenwärtigsten. Die junge Politesse Sieglinde S. erliegt einem Herzversagen, nachdem sie auf dem Produktionsgelände des *VW*-Werks sämtliche Autos, die noch kein Nummernschild haben, nämlich alle fabrikneuen, mit einem Strafzettel versehen hat.

Seit einem Jahr bestand damals der Zürcher *Haffmans Verlag*. Dort wurde, ungewöhnlich für damals, auf Esprit, Unterhaltung, elegante Buchgestaltung gesetzt, eben auf Horaz' Forderung *Vergnügen und Belehren*.

Wir veröffentlichten im Frühjahr 1984 versehentlich unter dem Titel *Gabi Lenz. Werden&Wollen*, ein Werk, das ursprünglich *Gabi Lenz. Wollen&Werden* geheißen hatte. Im noch sehr schmalen Verlagsprogramm wurde zwischenzeitlich angekündigt: *Man nehme eine leere Tüte Bildung, zwei Löffel Frust, eine volle tote Hose, würze mit einer Prise Feminismus, kippe alle in eine kaputte Beziehungskiste, rühre das Ganze über abgehärmter Flamme: fertig ist die neue deutsche Wut-und-Trauer-Literatur der Betroffenheit.*

Wir erzielten rasch die zweite Auflage. Vom Kanton Zürich wurde ich zu Prominentenfesten eingeladen. Ein Reportageteam besetzte meine 24-Quadratmeter-Wohnung, und Schweizer Buchhändler fragten mich, wie viele Tage ich nach einer Lesung noch in ihrem Chalet überm Vierwaldstätter See oder in einer Mühle an der Aare verbringen wollte. «Der Vertrag ist in D-Mark abgeschlossen, aber wir zahlen doch lieber in Franken.»

Ich erhob keine Einwände.

Zeiten des Aufbruchs, auch in der Malerei der *Jungen Wilden*, die wieder figürlich malten, in der Popszene, wo die *Neue Deutsche Welle* mit witzig verständlichen Songs die Stimmung belebte, gegen die Zeremonien der soundsovielten Nachromantik in Deutschland.

Doch wer weiß, wohin es einen selbst einmal treibt?

Ins Traurigste?

Ganz zu Unrecht erschrak Gerd Haffmans vor einem eng beschriebenen, 400seitigen, seit Monaten fertigen Manuskript (gut zwei Jahre Arbeit). Er druckte diese Apologie der Freiheit, in welcher der junge Held, in einer *Logik von Fall zu Fall*, annehmbar seine Abenteuer meistert. Bereits der erste Satz, in seiner fünfzehnten Fassung, sollte die neue Offenheit demonstrieren: *Allgemein machte die Witterung – unter Umständen – schachmatt. Oben in seinem Zimmer saß er am Fenster … Nach Ägyppten. Ein moderner Roman* stand im Herbst 1984 im Verlagsprospekt vornean. Der innere Anstand verbietet es natürlich, auch im nachhinein das Lob für diese *2 Bände in 1 Buch* zu zitieren oder an die Angriffsritte von der anderen Seite der Rezensionsfront zu erinnern: *Nicht erst hier fragt sich der Leser zusammen mit Frank aus Duderstadt: Jo, wo geht's denn überhaupt lang?*

Frank, der in Leid und Mühsal und Lust über sich selbst befindet: *Ich bin frank und frei* entschwindet nach mancher Fährnis auf der Piazza della Signoria in Florenz, und was er jetzt treibt, das weiß ich nicht.

1984 hielt ich den Staat über die Tabaksteuer aufrecht. In Zukunft wird der Leviathan mir neben dem zivilisationsbewährten Genuß vielleicht auch noch die permanente Nüchternheit verordnen wollen, auf daß wir makellose Zöglinge werden und Gebrechen verbannen.

1984 war für alle ein sehr persönliches und ein öffentliches Jahr.

Die noch glücklich verheiratete Princess of Wales, Lady Di, gebar ihren zweiten Sohn Henry Charles Albert David.

Truman Capote und François Truffaut starben im Abstand von zwei Monaten.

Frankreich wurde mit seinem Mittelfeldspieler Jean Tigana, er fiel auch wegen seiner arabisch dunklen Hautfarbe auf, durch das 2:0 gegen Spanien Fußball-Europameister. Das Wort *Fremdenhaß* wäre in Westdeutschland eine bizarre Vokabel gewesen. Der Begriff *Neue Völkerwanderung* wäre auf Unverständnis gestoßen. Für das *Waldsterben* gab es schon Buchstaben, für das *Ozonloch* noch nicht.

Das Kabelfernsehen erreichte zuerst meine Straße. An einem Sonntagmorgen hatte ich statt fünf schlagartig zwölf Programme. Insbesondere die konservativen Parteien, auch die Kirche, wollten damit die Meinungsvielfalt fördern. Jetzt haben sie pro Tag gut einhundert Leichen mehr auf dem Bildschirm und *Talks* zum Thema *Mein Alter säuft sich die Hucke voll.*

Man empfand das Jahr manchmal auch als bedrückenden

Stillstand im Wohlstand, der womöglich nicht immer währen würde. Was dann: Depression, Ende, Mittellage oder noch unbekannte Ideen?

Der Westberliner Senat erwarb für einige Millionen D-Mark von der DDR die Betriebsrechte an der S-Bahn innerhalb der Westsektoren. Jaroslav Seifert erhielt den Literaturnobelpreis. Man fragte sich im Orwell-Jahr auch, wo die Gängelungen des alles an sich ziehenden Staats bereits am spürbarsten waren? Wie man sich gegen diese Durchherrschung zur Wehr setzen könnte oder ob dann nicht sofort die Anarchie drohte?

Wie endete 1984? Über so oder so empfindenden Menschen läuteten die Glocken und krachten die Feuerwerksraketen ins nächste Jahr hinein. Mancher Hund und manche Katze verkrochen sich in Windeseile unters Sofa.

Ostbahnhof

Wenn man unter norddeutschem Himmel, mit viel Heidesand drum herum, aufwächst, wo Altstadtgäßchen Am Katzenhagen, Dreyers Twiete oder Aschhorst heißen, der übrigens direkt in die Felder und zur Kuhtränke an der Isebeck führte, dann wirken Münchner Lokalitätsbezeichnungen glanzvoll, dröhnend und grandios. Nymphenburger Straße, Odeonsplatz, Amiraplatz (mit drei ‹a›, sozusagen gleich dreimal ‹Ah!›), Königinstraße, Südliches und Nördliches Schloßrondell, Prinzregententheater, Herzogenpark klangen für mein lüneburgisches Ohr so, als hätten sich im Süden beschwingte Giganten die Ärmel hochgekrempelt, um zur Verzückung der Menschheit Kolonnaden aufzutürmen, doppelte Platanenalleen zu pflanzen und Villen und Paläste mit Balustraden zu krönen, einen Lustplatz der Menschheit zu erschaffen. Gerade in Deutschland scheint das eine schöne Überraschung zu sein.

Es lag mit Sicherheit auch an diesem Namenscrescendo – fast wie Klänge von Rossini – in jener mir damals unbekannten heimlichen Hauptstadt, die einen lockenden Promenadeplatz, eine bereits klanglich majestätische Theatinerkirche, gar das (deutsche?) Nationaltheater aufwies, daß ich mich nach dem Zivildienst in einem Celler Altenheim 1975 mutig entschied, zwischen solcher italischer Wortmusik das schön absurde Fach Theaterwissenschaft zu studieren. In meinem fernen Klangmünchen, so meinte ich beherzt, schnöd an Betriebswirtschaft, Sozialpädagogik und an tristen Broterwerb in der Zukunft zu denken, war vollkommen deplaziert. Mein Klangmünchen, schon fast an der Adria gelegen, sonnte sich unter blauem Himmel. Statuen zierten seine Firste, Spaziergänger flanierten plaudernd den Nymphenburger Kanal entlang, und in den Kammerspielen wurde streng, avantgardistisch, aber subtil die Seele ergründet und nach dem flüchtigen Glück des Menschen geforscht. München, in dem viele Filme, Kunst entstanden, war eine lichte dynamische Ergänzung zu sonstigen Mickrigkeiten und Verklemmtheiten bundesdeutscher Wirklichkeit. So schien es mir. Daß es in dieser Metropole, die damals das geteilte Berlin ersetzte und in der ich leben und mitschwingen wollte, jedoch auch tonal elendere Örtlichkeiten gab – Hasenbergl, dem offenkundig ein ‹e› fehlte, Pasing, das kalt und eng klang, Poing, das sofort an den Comicausruf «Boing!» erinnerte – übersah ich beim Blick auf den Stadtplan, kurz vor meinem Aufbruch, geflissentlich. Es war mir ja alles fremd. Ich wollte mit meinem Silbenglanz im Kopf, *Friedensengel*! (statt martialischer *Siegessäule* und *Hermannsdenkmal*), in meinen imaginierten Süden, in eine kunstvoll heitere deutsche Modellstadt, wobei man natürlich stets etliche poltrige Vertreter der Staatsregierung und eines unterdrückungsfreudigen Klerus vom Ideal abziehen mußte. Und Bayern, um die Landeshauptstadt herum, galt 1975 noch nicht als florierendes Bundesland, sondern schien Dumpfheiten zu bergen und profitierte von Norden her vom *Länderfinanzausgleich*. – Bremen zahlte lange für Ingolstadt.

Ich reiste ab.

München wurde binnen kurzem meine Realität. Vieles war und blieb auf den ersten Blick bezaubernd, beglückend, ja einmalig, wie der Hofgarten zu jedweder Tageszeit, Standlfrauen vom Viktualienmarkt, die mich Studenten beim Kartoffeleinkauf berieten, schöne Menschen auf der Straße. Nachkriegshäuser, in denen auch ich zu Wuchermieten unterkam, fand ich hingegen klein, geizig und dünnwandig gebaut. Bürgerliche Großzügigkeit schien, auch in der Architektur, oft zu fehlen. Ein erster Abendbummel führte indes schon in die Irre und zeigte, daß ich mich in dem Ort, der immer schon auf dem Sprunge zur Weltstadt war, noch einleben mußte.

Den Englischen Garten wollte ich erkunden und meinte ungefähr zu wissen, wo sich das berühmte Grün befand. Unterhalb des Landtags spazierte ich zunehmend ratlos unter Buchenkronen, zwischen ein paar Bänken und Büschen dahin und dachte mir: Der Ruhm dieses Parks ist vielleicht doch einigermaßen übertrieben! Und dieser Chinesische Turm mitsamt dem Biergarten wird im Herbst augenscheinlich abgebaut und irgendwo verstaut. Ich hatte die schmalen Maximiliansanlagen mit des Grafen Rumfords Elysium verwechselt.

Gravierender aber geriet das Spiel zwischen meiner Phantasie und der Wirklichkeit, zwischen Übersteigerung, Sehnsucht und Nachkriegsdeutschland-wie-es-ist bei einer anderen Gemarkung.

Ich teilte mir mein München gelegentlich und je nach Laune – à la Paris – in *Rive droite* und *Rive gauche*, also in rechtes und linkes Isarufer, ein. Solches Würzen belebt von vornherein das Vorhandene. *Rive droite*, also Haidhausen, Bogenhausen, Arabellapark und was sich um diese Stadtteile herum gruppierte, hatte ich während meines ersten halben Jahrs nie betreten und meinte: Da bleibt mir – wunderbar! – noch eine Halbmillionenstadt zu entdecken. Besonders hatte es mir in diesem noch nicht gesichteten Großstadtgebiet der Ostbahnhof angetan. Zahlreiche Busse, viele S-Bahnen fuhren zum Ostbahnhof. Manchmal vernahm man auf der Straße: «Natürlich steig' ich am Ostbahnhof um. Dann komm' ich am schnellsten weiter.»

Eine Stadt, die mehrere Bahnhöfe besitzt, ist eine Weltstadt, mit all ihren Versprechungen und Chancen! Eine Stadt, die überdies einen Ostbahnhof hat, besitzt den Schlüssel zu besonders packenden Regionen: Wien, Prag, Wroclav, Ungarn, ja Rußland wurden von hier aus einbezogen. Und ich lebte plötzlich, neunzehnjährig, in einer Stadt mit Haupt- *und* Ostbahnhof, so wie Hamburg zudem die Bahnhöfe Altona und Dammtor besitzt, London neben der Victoria-Station, Liverpool Street unter anderem noch King's Cross.

Zweimal, nachts, zuerst allein und dann mit Antje, machte ich mich auf den Weg, um endlich den gewaltigen zweiten Verkehrsknotenpunkt zu erkunden: «Komm, wir machen einfach am Ostbahnhof noch einen drauf!» Antje, Theologiestudentin aus dem Hochtaunus, und mir war klar, daß ein Ostbahnhof dem monumentalen ehemaligen Anhalter Bahnhof ähneln mußte: mit noch verrußtem Stahl-, Glasgewölbe, zahllosen Bahnsteigen, getäfelten Restaurants 1. und 2. Klasse, rund um die Uhr belebten Kiosken mit internationalen Zeitungen, Menschenmassen, die sich durch eine Kuppelhalle schoben, um ihren Expreß nach Budapest, die Interzonenzüge nach Leipzig und Dresden und, meinetwegen, die Bummelbahn nach Marktredwitz im Fichtelgebirge zu erwischen. Solch ein Bahnhof war ein pulsierendes Herz und der Garant, in einer rumorenden Metropole zu leben. Zweimal überquerte ich offenkundig die falsche Isarbrücke. Allein irrte ich irgendwann durch Giesing und kehrte vorm leeren Stadion des *TSV 1860 München* um. Mit Antje gelangte ich bis zum Kolumbusplatz, der tot, eng und bedrückend, nachkriegsbebaut aufs Ende der Nacht wartete. Wir erspähten nicht einmal einen Passanten, den wir fragen konnten: «Wo geht es hier zum Ostbahnhof?»

Dabei war es ja merkwürdig genug, daß man in keinem Stadtführer, auf keinem Plakat je auch nur ein Bruchstück der Transitstation erblickte, die doch ein Tor zur Welt war und wo München scharenweise die Gäste aus der Ferne empfing, die sich vor den ergrauten Säulenportalen am Orleansplatz die Taxis heranwinkten.

Wir wanderten in einer dieser sehr stillen Münchner Polizeistundennächte heim.

Das Luftschloß platzte.

Als ich das erste Mal, wegen eines Seminartreffens, mit der S-Bahn den Ostbahnhof passierte, bemerkte ich ihn zuerst überhaupt nicht. Aber unter popeligen, funktionalzugigen Bahnsteigüberdachungen stand unabweislich: *Ostbahnhof*. Nur wenig mehr Menschen als an der Donnersberger Brücke oder in Laim harrten auf dem Zement-Verbundpflaster. Keine Bahnhofshalle. Kein steinerner Atlas, der den Globus stemmte. Ja, eigentlich rein gar nichts außer einigen Gleisen, MVV-Fahrkartenautomaten, Verkaufsbuden eines vergrößerten S-Bahn-Halts. Schlagartig dahin alle Illusion einer zweiten und münchnerischen Gare de l'Est mit ihren geheimnisvollen Begegnungen, einem fesselnden Menschengeschiebe Tag und Nacht, einer Ergänzung des sehr fest definierten Stadtzentrums, ohne nennenswerte Subzentren. Urban tapfer und erstaunlich erfolgreich behauptet sich München dennoch und immer wieder mit seinem mittelalterlichen Stadtkern zwischen den zigfach größeren Metropolen der Welt. Die Stadt ist vital.

Der Ostbahnhof seinerseits ist mittlerweile umgebaut

und modernisiert, und es gibt auch höchst angenehme weltgewandte und attraktive Zeitungsverkäufer dort.

Aber ich wäre nicht ich, würde ich die Hoffnung aufgeben, daß ein Stararchitekt der Zukunft dieses Gleisarreal in ein bestauntes Tor zum Orient umwandeln würde, mit Fontänen vor den Eingängen und sogar weltweit einmaligen Hängenden Gärten für Passagiere mit Zwischenstopp.

Geringeres und Phantasieloseres geziemt sich für das Traum- und das wirkliche München nicht, dessen größte Prachtstraße Ludwig I. in die blanken Äcker baute. *Wahnmoching* nannte es die Schriftstellerin und Bohèmienne Franziska zu Reventlow und meinte damit schon um 1900 die anregende Spannung zwischen scheinbar bemessener Realität und dem immer möglichen schöpferischen Schwung.

So bleibt auch München immer zweierlei, Poing und Nymphenburg, Alltag und Ideal und Ostbahnhof und Ostbahnhof.

Gärtnerplatz – Männerschau

Nachdem (vorab) sämtliche Beziehungen gescheitert waren – am Ende durch wechselseitige Mordandrohungen, Voodoo-Bannzauber, Geschirr in den Lüften, dann zerschellt am Boden –, hatte ich mir geschworen, keine Nacht ungeküßt ins Bett zu gehen.

Ein ebenso kühnes wie schönes Vorhaben.

Doch dafür ist das Gärtnerplatzviertel erfunden worden.

Wie das geschah, weiß eigentlich niemand. Vielleicht weil im Zentrum dieses Stadtteils Münchens zweite, bezaubernde Oper steht, das schnörkelige Gärtnerplatztheater. Um dessen Ränge, Logen und Bühne sammelten sich vielleicht seit der Jahrhundertwende schon immer gern die Männer, deren Leben von heftigen Liebesausbrüchen, ebenso vehementen Trennungen, manchem theatralischen Sehnen geprägt ist. «Sei der meine!» «Das kann ich nicht! Ich brauche meine Freiheit!» «Deine Freiheit führt dich in dein Unglück!» «Dann ist es wenigstens selbsterwählt! ...»

Das Gärtnerplatzviertel mit sternförmigen Straßen erstreckt sich in Münchens Mitte – damit eigentlich verwirrend tief in Bayern – vom Viktualienmarkt bis zur Isarvorstadt, von *Karnoll's Kaffeestandl* mit vorzüglichen Nußhörnchen und Kaffee für 60 Cent bis zum Thalkirchner Friedhof, zieht sich also hin zwischen gelegentlichem Genuß und ummauertem Memento mori. Im Osten strömt die Isar. Im Westen verbreiten die Auspuffgase vom Sendlinger Torplatz ihren Feinstaub.

Im Grunde gibt es in Deutschland insgesamt nur vier Stadtteile, in denen man leben kann. St. Georg in Hamburg, wo es keine Sperrstunde gibt und die Ledermänner am Samstagmittag rasch noch Geschirrspülmittel kaufen. Schöneberg und Prenzlauer Berg im eitlen, ewig unfertigen Berlin. Und das Gärtnerplatzviertel – gar nicht so viele Kilometer vor Italien –, wo der junge Maler in der Klenzestraße einen Blumenstrauß fürs Wochenende beim Floristen, zum Beispiel *Blumen-Else*, mit 25 Euro und zwei Wangenküssen bezahlt: «Was machst du heute abend?» «Aufreißen.» «Ich fühle mich so alt und verbraucht.» «Da rate ich zu Gurkenmilch.»

Selbst oder gerade Gauweiler hat dieses Viertel nicht veröden können, und der Segen manches Erzbischofs oder Kurienkardinals, wenn nicht gar bayerischen Landtagsabgeordneten wird dieser Lebensgegend, in dem Frauen die Frauen, Männer die Männer lieben, es hin und wieder sogar Mann und Frau miteinander versuchen, zuteil geworden sein. Es ist die bunte, die beschwipste, die kreative Ecke Münchens, wo Fassbinder in der *Deutschen Eiche* seinen Stammtisch terrorisierte, Hubert Fichte Sahnestücke kaufte, Barbara Valentin mit ihrer Busenfreundin Elisabeth Volkmann als *Geschwister Fürchterlich* für Stimmung sorgte, wo die Polizei sich mit Razzien gegen Stricher am bequemsten unterhalten kann, wo Liebesfrust zu Arbeitshöchstleistungen anspornt und wo neben dem Geschäft für künstliche Kniegelenke der Fach-*Shop* für Erotik-Gummi-*Underwear* mit Sonderangeboten lockt. Hier ist's ungezwungen. Hier ist man der Liebe des Sokrates zum jungen Alkibiades, des Prinzen Eugen zu Anton Hirscheder, der Virginia Woolf zu Vita Sackville-West und den Vorlieben von Thomas, Erika, Klaus und Golo Mann verpflichtet. Diese Referenzen stärken im

Laufe der Zeit, das lockert auf. Die Menschheit sei für die Vielfalt der Schöpfung dankbar.

München ist nicht New York, nicht einmal *swinging Amsterdam* mit dessen Experimenten der Daseinsgestaltung. Mit den meisten seiner Nachkriegsstraßenzüge wirkt München bisweilen sogar abweisender, karger, preußischer als Schwedt a. d. Oder. Mitunter, bei schlechtem Wetter, wie eine Zementhalde zu Füßen der Alpen, mit erschreckend vielen Filzkappen auf den Köpfen von Cholerikern.

Trotz dieses Befunds: Es gibt das *Moro*, wo man überm Kalbsbraten mit Keto von Waberer plaudern kann; den hehren Friedensengel am Isar-Hochufer, wo man gern Silvester feiert; die Lokale, Erlebnistankstellen rund um den Gärtnerplatz: «Fred hat sich von Georg getrennt.» «Kein Wunder ... nachdem auch ich schon mit Georg geschlafen hab' ...» «Und, wie war's?» «Wenn ich dir Details erzähle, weiß es morgen schon tout Munich.» «Hast du schon Götz George im *Totmacher* gesehen?» «Nein, aber in *Schlafes Bruder* erkennt man echt den Gehfehler von André Eisermann.» «Der war ja hier auf der Falckenberg-Schule.» «Jetzt latscht er durch Hamburg ...»

Wie viele Schwule, Lesben gibt es in München? Zwischen 50 und 70 000. Selten sieht man diese facettenreichen Legionen vereint. Zumeist vereinzelt stehen sie vor diesen oder jenen Schaufenstern. Man sieht sie mit Wahlzetteln für den Einzug der *Rosa Liste* in den insgesamt beschwingten Münchner Stadtrat kämpfen. Man erspäht sie plötzlich in der Investment-Abteilung einer Bank, beim Schlangestehen für einen Pavarotti-Abend in der Staatsoper, in der Christnacht-Mette. Oder man erhascht einen ihrer freundlich-distanzierten Blicke aus einem Wagen der Trambahnlinie 20, dem *T.S.E.*, *Tuntenschnellexpreß* in den Englischen Garten. Doch der Begriff *Tunte* ist so veraltet, wie fast alle Klischees über die homophile Welt. In ihrem *Outfit* hat sich immerhin fast die gesamte heterosexuelle männliche Jugend einem schwulen Erscheinungsbild angepaßt: kurzes Haar, trainierte Bizepse, Drachentatoo im Intimbereich, Träumen am Tresen von einem Partner, keine Furcht mehr vor den Filialen des *Centro Delfino* und einem *Health-Resort*, wo mit Reflexzonenmassage, *Rebalancing* und *Aashwamedh*-Kopföl der übereilten Vergänglichkeit Paroli geboten werden soll. Schwule sind eine Avantgarde. Wenn sie wegen Hautkrebsgefahr bald nicht mehr am Eisbach sonnenbaden werden, wird der Rest der Umsichtigen peu-à-peu nachziehen. Sie werden Blässe wieder zum Ideal erheben.

Der ortsfremde Homosexuelle, ob jung, ob alt, ob schön, ob häßlich, wird im Gärtnerplatzviertel zuerst das *Sub* aufsuchen, die gemeinnützige Beratungsstelle, mit Bibliothek, Café, Überfall-Notrufnummer und Infotafeln: Hier wird der orientierungssuchende Fremde feststellen, daß die human-homosexuelle Infrastruktur nicht nur Karwendeltouren für gehörlose Schwule und Lesben organisiert, einen schwulen Fußballklub, den Kurs *Leben mit HIV-Positiven*, den *Bundesverband Gay Manager* umfaßt, sondern zudem *Kuschel-* sowie *Fetisch*-Lehrgänge anbietet. Und der Fremde kann – innerhalb der eisernen Weltgemeinschaft – auch hier gleich einen Nymphenburger fragen: «I arrived vom New York City this afternoon. Do you know a cheap hotel?»

«Well», nickt vielleicht der Einheimische, «if you do not find a room, I have a couch at home, at least.»

Die Fixierung auf das arteigene Geschlechtsorgan in der homophilen Welt ist unbestreitbar – Rätsel über Rätsel der göttlichen Genesis.

Wettbewerbsbetonter als die schwule Welt war seit Anbeginn der Zivilisation noch nichts. Jugendlichkeit ist die Naturaktie, die niemals eine Baisse kannte. Alter + Interessantheit + Schlankheit + Dezenz haben in Gärtnerplatznähe allerdings auch immer gute Karten in dem Spiel *Lernen wir uns kennen? Geh' du deiner Wege*.

Schwule um den Gärtnerplatz sind nicht reich. Man schaue sich die Lokalbedienungen in der Hans-Sachs-Straße an. Unter ihnen servieren und beraten in vielen Belangen einige der sympathischsten bis tief in die Nacht. Doch es gibt auch Wohnungs- oder Hausbesitzer, die die beste Reuschel-Bank-Klientel abgeben und die heimlich CSU wählen. Im Privatleben sieht man diese Wähler mitunter in Berlin, wie sie in der Morgenfrühe aus einer Kellerbar krabbeln. Aber Franz Josef Strauß hat andernorts auch vorbildhaft vergnügungsbewußt gelebt. Und daraus viel Dynamik entwikkelt.

Aids ist im Gärtnerplatzviertel eigentlich kein vieldebattiertes Thema mehr. Das bunte Volk wurde zuerst und am massivsten von des Herrgotts menschenverachtender Geißel getroffen. Man lernte mühsam, sich zu schützen. Nun kann man Arbeitskollegen, Frauen, Heterosexuelle warnen, die meinten, um sie mache der Virus eine anständige Kurve. Doch Aids ist in den Straßen von der Maximilianskirche bis zur Zahnklinik an der Lindwurmstraße – ein Erlösungsort, den man zum Zahnziehen manchmal an Feiertagen kennenlernen muß – ein Grund zu bleibender Trauer. Die attraktivsten, die lebhaftesten und begehrtesten Schwulen sind durch Aids in Urnen und Särge gewandert, zumindest ihre Körper. Und die verbliebenen haben – nicht anders als Soldaten im Kampf – die Reihen geschlossen. Aids, Helfen, Ängste, Sterben haben Melancholie gelehrt, Schicksalgefühle beigebracht, von denen kein Schulunterricht je wußte. Avantgarde im Leben, aber auch bis vor kurzem Avantgarde im Tod? Carpe diem und Memento mori zwischen Viktualienmarkt und dem Thalkirchner Friedhof, wo Carl Spitzweg und die Brauerfamilie Pschorr ruhen.

Der Schwule ist depressiv, wenn er sich schlecht fühlt.

Er ist heiter, wenn er heiter ist. Wenn er Nudelauflauf zubereitet, soll es am Ende munden.

Der Schwule ist im Bedarfsfall sehr kommunikativ. Denn in der Regel ist er Single und teilt sich in der Gesellschaft oder einem einzelnen Gegenüber um so lieber mit. Und wer möchte nicht ein bißchen glänzen? Hingegen wirken Männer, die, mittlerweile *verpartnert*, zusammenleben, oft muffig. Bis in die Knochen. So kommt es, wenn Jäger nur noch in der Jagdhütte ruhen. «Der Sepp will wieder nach Gran Canaria. Ich raste aus.» «Du wirst mit müssen. Um des lieben Friedens willen.» «Immer Sonne und Nackte und das Scheißessen. Ich pack' mir den ganzen Maupassant ein.» «Schau mal, die geile Kiste da!» «Auch nur, bis das Gewebe erschlafft.» «Hengste!» «Was?» «Hengste! Sie treiben mich in den Wahnsinn.» «Ach, hat meine Schwester auch mal gesagt.»

Homosexuelle und Lesbierinnen haben sich seelisch gar nichts mitzuteilen, bilden aber eine sinnvolle Einheitsfront … gegen Faschistoides, das die Gesellschaft zerstört.

Schwule gelten als verhältnismäßig frei, Gestalter ihrer Leben. Eine kurze Weile ihres Daseins waren sie meistens schön. Und sind sie es nicht mehr, dann ist es ihnen bewußt, daß sie es einmal waren. Man möchte nicht wissen, oder doch, wie viele Menschen in Erding und Hamburg von Erfahrungen, einem Leben mit Homosexuellen träumen. In gewisser Weise bilden sie den Gipfel der Männlichkeit. Schon rein logisch herrscht sie dort mehr, wo zwei Männer sich vertrauensvoll nähern, als dort, wo Mann und Frau sich auf ein Bett legen. Schwule haben oft Probleme, einen gemeinsamen Haushalt zu führen; es klappt nicht immer mit der alltäglichen Aufgabenverteilung. Der gehorsam staubsaugende Freund am Isartorplatz entspricht keinem Ideal. «Du bist mir nicht mehr fremd genug, um mich anzulocken.» «Soll ich mich verkleiden?» «Als ich dich kennenlernte, dachte ich, du wärst so energisch.» «Ich kann dir gleich den Badezimmerspiegel von der Wand reißen!» Der Schwule sucht in euphorischen Augenblicken noch das Heldische. Späte Rekken der Heiligen Schar der Thebaner. Nur zu seiner eigenen Unterhaltung, Ablenkung und der Variation zuliebe gibt er sich manchmal mädchenhaft. Im Gebiet des Glockenschalls von Sankt Maximilian zerbrechen manche Frauen an diesen schwierigen Männern, die sie anziehen und die sie nicht begehren. «Jetzt bin ich schon blau, aber wir trinken im *Prosecco* noch einen, Philipp!» «Tut mir leid, Cordelia, aber jetzt muß ich schlafen gehen.» «Ach, du hörst mir so gut zu!» «Dann können wir uns ja nächste Woche wieder treffen. Ciao, Bella!» «Ciao ...» «Dann hast du die Affäre mit diesem ekelhaften Typen auch schon besser verdaut.» «Wenn du meinst, Robert.»

Das *Prosecco* in der Theklastraße ist ein enger und recht aufgewühlter Laden. Ich weiß nicht, warum. Weil bis drei Uhr nachts vielleicht wirklich viel Prosecco durch die Kehlen strömt. Und manchmal bestaunt man dort auch außerhalb der Faschingszeit eine Federboa um breite Schultern. Mancher junge Schwule führt seine Mama, auf Besuch aus Heilbronn, auch hierher, um in einem todesmutigen Handstreich der zuerst versteinerten, dann betretenen, am Ende schunkelnden alten Dame die ganze Wahrheit über seine Vorlieben einzuschenken.

«Ich will nicht länger lügen.» «Ich sag' es Papa erst nach seiner Kur. Du liebes, dummes Kind! – Wie kam denn das?»

Hier haben Zarah Leander, Georgette Dee, die *Geschwister Pfister* und *Rosenstolz* mit *Ich geh in Flammen auf* ihre Jünger.

Im Tagescafé *Villanis* wiederum sitzt oft ein junger fülliger Ungar am Fenster, der stets in magyarischen Geschichtsbüchern schmökert. Hinter dicken Brillengläsern klärt er jeden auf, der ihn danach fragt, daß er ein Fan Attilas sei und daß Ungarn durch Attila ganz besondere Ansprüche in Europa besitze.

Ins *Morizz*, das sich wegen eines anderen Lokals nicht *Max* nennen durfte, mag gehen, wer will. Schicke junge Karrieristen der Hochglanzjournalistik, camouflierte nette Hochadlige tummeln sich dort, stellen fest, daß woanders in Deutschland die Arbeitslosigkeit grassiert, lombardische Keramik unübertrefflich ist und daß Cornelia Froboess, mit ihrer herrlichen Ofenrohrstimme und ihrem laxen Gestus, viel zu selten im *Residenztheater* auf der Bühne steht. «Sie ist immer noch so androgyn.» «Das wird das Geschlecht der Zukunft.» Die Beschallungslautstärke ist – wie zunehmend allerorten – so exorbitant, daß mittelfristig ertaubte Gäste sich bisweilen wie die Brüllaffen knappste Äußerungen entgegentröten. Die Phonstärke basiert auf der turbokapitalistisch-gastronomischen *Philosophie*, wonach Reden und Austausch den Getränkekonsum minimiere. Ein Leser gar, auch in diesem Barcafé, gliche einem Dolchstoß für die Umsatzsteigerung. Die thailändischen Snacks im *Morizz* sind erstklassig, und wer aus welchem Ort und Gesprächsversuch was macht, hängt auch von einem selbst ab. Attraktiv sind sie, die Mädchen und die vielen Jungs dort, boutiquenhafter als die Burschen und Kerle im *Bau*, wo *men only* in Jeanskluft, in Ledermontur, in Ganzkörper-Latex mit ihrem *Löwenbräu*, an die Lokalwände gelehnt, wachen ... und sich im Taxieren ihrer Zeitgenossen üben. Überhaupt scheint es eine Obsession zu sein, daß man einander fortwährend nachgafft, sich noch lieber bewundern läßt – mit einem Mal dann kaum mehr in Gesprächen geübt ist, kein verbindliches Wort findet – und, jeder für sich allein, mit über die Jahre länger werdendem Gesicht betrübt nach Hause zieht. Wo sich viel herausfordernde Schönheit ballt – auch im *New York*, auch im *Kraftakt* –, wandelt sich passive Erotik selten in aktiven Sex, so, als könnte dabei Flitter abblättern und eine unabsehbare Mühe beginnen, jene der inneren Preisgabe und Annäherung. Man kennt manches Gehabe vom sterilen Leben von Mannequins und Modells. Ein frisches «Ich mag dich», «Wir könnten doch Freunde werden», hört man wohl hauptsächlich im manchmal überfidelen Köln. In München gilt Annäherung, obwohl sie jeder ersehnt, vielfach als Beleidigung. Es könnte noch eine perfektere Partneroption in die Erdnußschale greifen. Oder wollen alle Männer einfach im Sturm genommen werden, nach einem formellen Abwehrgebahren?

- Trugen römische Legionäre Unterhosen?

- Wie war es trotz totalitärer Unterdrückung unter den Duschen der Olympiamannschaft 1936 (und bei den Staffelläuferinnen)?

Hygienische Ketten für meisterliche Fesselungen, Stiefel fürs Motorrad und Schlafzimmer, ausrangierte US-Uniformen, Lederchaps wie für Cowboys im Sattel bei Glut und Hitze, Schwanzverstärkungsringe – die auch im heterosexuellen Haushalt ihren Dienst zu leisten beginnen –, Kondome mit Himbeergeschmack, Handschellen aus Edelmetall, Dildos für Lustgefühle der vielfach vernachlässigten Analregion, fein gearbeitete Ledergesichtsmasken bieten auf dem Rive Gauche von Isar-Athen die diversen Vorratshäuser an. Man weiß: Je vergeistigter, verantwortungsvoller das Leben eines Mannes ist – ob als Historiker oder bei den Stadtwerken –, desto unbezähmbarer könnte sein Trieb werden, sich zwischenzeitlich zu einem maskierten, sensiblen, hingebungsreichen Stück Fleisch vereinfacht zu sehen, auf das zart, aber entschieden die Peitsche des Gefährten niedersaust, um die reinigenden Schmerzlustschreie hervorzulocken. Erniedrigung als Erlösung von der Zivilisation. Das hochkulturelle Geschäft der Domina. Aber mindestens so versiert geübt in der Komplizenschaft zweier Männer. Manche wollen nur lieben bei Regen, in der Nacht, auf nasser Erde. Fühlt sich der Homo sapiens so dem Urknall der Schöpfung am nächsten?

Unter einem Deckenschmuck aus herabhängenden Stiefeln trinken Männer aus Münchens Mitte ihr Weißbier im *Ochsengarten*. Keine Frau verläuft sich in dieses Gehege mit gepiercten Brustwarzen, Schnauzern, wo geflippert, über Steuererklärungen debattiert wird, wo in der Menschenfülle und im matten Lichtschein ein Dirigent aus London seinen Knackarsch in Leder am Knackarsch in Leder eines Augsburger Juristen vorbeischiebt und wo man früher auch Francis Bacon, den Maler, gesehen hat. Duft vom Lederfett schwerer Jacken, Knirschgeräusche unter Sohlen, *coole* Blicke – Tequila: «Prost!» Ein deutsches Traditionslokal für schwarzgekleidete Herren, weltweit berühmt. Ralf König könnte im Bierdunst zu seinen Comics inspiriert werden: «Ich träume von einem Kerl, der mich auf seiner Honda bis in den Tschad mitnimmt. Weg aus dem ganzen Trott, mit einem geilen Kumpel.»

Die Gründerzeithäuser machen die Hans-Sachs-Straße

zu einem der schönsten Bummelpfade der Voralpenmetropole. Im *Arena*-Kino widmen sich Zuschauer auf knarrendem Gestühl koreanischer Filmkunst mit Untertiteln. Um ins winzige Theater *Und so fort* zu gelangen, muß man sich durch ein Bio-Restaurant zwängen, wo *Normalos* speisen und heterosexuelle Bohème auf ihre Berufung wartet. Um manche Fassaden macht man besser einen Bogen. Ein paar üppige Begonientöpfe prangen auf allzu abschüssigen Fenstersimsen.

Weiß Gott nicht jeder Schwule liest Gottfried Wilhelm Leibniz' eindrucksvolle Beweisführung, warum Gott das Üble auf der Welt zugelassen habe. Diese und jede übrige illustrierte oder unbebilderte Lektüre wäre aber, in dieser Gegend, im engagierten Buchhaus *Max & Milian* zu erstehen: Prachtbände über Waden der Antike und Fußballerknäuel nach einem Weltmeisterschaftstor, der Geheimtip *Die Wunder von Glogau* im Christian Rohr Verlag, sinnvolle Kampfschriften der Individual-Emanzipation während drei Jahrtausenden in sämtlichen Kulturen. Grußkarten, im Drehständer vor dem modern-kleinen Geisteshaus, werden manchen Briefträger, beim Blick aufs Photo, sich schon haben fragen lassen: *Umarmen verrußte und behelmte amerikanische Feuerwehrmänner einander immer so fest nach dem Rettungseinsatz?*

Eine schwul dominierte Bar im Gärtnerplatzviertel ist der gewaltfreieste Ort, den man sich wünschen kann. Doch auch im *Nil* wird keiner jünger. «Ich war fünfzig Jahre lang zu sehr auf Sex fixiert.» «Du, es war das beste Mittel gegen Schlaflosigkeit, Grippe, Depressionen, glaube mir.» «Und die große Liebe?» «Hauptsache, es bleiben zwei, drei gute Kumpel!»

Bistrotische, Theke aus hellem Holz, große Deckenventilatoren. Das *Nil* in der Hans-Sachs-Straße ist ein Nachtfluß, in dem das Leben verschwimmt. Der Musikkritiker einer großen Zeitung starrt dem Pferdepfleger der Tierärztlichen Hochschule nach. Selten umgekehrt. Beim verhältnismäßig ungebundenen Lebensstil des homophilen Menschen werden Treueschwüre, Trennungen, unvermeidliche Selbstfindungen, Euphorien im Galopp durchmessen: Mitunter hat der 25jährige Heizungsmonteur mehr Tage in Schutt und Asche hinter sich als seine Großeltern. Man sieht traurige, doch selten verzweifelte Gesichter. Zur Formalität gehört es in dieser altehrwürdigen Männerwelt, ein Lächeln zu bewahren, Mund und Lippen nicht hinter der Hand zu verbergen, den Kopf mit einem kleinen Stöhnen plötzlich auf die Schulter eines unbekannten Barnachbarn sinken zu lassen: «Ah, la vie!» «Oui, la vie.» Hier erblickte man die neuesten Modekreationen, bevor sie sich in die Welt ausbreiteten. Straff gegeltes Haar mit langen Koteletten, neuerdings scharf konturierte Konquistadorenbärte, Jeans, die raffiniert in Fetzen hängen, Armreife, die mittlerweile jeder Lackierergeselle in Pullach trägt. Frauen halten sich gern hier auf. Sie befinden sich zwischen vollständig ausgestatteten Männern, ohne die Aggressionen und Machtansprüche von Männern fürchten zu müssen. Die Gespräche zwischen den unverfänglich liierten Geschlechtern werden im Nu äußerst intim.

Weshalb der serbische, voll und ganz heterosexuelle Kellner Nacht für Nacht hier arbeitet, gilt als süddeutsches Rätsel. Der virile Südosteuropäer vom *Nil* sammelt ausgelesene Zeitungen ein und wird es nicht müde, zwischen Lesbierinnen andere Frauen zu erkennen. Hinter der Bar ziehen sämtliche Gesprächsfetzen durch die Ohren von Andreas, dem Bretonen Rolland, irgendeinem Gläserspüler, über dessen Hände das Wasser perlt. «Noch einen Pinot?» «Ja, warum nicht meinen Geburtstag vorfeiern?»

«Was ist eigentlich die *Liberalitas Bavariae*?»

«Ein Versuch, die Menschenrechte zu schützen.»

Im *Nil* kann der Mensch, der längst geschiedene Mann stundenlang mit einer Schorle an die Säule gelehnt stehen bleiben und in sich nachforschen, wann plötzlich in einem Gruß seines Schwagers ein tieferes Einverständnis angeklungen war als beim Aufwachen neben der Exehefrau. Die Tamilen kommen aus der Regennacht mit ihren Rosensträußen ins Lokal und werden kaum eine ihrer *Crown Princess* und Teerosen bei der Kundschaft los; noch später macht bisweilen der freudig begrüßte Bäcker mit seinem Korb und ofenfrischen Brezen für 1 Euro 50 einen guten Schnitt. Hier hocken Singles, die idealen Steuerzahler für Kommune, Freistaat und Bund, und hier wird ohne jede Geburtenkontrolle der Bevölkerungsexplosion auf dem Globus entgegengewirkt. Ein junger Mann mit langem blonden Haar schläft fast geräuschlos schon seit ein Uhr gegen die Holzvertäfelung gesunken. Unter seinem Ellenbogen liegt ein aufgeschlagenes Lehrbuch der Physik. Um 3 Uhr entläßt das *Nil* seine Gäste in die Nacht.

Dann ist das monumentalste Phallus-Symbol Bayerns schon seit Stunden nicht mehr angestrahlt, die Türme der Frauenkirche.

Wenn er nachts seinen Mantelkragen zusammenzieht, denkt der Mann im Gärtnerviertel, wo die Straße mit dem Namen des berühmten Leo von Klenze den Platz seines Erzrivalen in der Baukunst Friedrich von Gärtner durchbohrt, manchmal über vieles nach: Sollte er einsam bleiben und asketisch werden? Sollte er sich zur festen Liebe und zur Treue bekehren? Arbeit oder Muße den Vorrang geben? Die

Welt ist eine Hure – sollte er dabei mitmachen? Sollte er erst einmal schlafengehen? Und bei einem Blick auf eine von fern entgegenkommende Gestalt aus dem Dunkel hebt er den Kopf und bejaht das Leben.

An diesem Schenkel möcht' ich ruhen

Über Schönheit läßt sich gar nicht sprechen. Sie ist zu vielfältig. Manchmal ist sie rein äußerlich. In wichtigeren Fällen verbinden sich in ihr die Seele und der Leib. Hin und wieder verwandelt eine schöne Seele einen vorderhand häßlichen Menschen in ein faszinierendes Geschöpf. Es gibt keine Wissenschaft der Schönheit. Eine füllige, geistreiche Frau sticht dumme Rivalinnen mit den perfekten Körpermaßen aus. Ein knochiger Mann mit vernarbtem Gesicht und Glut in den Augen – Jürgen Prochnow und Jeremy Irons – magnetisiert stärker als besessene Bodybuilder, die auf der Sonnenbank auch nicht vielsagender werden.

Schönheit ist ein Wunder. Sie bezeugt eine Verwandtschaft des Menschen mit den Göttern, ob im moralischen oder im ästhetischen Sinn. Sie ist Triebfeder und Ziel des Lebens. *Wer die Schönheit angeschaut mit Augen, ist dem Tode schon anheim gegeben*, erkannte der Dichter August von Platen und meinte damit unser kaum stillbares Sehnen, uns einem Traum von Vollendung anzunähern – durch eine beglückende Seele und in der heißen Umarmung eines Menschen, mit dem wir vor Erfüllung fast sterben wollen. Denn vollkommener als im Liebesrausch kann es auf Erden nicht werden.

Daß Schönheit nicht zu fassen ist, belegt das grandiose Diktum der jungen Zarin Katharina die Große von Rußland: *Ich war nicht schön, aber ich gefiel, ich glaube, darin lag meine Stärke.* Sichtlich bleibt Schönheit eine Mischung verschiedener Kräfte. Im übrigen fällt auf, daß äußerliche Perfektion, ohne tiefere Geheimnisse, im Leben ebenso atemverschlagend sein kann, wie in der Literatur langweilig. Selten wirkt etwas fader oder schwieriger als die Beschreibung eines Menschen, der vollendet gebaut ist, weiches welliges Lockenhaar hat und Apoll oder Aphrodite gleicht.

Beim Mann ist, unter anderem, der Po entscheidend. Er soll fest, gerundet fast wie ein Kindskopf sein und einem Kraftzentrum gleichen. Bei der Frau existieren andere Präferenzen, üppige Brüste, betörendes Volumen in der Rubenszeit, derzeit eher knabenhafte Formen für praktischen Chic und eine erwünschte Wendigkeit.

Wann begann ich, mich mit Schönheit auseinanderzusetzen?

Ich habe glattes hellbraunes Haar. Ich weiß nicht mehr, warum ich um 1970, als 16jähriger, Haarfestiger benutzte und nachts mit einem Haarnetz schlief. Ich tat es auch auf Klassenfahrten so selbstverständlich, daß es kein Gesprächsthema wurde. Irgendwie ist ja jeder verrückt. Womöglich wollte ich meine Scheitelfrisur stabilisieren und einem Sänger von *Middle of the Road* ähneln, deren Hit *Samson and Delilah* mich elektrisierte.

Meine Ankunft zum Studium in München veränderte vieles. Das Leben wurde wilder. Schönheit – wenn sie nicht mürbe werden soll – braucht die Reaktion der anderen. In der Großstadt entdeckte ich, daß ich unausgeschlafen, ungekämmt, abgemagert mehr Blicke von Frauen und Männern auf mich zog als fein säuberlich frisiert und brav. Eine Freundin lernte ich kennen, weil ich im Winter schneeweiße Handschuhe aus Eisengarn trug. Das Ungewöhnliche fiel auf und ist ein kräftiger Nebenzweig von Attraktion.

Bisweilen kommen mir die Menschen wie wunderbare

Tollhäusler, freigelassene Tiere vor. Frauen präsentieren ihre langen Beine, unter fast durchsichtigen Stoffen ihre Brüste, und Männer ziehen Hosen an, in denen sich ihre Genitalien abzeichnen. Alles, die Moden und jeder fünfte Gedanke, deutet auf die fortwährende Balz, in der die Sehnsüchte zur Ruhe kommen sollen.

Der Mann jagt offenbar zeit seines Lebens, und je aussichtsloser es zu sein scheint, einen solchen Eroberer und Wilden festhalten zu können, desto begehrenswerter wirkt er. Selbst in Zeiten, in denen wir alle zu Tode verwaltet werden, müht sich der Mann bewußt und intuitiv, ein wachsamer Held zu sein. Manche stählen sich durch Radtouren über die Alpen. Sie haben noch keine neue innerliche Einstellung dafür gefunden, die Emanzipation von Frauen, die neben, hinter oder vor ihnen radeln, einzuordnen. Wo keine Heldentaten mehr zu vollbringen sind, bleibt dem Mann sein Körper zur Selbstdefinition. Er kann sich grobe Stiefel anziehen, Einhand-Eissegeln und Bungee-Jumping betreiben.

Ein Dreitagebart verkündet mehr Gelassenheit als die tägliche Rasur. Der Männerkörper darf kräftige Adern zeigen. Souveränität und Energie scheinen in Muskeln beheimatet zu sein. Männer sind womöglich eitler als Frauen. Ihnen hängt noch nach, *Die Herren der Welt* und Gottes Triumphgeschöpf zu sein. «Wir treten Macht freiwillig ab», meint Tilman. Der Käseverkäufer vom Elisabethmarkt weiß, daß manche Kunden länger auf seine gepflegt kräftigen Hände schauen als aufs Wechselgeld.

Ich fiel auf manche klassisch schönen Menschen herein. Das war in Ordnung. Danach kehrte ich zu den bewährten Weggefährten und interessanten Freunden zurück. Ich betete Schönheiten, Maximilian, Michael, Cornelius, ein recht weltfroher Mönch, an, die mein ängstliches, scheues Anhimmeln nicht verstanden und ablehnten. Diese ideal gestalteten Männer empfanden sich selbst als durchaus normal und waren in ihrer Alltäglichkeit an sich gewöhnt. Sie konnten auf meinen Ausruf: «Du bist göttlich!» nur antworten: «O nicht schon wieder.» Die viel zu wenigen Adonisse, die uns umgeben, haben das Unglück, als Menschen oft nicht ernst genommen zu werden; sie wandeln einige Jahre als Anregung durchs Leben und müssen aufpassen, durch permanente Bewunderung innerlich nicht ausgehöhlt zu werden.

Um mich sehe ich viele Kämpfe um Schönheit, wobei sie mit dem Altern grausamer werden. In den Apartments von Singles sammelt sich ein Fuhrpark von Hometrainern.

Die Eigelbmaske mit dem Spritzer Zitronensaft, auch bei Männern, die Männer lieben, ist nicht mehr up to date. Es existieren praktischere Cremes und Fluids. Auch für die florierende Männerkosmetik gilt der Wahn: Je kostspieliger eine Mandelkleiemaske, desto nachhaltiger atmen die Poren. Die zittrige Hand eines Schönheitschirugen muß der moderne Mann nicht allzusehr fürchten; auch eine Narbe ziert ihn.

«Ich mag Falten, Ringe unter den Augen», bekennt Knut, «das läßt auf gelebtes Leben und Erfahrung schließen.»

In der Schlacht um die Ausstrahlung bleiben zwei Faktoren entscheidend. Erstens handelt es sich darum, ob man sich von Trends, den unablässig neu kreierten Idolen in Kino und Fernsehen, von Til Schweiger und Jörg Pilawa bestimmen läßt oder ob man – mit größerem Selbstbewußtsein – so auf die Straße geht, wie man es für bequem hält, mit kaputten Mokassins und Pudelmütze. Zweitens ist es für die äußere Attraktivität wichtig, ob man sein Altern mit allen Mitteln oder nur mäßig bekämpft. Das Gefecht geht immer verloren, aber bunte Socken, zerrissene Jeans, offenes Hemd über grauem Brusthaar mit 65 wirken fatal. Jedes Alter hat seine Reize, die allerdings immer weniger offenkundig werden.

Dieter schwört auf neun Stunden Schlaf als einziges verbürgtes Schönheitsmittel. Konrad von Tengelmann hält Discotanz bis drei Uhr früh für das beste Jugendelixier. «Nur wer sich verausgabt, bekommt eine Aura.»

Männer dürfen herb riechen. Das basiert auf ihrem angeborenen Transpirationssytem, das sich seit den Anstrengungen in der frühen Eiszeit entwickelt hat.

Nach dem Verblassen und Aufweichen von Naturschönheit werden Macht und Publizität zu den stabilen Ersatzfaktoren, um begehrt zu bleiben. Anders wäre der Frauenreigen um Heinrich VIII. und seinen dröhnenden Abklatsch Dieter Bohlen kaum erklärbar.

Tom, der 25jährige Hausbote beim *Münchner Merkur*, rasierte früher nur seinen Nacken aus. Nun müht er sich zweiwöchentlich mit der Ganzkörperrasur: «Damit wirke ich hermaphroditisch frisch. Das gespielt Feminine im Mann ist chic. Ein Mann ist alles.» – Haarbüschel aus Nasenlöchern und Ohrmuscheln bedeuten jedenfalls das Ende jeden Zaubers. Doch viele seit dreißig Jahren verheiratete Männer wollen gar nicht mehr gefallen. Die Fußgängerzonen sind voll von den Kartoffelsäcken.

Das zuverlässigste Mittel nicht bloß für bleibende, sondern sogar zunehmende Schönheit ist für Ralf, der einst ein Blickfang und Casanova war, das Lesen. Nur wenn Wissen und Seele wachsen, meint Ralf, bleibe er konkurrenzfähig und mit sich selbst zufrieden: «Am Schluß liegt Schönheit in den Augen und den Taten.»

Ich selbst gehe schwimmen. An manchen Tagen fühle ich

mich siebzehnjährig, an anderen tausend Jahre alt. Das liegt an den akuten Lebensereignissen, am abscheulichen Föhn, an einer Freundlichkeit oder Bösartigkeit, die ich in mir oder um mich herum spüre. Ich weiß nicht, was einen charmanter, offensiver erhält, der Sex oder die Liebe. Am besten natürlich beides vereint.

Es gibt die abgeklärte, buddhistische, mönchische Ausstrahlung, eine eingekehrte Ruhe im Menschen – aber diesen Preis möchte ich, während des kurzen, einmaligen Lebens, noch nicht zahlen.

Ich rauche manchmal einen Tag lang nicht und mutmaße, daß meine Haut glatter wird. Dann wieder verachte ich solche Aufmerksamkeit fürs Äußere. Einige Männer meines Alters trinken abends nur noch mit schlechtem Gewissen Bier und sehen sich schwabbelig werden. «Ist eh wurscht», bekennen sie, «entweder man mag mich oder nicht.» Beinahe todesmutig stellen sie sich dem Altern, der Rente und was danach kommen mag.

Meistens erkennen wir Schönheit. Woraus sie entsteht, wissen wir selten. Bei der Gestalt des Menschen, während seiner blühenden Jahre, richtet sie sich wahrscheinlich noch immer an den griechischen Göttergestalten aus. Der athletische Körper bleibt ein unsagbarer ewiger Genuß – ihm mit Leib und Seele zu entsprechen, ist das aufwendige Trachten.

Und doch existiert die völlig entgegengesetzte Männlichkeit. Der dicke, wohlige Falstaff, Shakespeares saufender, wandernder und genüßlich bramabasierender Ritter, verkörpert sie. Apolls Gesäß und der weinschwere Wanst von Sir Falstaff gehören zusammen. Gelassenheit, eine innere Würde, Einmaligkeit des Erschaffenen leben sowohl im idealen Griechen wie im munteren Engländer.

Ist Würde, Haltung der Schlüssel zur Schönheit?

Dem Schönen verzeihen wir fast alles.

Mit der Macht von Schönheit kam eine Ungerechtigkeit in die Welt, deren wir nicht Herr werden.

Bewohner eines Altenheims starren hinter der Gardine auf einen jungen Dachdecker, der im Sonnenschein sein Hemd auszieht.

Hoffentlich verfallen wir, zumindest kurzfristig, der Schönheit, denn sie ist das unbeabsichtigt Still-Schönste.

Eine Fahrt in der S-Bahn, nur zwischen häßlichen Menschen – woran ausschließlich das erstorbene Gemüt schuld ist – kann das Deprimierendste sein. Die Welt als amorphes Fleisch. Ich setze mich gerne so hin, daß mein Blick auf einen verheißungsvollen Menschen fallen kann, denn eine Locke in der Stirn, muntere Augen, feiner Wuchs erlösen vom Alltag und vom Grau.

Vielleicht läßt Schönheit sich am verläßlichsten durch das Häßliche definieren. Das Häßliche erscheint mir am deutlichsten in gröhlenden Menschenmassen, in Dummheit, im Fehlen von Aufmerksamkeit und Taktgefühl.

Das Schöne bleibt, im Mann, zart. Selbst ein Macho, ein Latin-Lover sind nur der Rede wert, wenn sie Empfindliches bewahren.

So bleibt uns nur, uns strebend zu bemühen, mit einer austarierten Mischung von Saunagängen gegen Winterspeck, Lektüre für die Herzensbildung, Keßheit und Scheu in den entsprechenden Momenten, der Verwobenheit von Selbstwertgefühl und Sehnsucht nach Liebe.

Angeborene Schönheit läßt sich nicht imitieren. Und es muß auch kein Mensch mit dem Faun in der Münchener Glyptothek konkurrieren, den Julien Green immer wieder mit einem Besuch bedachte: «Ich war in den dreißiger Jahren hiergewesen, und als der Krieg zu Ende war, hatte ich den immer noch in seinen wollüstigen Schlaf versunkenen Barberischen Faun inmitten von Stützen und Sandsäcken vorgefunden. Es ist kaum eine Statue, eher ein Mann zu nennen: Durch die Verwünschungen irgendeiner Armida wurde er unversehens in Marmor verwandelt, und der Marmor ist wieder Fleisch geworden, schlafendes, doch lebendiges Fleisch. Der starke Hals, Wangen und Mund – alles schimmert, und auf den Gliedmaßen spielt weich das Licht. Es ist die Mattigkeit des Leibes nach den genossenen Wonnen, aber auch die schreckliche Schwermut des einsamen Fleisches.»

Korfiotische Stunde

Die Wasser des Ionischen Meeres umspülen freundlicher den Fuß als die Nordsee. Das ist kein Schemen im Mittagsglast. Es sind tatsächlich – hoch über den Klippen, den Olivenwäldern mit ihrem tausendjährigen Silberschimmer – die fernen Zinnen von Angelokastro. Über der Festung im Nordwesten Korfus wehte einst das Banner der Byzantiner, dann sechshundert Jahre lang der Löwe von San Marco, während der kurzen Phase des britischen Empires der Union Jack. Nun das Blauweiß Griechenlands.

Wie angenehm, auf dem weiten Strand zu zerschmelzen. Den Strohhut ein wenig ins Gesicht gezogen. Nein, hier hatten weder Christus noch seine nachfolgenden Eiferer das Sagen. Noch täglich bittet Phaëton seinen Vater, den Sonnenwagen auch über Ionien lenken zu dürfen. Die totgesagten Najaden nähern sich dem Schwimmer. Und Odysseus wird heute nacht den Anker werfen, um sein Trinkwasser aufzufrischen, nur noch wenige Meilen von Ithaka entfernt. Was sich hier befindet, gehört, trotz der Inselautobahn und des Internetcafés am Flughafen, den Olympischen. Sie fordern selten Unterwerfung. Sie sprechen aus Bäumen und Wellen zu den Sterblichen. Gut so. Über den Olympischen mag noch Gott walten. Jetzt, im hohen Alter, abgearbeitet, um tausend Kurven in die Ferne gedacht, mit schon manchem Zipperlein – darf ich ausruhen.

Eine Flasche Landwein habe ich meistens in den Sand gebohrt, wo die Dünung ihn kühlt.

Die langen Gesprächsabende mit dem greisen Gerhart Hauptmann, mit Thomas Mann, später mit Heinrich Böll, die Nächte mit Michel Foucault in den abenteuerlichsten Bars von Los Angeles, die Nachmittage mit Christa Wolf – bei Butterkuchen und Minztee – haben mich nicht nur bereichert, sondern auch angenehm erschöpft.

Doch man muß für solche Begegnungen dankbar bleiben.

Auch sie ermöglichten Großes. Und ich war nur das Werkzeug eines höheren Willens.

Ist es schamlos, in späten Tagen des derzeitigen Lebens von unleugbaren und sinnvollen Erfolgen zu sprechen? Bevor weitere Biographen es versuchen?

Und von Natur aus kann ich es nur mit größter Dezenz tun: Den *Büchner-Preis* lehnte ich 1985 schließlich nur deshalb ab, weil mir am selben Sonntag die *Christian-Fürchtegott-Gellert-Medaille* verliehen wurde. Mut zum Ungewöhnlichen bleibt Pflicht. Und stammen von Gellert nicht die dazu aufmunternden Verse: *Wen die Natur zu der Gefahr bestimmt/Dem hat sie auch den Mut gegeben?* Überdies war die Feier im kleinen Rahmen in Rastatt nett. Ich begegnete Philipp-Andreas, den man – vom Äußeren her – als den Raffael vom Oberrhein bezeichnen muß. Er schlief immer mit einer süßen Unruhe, bei der seine Arme mich umgriffen. Aber ... nicht wahr? ... lieber von Liebenden bedrängt werden, als sie hoffnungslos suchen müssen. Wenn die Weggefährten zahlreich sind, kann man auch viele Facetten der zwischenmenschlichen Kräfte und Einfälle kennenlernen. Was für ein Universum die Leiber, und die Seelen! Man bleibt doch unersättlich.

Mustergültig gelang mir – und daran ist nichts übertrieben! – die neiderregende Verschmelzung von Kunst und

Leben. Beiseite lasse ich die psychosomatische Schuppenflechte Ende der 70er Jahre, die nervösen Magenblutungen in den Jahren danach, dann die beiden Einlieferungen in die Notaufnahme der ganz vorzüglichen Psychiatrie in der Nußbaumstraße, die bleibende Abhängigkeit von Nikotin und Alkohol, die anderen Kleinigkeiten und jenen Biß einer Mamba, als ich für meinen Freund Bruce Chatwin, der damals auf dem trockenen saß, in Tasmanien die Idee zu seinem Buch *Traumpfade* entwickelte. Buchstaben haben eben ihren Preis.

Wenn ich etwas besitze, bin ich freigebig und offen. Etwas anderes halte ich für indiskutabel.

Ich habe immer Wahrheit und Grazie miteinander zu verbinden verstanden. Das ist äußerst selten in dieser Zeit.

Was an mir jetzt nicht wertgeschätzt ist, wird es später sein. Hier müßte jemand den Gegenbeweis antreten.

Ah, das Spiel der Dünung in der Bucht von Paleiokastritsa! Wie beruhigend. Und vor den Sonnenschirmen, das Mädchen, das seinem älteren Bruder ins Tretboot hilft. So vollendet sich die Gleichberechtigung.

Ich habe meistens Wesentliches bewirkt.

Als Librettist konnte ich gemeinsam mit Hans Werner Henze der deutschen Operette zu frischem Leben verhelfen. Musikalisch und sprachlich erreichten wir das erneuerte Niveau von Johann Strauß oder Jacques Offenbach. Es war uns ein Anliegen, ausgefeilte Unterhaltung in Deutschland wieder heimisch zu machen. Ob *Das verschollene Feldbett* weiterhin die Häuser füllt, weiß ich nicht.

Die Angebote zu Drehbüchern von Wim Wenders, Margarethe von Trotha, Rudolf Thome und anderen habe ich damals ausgeschlagen. Vielleicht war das leichtfertig. Ich wollte die nationale Nabelschau mit den langsamsten Kamerafahrten der Welt im Dunkeln nicht weiter forcieren. Entgegen einer unbegründbaren, aber landesweiten Verabredung schien es mir, daß es auch immer darauf ankam, Sonne auf ein hoffnungsfrohes und energisches Gesicht fallen zu lassen. Die Menschenrechte schützt man nicht durch Klagen. *Lieber ein fragwürdiges Versailles als sich schweigend aufhängen*, lautet einer der Schlüsselsätze meines Romans *Nach Ägypten*. Der Satz wurde von Jenny Holzer in Leuchtschrift am Gesims der Darmstädter Akademie installiert. Ich trat erfolgreich für die Möglichkeit ein, daß das Leben ein Fest ist.

An der Degeneration dieser Idee zur unablässigen, penetranten *Spaß-Kultur* bin ich unschuldig.

Ich bin nicht nur ein Denker und Empfinder. Ich handele auch im Namen des guten Geschmacks, der Kultur, der verantwortlichen, vollkommenen Freiheit, die uns zusteht. Telefoniert jemand mit seinem *Handy* im Restaurant, habe ich schon handstreichartig das Gerät vom Ohr ins volle Weißbierglas gestopft. Vor meiner Kreuzbandoperation war ich flink auf den Beinen.

Ich gehe auch bei Rot über die Straße, falls von links und rechts kein Auto kommt, und führe somit drastisch Selbstbestimmung vor.

Durch meine Satire-Serie *Du hast 1 Leben* habe ich synthetische Volksmusik in den Fernsehprogrammen derartig diskreditieren können, daß jetzt um 20 Uhr 15 auch die Stummfilme von Murnau zu bewundern sind, unter anderem seine *Reise nach Tilsit*. Den Gruppen-Freitod der *Wildecker Herzbubn* gemeinsam mit Caroline Reiber und Mutter & Tochter Hellwig wird man mir deswegen nicht anlasten. Sie hätten sich auf einer Ukraine-Tournee durchschlagen können.

Der Uniformierung der Welt, der *Globalisierung* habe ich ein Schnippchen geschlagen, als ich bei einer Podiumsdiskussion die Nürnberger Kommunalpolitiker überredete, den Nürnberger Thaler als gültige Münze wiedereinzuführen. Seither ist die Stadt ein Ereignis.

Satiren schreibe ich nicht mehr. Man entdeckt zu viele Fehler an sich selbst. Und es ist nicht das Höchste zu kritisieren, wenn man aktiv etwas besser machen kann.

Ich bin ein Held im Alltag.

Den Rechtsradikalen, der in Thalkirchen mich und einen namibischen Lyrikerkollegen mit einer Kettensäge überfiel, wird man nicht mehr finden können. In der Nähe befindet sich der schlecht bewachte Schlachthof von *Südfleisch*. Schon manches endete in München in der Weißwurst. Ich lebte nach dieser gefahrvollen Bereinigung einen Monat lang als Vegetarier.

Natürlich habe ich davon profitiert, welche unermeßliche Bedeutung die Literatur zum Ende dieses Jahrtausends besitzt. Namentlich die deutsche Literatur, deren Regungen, feine Wortfindungen, immer neue, spannende Konstellationen in aufpeitschenden Milieus längst weltweit Maßstäbe setzt. Vor allem regt deutsche Literatur zur Selbsterfindung des Lebens an. Was in Chemnitz erkundet wird, fesselt auch in Rio. Wobei die überbordende Phantasie der Deutschen eine große Rolle spielt. Die Leichtigkeit und die Geltung von vorbehaltloser kreativer Lebensumschau in Deutschland mögen auch daher rühren, daß jener Hitler im Wahlkampf von 1932 mit dem Flugzeug abgestürzt ist. Wäre er an die Macht gelangt, hätte dies womöglich einen längeren Krieg bedeutet, der Deutschlands Ruf nachhaltig beschädigt hätte. Ein weites Spekulationsfeld. Aber so, nach dem Kugelblitz, der die *Ju 52* exakt über der Gedenkstätte von Tannenberg traf, hat die Regierung Brüning die Modernisierung unserer Republik entspannt angehen können.

Warum nicht frei nachdenken?

Die gesetzliche Gleichstellung von gleichgeschlechtlichen Paaren geht auf meine Kappe. Man erinnere sich an meine ZDF-Gesprächsrunde *Was wir aus deutschen Politikerfamilien wissen*. Nach ihrer Ausstrahlung – und nach dem *Skandal* in der Sakristei des Doms von Fulda – ging alles ganz schnell. *Liebe Deinen Nächsten wie Dich selbst* gilt jetzt uneingeschränkt und macht uns zukunftsfähig. Und der Ex-Bischof von E. ist auf einmal sogar humorig als Barkeeper im *Happy Mankind* in Berlins Motzstraße. Zu mancher Berufung ist der Weg weit und dornig.

Man muß sich auch als Unbeteiligter einmischen. Ich führe das seit Jahren mit größter Resonanz nach der Parole Wilhelm von Humboldts vor: *Je weniger Staat man spürt, desto besser ist er!* Dazu gilt unverdrossen die Botschaft aus Georg Christoph Lichtenbergs Aphorismus: *Wer etwas Neues sehen will, muß etwas Neues machen.*

Mehr und Genaueres zu verlangen, verkäme schnell zur Ideologie. Dergleichen wollen wir, trotz unseres Bedürfnisses danach, nicht mehr. Das kennzeichnet einen historisch-mentalen Wendepunkt.

Viele Gefährten sind tot. In mir leben sie weiter. Ich in ihnen? Solche Fragen machen bei Gelegenheit sanft.

Natürlich kann ich nur einzelne Punkte meines oft analysierten Lebens berühren.

Ich habe es bei einem Essen in Basel, zu dem später auch Carl Lagerfeld stieß, Umberto Eco und Patrick Süskind ins Gesicht gesagt: Die literarische Postmoderne, das freie, aber nicht verantwortungslose Erzählen, stammt von mir. Der *Name der Rose* und *Das Parfum* erschienen erst, als mein Buch *Pest und Moor* bereits fertig war. Es geht ja seit Mitte der 80er Jahre darum, wie man eine Bereicherung des Lesers ermöglicht, ohne im Besitz von Wahrheiten, zumindest letzter

Wahrheiten, zu sein. Natürlich stritten wir uns nicht lange darüber, wer, mit lustvoll harter Arbeit, das früheste Buch der neuen *erfindungsreichen Offenheit* zustande gebracht hatte. Lagerfeld überredete uns damals, noch in der Nacht mit seinem Jet zu seiner ersten Modenschau im damals noch sowjetischen Moskau zu fliegen. Die Bruchlandung in der Eiscremefabrik. Alles unvergeßlich.

Schwer wurden mir die fünfzehn Jahre Festanstellung bei *Paris-Match*. Immerhin brachte ich in dieser Zeit den Vierzeiler *Sindbad* zustande. Jorge Luis Borges, längst erblindet, erarbeitete drei spanische Übersetzungsversionen.

Ich entstamme der polnischen Königsfamilie Leszczynski. Aber ich habe meine Herkunft stets mit dem Anfangsbuchstaben *Polonias* verschleiert.

Das Lächeln von Philipp-Andreas – ein Traum.

Freud vermied ich. Er machte für mich Kompliziertes zu kompliziert. Spontan habe ich ihm für den Begriff der *Verdrängung* zu danken. Ich käme sonst mit dem Leben nicht zurecht.

In allem entdecke ich Unendlichkeit.

Wenn eine Meinung geäußert wird, verblüffe ich durch willkürliche Ergänzungen oder Widerspruch. Sonst träte der Tod ein oder eine Vorform davon.

Wir können ein Gedicht sein.

Im ultimen Bedrohungsmoment habe ich die Besinnung auf die abendländische Kultur und ihre bedrohte Vielfalt durch meinen Roman *Brabant* bewerkstelligt. Er muß noch in einen indianischen Dialekt übersetzt werden. Da dieser Roman – seinem Thema gemäß – klar und entschieden geschrieben ist, hat meine Sekretärin, übrigens gebürtig aus dem mittelschönen Kaiserswerth, noch heute Körbe mit Briefen von Arbeitern in San Sebastian, von empörten Amerikanern, düpierten Chinesen zu beantworten. *Europa und Liebe* heißt es im Finale von *Brabant*. *Prix Goncourt*, *Goethepreis*. Die Hälfte des Ertrags wie immer an: *Greenpeace*, *Writers-In-Prison*.

Ah, es ist Katrin – aber, wie kommt Katrin hierher? –, die auf einem Tablett schmale und bauchige Flaschen balanciert. Bei 30 Grad Hitze! Ich dachte, Katrin weilt in Krefeld. Mit ihrem Bruder bewohnt sie über der Bucht das Häuschen nebenan. Ein gelber Bikini. Aber ich erkenne sie an den gelben Pumps, in denen sie auch durch Strandsand spaziert, und das mitsamt Getränk.

Ich lasse es einmal so gelten.

Das völlig Unlogische würde mich schnell zu sehr langweilen. Ich werde kein Zuschauer für George Lucas und irgendeinen Wahnwitz.

«Karl kommt heute abend auch noch. Wir wollen die letzten Sommertage genießen.»

Wir verlieren tagsüber nie viele Worte. Katrin breitet ihr Badetuch aus. Die Geschwister und ich bedeuten uns viel. Wir sind hier seit sieben Jahren ein eingespieltes Trio. Wir lesen einander die großen Werke der Menschheitsgeschichte vor. Augustinus' und Jean-Jacques Rousseaus radikal offene *Bekenntnisse* belehren und bereichern uns, Ovids *Metamorphosen* bleibt fast unser Lieblingswerk:

Und es entstand die erste, die goldene Zeit: ohne Rächer,
Ohne Gesetz, von selber bewahrte man Treue und Anstand.
Fichten fällte man nicht, um die Stämme hernieder von ihren
Höhn in die Meere zu rollen, nach fremden Ländern zu fahren
Und die Menschen, zufrieden mit zwanglos gewachsenen Speisen,
Sammelten Früchte des Erdbeerbaums, und Erdbeeren der Berge.

Oder wir gehen zu dritt tanzen. Machen uns auch in den Wissenschaften kundig. Wir wollen, wie vor uns Leonardo und Leibniz, universal bleiben. Kein Biogenetiker wird uns jemals mit ellenlangen Formeln und Codes hinters Licht führen. Oft schweigen wir aber auch, geborgen in der Nacht.

Luft wie Musik von Debussy webt über dem Meer. Linder blauer Klangäther.

In mir siegt immer der Sinn für Gerechtigkeit.

Die unliebsamen, verlogenen oder rachsüchtigen Menschen habe ich beispielhaft abgeschüttelt.

Meine Lauterkeit schätzt man an mir.

Ich bin so flexibel, daß ich fünfzehn Berufe mit neugieriger Begeisterung ausgeübt habe. Ich bin zuverlässig und sentimental. Manchmal archaisch wild. Man erkennt die Charaktermischung am besten in den Grüntönen auf meinem zweiten Porträt von Georg Baselitz. (*Getty Collection*, Malibu.) Die Aufmerksamkeit eines solchen Meisters beruhigt, und trotz furioser Pinselführung, mancher Verschattung und exzentrischer Hängung gilt auch für seine Werke Goethes Wort: *Wir wissen von keiner Kunst als in Bezug auf den Menschen*.

Am kommenden Dienstag werde ich vor der UNO die Hinrichtungsmaschinerie in den Gefängnissen der USA und des Iran anprangern. Zumindest die Beneluxländer und diesmal den Vatikan weiß ich auf meiner Seite.

Danach finde ich Erholung in der Musik und im alles verschmelzenden Konzertieren; auf der Gala zugunsten von *Children-in-Need* in Toronto werde ich zusammen mit Bill Gates (Cembalo) und der liebenswerten Joanne K. Rowling (Traversflöte) Bachs Tripelkonzert *BWV 1044* aufführen. Im Musizieren findest du Seligkeit. Noch sind meine alten Finger auf der Violine rege. Vielleicht hätte ich ohnehin das

Komponieren weiterführen sollen? Oder die Baukunst, das dauerhafteste Zeichen einer Gesellschaft. Aber die transparente Pyramide vor dem Louvre, wofür der französische Staatspräsident und ich bei einer Weinprobe in der Touraine das Pseudonym eines koreanischen Architekten erfanden, genügt mir als Hinterlassenschaft.

Es ist doch beruhigend, am Ende des Lebens zu wissen, daß man es gut gebraucht hat. Möglicherweise bin ich auch im Trödeln und Sinnieren sowie in Depressionen am vortrefflichsten.

«Karl kommt mit der 18-Uhr-30-Maschine.»

«Dann essen wir heute abend zusammen.»

«Falls wir nach dem Cocktail noch kochen können.» Katrin reicht mir den Metaxa herüber. Fluchten muß man sich, besonders in dieser Zeit, dann und wann gönnen. *Der Nachmittag eines Fauns*.

Danach wird man wieder mit unserer geistigen Unerbittlichkeit rechnen müssen.

Ich muß mir noch einen Traum erfüllen. Im Fall des Falles äußerliche Macht völlig zu mißachten. Fast immer der Liebe den Vorrang zu geben.

Die Zinnen von Angelokastro, der Byzantinerveste mit dem korfiotischen Turmstumpf, verschwimmen im Dunst. Der heiße Küstensand wirkt vorzüglich gegen Rheuma. Im Ionischen Meer sprang Cato im Sturm von Bord eines Schiffs, um sich vor der Seekrankheit zu retten. Er strandete hier.

Wie die Konturen verflirren.

Aber bin ich überhaupt auf Korfu?

Wurde ich wirklich 1924 geboren?

Nachwort von Sibylle Lewitscharoff

Gottlob wird hier der Nüchternheit einmal nicht gehuldigt. Gottlob ist Hans Pleschinski zu frech, großherzig, neugierig und auch durchtrieben, um sich mit dem Kleinklein eines faden Realismus zu begnügen. Die Realien, von denen er handelt, sind in kräftigen Strichen gesetzt, die Phantastereien, die er sich erlaubt, haben Schwung. Als seelische Verfassung grundiert die Melancholie seine Texte. Eine zarte, eher zurückhaltende Melancholie. Sie ist nicht klebrig, haust nicht in dumpfem Keller, kleidet kein Jammerläppchen. Sie wirkt wie ein elastisches Gewebe, aus dem die Schrift immer wieder hochspringt, um in leichtere Gefilde zu entkommen, pneumatisiert vom Enthusiasmus, mit etwas Ironie im Gepäck, selten dem Sarkasmus.

Wir sind eine Nation, die praktisch wie geistig viel dem Handwerk verdankt. Söhne und Töchter von Handwerkern sind sozial in der Mitte der Gesellschaft angesiedelt und haben von ihren Familien oft Unternehmungsgeist geerbt, gepaart mit einer gewissen Solidität. Hans Pleschinski ist der Sohn eines Schmieds, aufgewachsen in einem «leeren» Landstrich mit weitem Horizont, der Lüneburger Heide. Im kleinen Ort Wittingen nahe Celle, unweit der früheren DDR-Grenze, mögen die Verhältnisse beengend gewesen sein, aber umgeben von einem weiten Raum, der um so heftiger in einen Freiheitsraum der Phantasie zu verwandeln war – mit Helden darein gesetzt in wechselnden historischen Kostümen –, als weder Hügel noch Fels noch dichte Bebauung den Blick hinderten. *Die Ost-Heide, das tolle Nichts* heißt ein besonders einprägsames der hier versammelten Stücke. Von geheimnisvoller Leere ist die dort beschriebene Landschaft, flach, regnerisch zu den meisten Jahreszeiten, sommers mit lastender Glut «über den Rüben.» Und dann ist da noch das versteckt liegende Kloster Isenhagen, ein Ort von magischer Anziehungskraft. Isenhagen gibt den Anlaß, die Flußperlen der Ise zu erwähnen, mit denen früher Bischofsgewänder bestickt wurden. Das Schöne und Glanzvolle, die prachtvollen Überbleibsel vergangener Zeiten gleichsam mit der Linken in den Text zu streuen, aus dem Kleinbürgerlichen, Engen auszuschweifen in andere Räume und dabei weit zurückliegende historische Zeiten präsent zu halten, das hat Methode bei diesem Autor.

Man wird unter den heute Vierzig- bis Sechzigjährigen selten einen deutschen Schriftsteller finden, der so fürsorgliche Blicke auf seine Heimatregion wirft. Blicke eines Ausreißers, der dann und wann besuchshalber zurückkehrt, seine Erinnerungen auffrischt und sie in zarten Schmelz hüllt, ohne Rachsucht und ohne über die Daheimgebliebenen zu triumphieren. Wann immer der fleißige Vater auf den Plan der Erzählung tritt, entsteht glaubhaft eine Atmosphäre von Anstand und Beständigkeit, die noch die Ausflüge des jungen Pleschinski in riskante Wunschregionen behütet hat. Sei's, daß französische Lebensart heftig begehrt wurde, Fernsehdramolette umgeschrieben und Drogen konsumiert wurden, seien es Ausflüge, die den Halbwüchsigen in die Nähe der DDR-Grenze brachten, abends, wenn dort Peitschenlampen den Todesstreifen beleuchteten: Auf die Schmiede, auf die zahlreichen Tanten und Onkel im Ort – viele der Männer ebenfalls Handwerksmeister wie der Vater –, scheint

Verlaß gewesen zu sein. Pleschinski nennt seine einsamen Spaziergänge mit Blick auf die Grenze seine «Selbstfindungsgänge.» An der deutsch-deutschen Nahtstelle wurden die Pläne entworfen, um möglichst rasch nach München und Paris auszurücken.

Ja, der Autor schätzt den Landstrich, in dem er aufgewachsen ist. Ihm ist auf natürliche Weise eigen, wonach viele Deutsche sich sehnen und was doch schwer zu erlangen ist: eine unsentimentale, beherzte Vaterlandsliebe, die sich mit Leichtigkeit in den europäischen Raum findet. Bestechend sind seine Versuche, aus dem Elend der Jahre 33–45 auszubrechen, mit seinen fiktionalen Konstruktionen die unglückselige Fixation der Deutschen auf den Nationalsozialismus zu durchkreuzen – wie zum Beispiel im *Ausflug '83*. In diesem 1983 geschriebenen Text fährt der Erzähler durch ein ungeteiltes Deutschland. Hintersinnig wird davon gefabelt, wie die Geschichte einen anderen als den bekannten Lauf nahm, ganz nebenbei daran erinnert, daß politische Geschichte niemals Schicksal ist, von keiner höheren Instanz verordnet, sondern von Menschen gemacht und von Menschen zu verantworten.

Natürlich geht es im Leben selten maßvoll zu. Denken, Sprechen, Handeln sind weder geleitet von Vernunft noch Wahrheitsliebe. Politisch nicht, und in der Liebe erst recht nicht. Den Figuren in Hans Pleschinskis Erzählungen widerfährt oft, daß sie abrupt den Grund verlieren, auf dem sie sich vor wenigen Augenblicken noch sicher wähnten. Kurz bevor Gieslinde Keßler im *Schwarzen Glück* entdeckt, daß ihr Mann während der letzten Nacht mit ihrer Mutter das Bett geteilt hat, überkommt sie das «alberne Gefühl, mitsamt dem Haus den Hang hinabzurutschen und dann unten auf den Bungalow von Bürkli-Neuhofs zu krachen.»

Wo die Entgeisterung jedes verhandlungsfähige Maß übersteigt, wird Rache an den Widersachern genommen und ihnen der sichere Boden entzogen. In *Wunden heilen* versenkt ein Ruderschlag den untreuen Exehemann in den Deltagewässern vor Syrakus. Ein vor Selbstbewußtsein nur so strotzender Rechtsradikaler erfährt sein gewaltsames Ende in einer Schlucht nahe München (*Am Hang*). Aber auch das schlafende Kind in dem autobiographischen Text *Wappne dich, mein Herze* gerät auf gefährlichen Traumgrund – in ein Sanduniversum mit nichts als Sand; Sand und immer mehr Sand, bis die Stimme des Vaters es weckt.

Der Autor hat einen scharfen Blick für die heillosen Strategien der Liebesgekränkten, ihre wild fuchtelnde Abwehr, mit der sie sich allenfalls selbst überlisten, wenn auch nur momentweis. Die unvergeßliche Gieslinde brüstet sich vor einer ehemaligen Schulkameradin damit, wie entschieden sie vom «Lustschwein» Peter fortgekommen sei, wie sehr sie ihr neues Leben schätze, und das klingt alles hochvernünftig, doch leider hat die Arme nur Sätze und Gedanken zur Verfügung, die sie im Zauberkreis der erlittenen Kränkung gefangen halten.

Munter hingegen sind die Anfänge der Liebesverwicklungen. Schon bevor die beiden *Optiker* aus dem Wirtshaus treten und der Autor ihrem frühabendlichen Gang durch München folgt, stimmt er mit einer heiteren Raffung aus Wind, Wetter, Blumen, Fassaden, einer kleinen Marschmusik, kreuz und quer fahrenden Politessen und einem komisch strebsamen Ministerpräsidenten auf die keimende Liebe zwischen den beiden Männern ein – und entläßt diese in ihrem Hotelzimmer mit vergnügt angestimmtem Chor auf den Frühling in Bayern. In dieser Geschichte ist die Atmosphäre zart und leicht, die Stadt wirkt erfrischt, wie neugeboren, und der Leser wird gleichsam mit hupflustigen Tanzbeinen aus der Lektüre entlassen.

Einen Zauber anderer Art weiß der Autor zu verbreiten, wenn er seine Landschaftspanoramen entwirft. Vor eine bekannte Aussicht schiebt sich ein Objekt oder eine Menschengruppe, und was sich da in den Blick drängt, besitzt ein eigentümliches Kraftzentrum, das die ganze Szenerie verwandelt. Wunderbar, wie sich im *Teufelsritt*, während ein Schriftsteller mit seinem Arbeitsteufel kämpft, auf der von Wasserschleiern verhangenen Isar ein Floß ins Bild schiebt und flußabwärts treibt – nein, nicht mit den neun Musen darauf, sondern einer bayerischen Blaskapelle unter einer Zeltplane. Für eine Sekunde wähnt man sich am Ufer des Acheron, aber die Jenseitsfahrt bleibt eine angedeutete, denn schon ist das Floß mitsamt blecherner Musik wieder davongeglitten. Im *Ausflug '83* fährt der Zug durch den Thüringer Wald. Vom Zugfenster aus wird beobachtet, wie ein Haufen Landsknechte pikenbewaffnet, in geschlitzten Hosen, durch den regenverhangenen Tann marschiert. Zwar erfährt man rasch: Da wird ein Film gedreht, vielleicht über Thomas Müntzer, aber zunächst erzeugt die Mischung aus fahrendem Zug, Erinnerung an entfernte historische Zeit und fiktionaler Gegenwart, in der 1983 ein ungeteiltes Deutschland existiert, einen leichten Schwindel – ich bin versucht zu sagen: einen deutschen Tannenschwindel der besonderen Art.

Apropos Film. An dieser Stelle sei ein kleiner Exkurs erlaubt, der vom *Verbot der Nüchternheit* etwas wegführt. Denselben Trick – etwas vollkommen Unerwartetes schiebt sich ins Bild und verwandelt alles – hat Pleschinski in seinem Roman *Brabant* höchst effektvoll verwandt, und damit ist ihm einer der besten Romananfänge der deutschen Literatur überhaupt gelungen. Nachts, mitten auf der Nordsee bei schwerem Wellengang, Matrosen erfreuen sich an Pornoheftchen, einer blickt durchs Sichtgerät, und da ist es, das unwahrscheinliche Objekt: ein alter Riesensegler, ein Gespensterschiff, aber mit Blumenkästen voller Geranien an der Außenwand. Nicht von einem fliegenden Holländer bewohnt, sondern von einer Gruppe Europäer, deren entschlossenster Teil das alte Restaurantschiff gekapert hat, um damit gen Amerika zu fahren und eine Kanonenkugel aufs Weiße Haus abzufeuern. Was Pleschinski in dieser europäischen Narrenschiffiade an Witz, Intelligenz und feuriger Schlagfertigkeit aufbietet, sucht seinesgleichen. Hätte Deutschland eine hochentwickelte Filmindustrie und noch immer Regisseure vom Schlage eines Lubitsch, man hätte ihm diesen Stoff aus der Hand gerissen. So anarchisch und subtil wurden Glanz und Verblendung der Europäer noch nie dargestellt, schon gar nicht von einem Deutschen.

Pleschinski ist ein vielseitiger Autor. Er probiert gern Neues aus, klammert sich nicht immerzu an dieselbe Erzählperspektive, wandert beschreibend zwischen den beiden Geschlechtern souverän hin und her, siedelt seine Geschichten in verschiedenen historischen Zeitläuften an. Vor allem ist er ein entschiedener Europäer. Mit allem, was dazugehört: Bildung, Ironiefähigkeit, Toleranz, Liebe zu Musik und Literatur, Wissen um die hochkomplexe Geschichte dieses einzigartigen Gebildes. Durchaus ein Schöngeist, aber kräftig genug, um das Schöne aus blassen, lichten Gefilden auf die Erde herabzuzwingen.

Textnachweise

Verbot der Nüchternheit oder Ein Schnäpschen mehr, in: *Längst fällig! 37 notwendige Verbote*, Antje Kunstmann, Heinrich von Berenberg (Hg.), Verlag Antje Kunstmann, München 1996

Wappne Dich, mein Herze, in *Kursbuch 159*, Ina Hartwig, Tilman Spengler (Hg.), Rowohlt-Berlin Verlag, Berlin 2005

Ausflug '83 in: *Der Rabe IV*, Haffmans Verlag, Zürich 1983

Am Hang, in: *Der Termin. Die besten Geschichten des Montblanc Literaturpreises*, Joseph von Westphalen (Hg.), dtv, München 1994

Schwarzes Glück, in: *Das Buch der geheimen Leidenschaften*, Julia Bachstein (Hg.), Frankfurter Verlagsanstalt, Frankfurt a. M. 1991

V.E.R.D.I.s *Nudelgericht*, in: *Von Nudeln & Menschen*, Julia Bachstein (Hg.), Frankfurter Verlagsanstalt, Frankfurt a. M. 1991

Wunden heilen, in: *Das Bärenbuch*, Julia Bachstein (Hg.), Schöffling & Co., Frankfurt a. M. 1994

Die Optiker, in: *Von Büchern und Menschen*, Schöffling & Co., Frankfurt a. M. 1998

Die goldenen Achtziger: meine Lektüren, in: *Von Büchern & Lesern*, Schöffling & Co. Verlag, Frankfurt a. M. 1995

Teufelsritt, in: Von *Büchern & Menschen*, Schöffling & Co. Verlag, Frankfurt a. M. 1997

Kleine Sittenkurve, Bayerischer Rundfunk, 24.11.1993

Altlast, in: *Die Welt*, 18.6.2005

Die Ostheide, das tolle Nichts, in: *Deutsche Landschaften*, Thomas Steinfeld (Hg.), S. Fischer Verlag, Frankfurt a. M. 2003

Celler Seligkeiten, in: *Süddeutsche Zeitung*, 7.5.2002

Der Vater, in: *Mutters Tochter, Vaters Sohn*, Thomas Endl, Bettina Brömme (Hg.), Reclam Verlag, Leipzig 2001

Und dann den Tannenzweig, in: *Das Westpaket*, Christian Härtel, Petra Kabus (Hg.), Ch. Links Verlag, Berlin 2000
Nadine und die Folgen, in: *Ein Herz und eine Serie. Fernsehgeschichten*, Thomas Endl, Bettina Brömme (Hg.), Reclam Verlag, Leipzig 1999
In der Frühe, in: *50 Jahre Gymnasium Hankensbüttel*, Hankensbüttel 1997
1984 – Eine Skizze, in: *Der Rabe 42*, Haffmans Verlag, Zürich 1995
Ostbahnhof, in: *Süddeutsche Zeitung*, 10.8.2005
Gärtnerplatz – Männerschau, in: *Kursbuch 123*, Karl Markus Michel, Tilman Spengler (Hg.), Rowohlt-Berlin Verlag, Berlin 1996
An diesem Schenkel möcht' ich ruhen, Bayerischer Rundfunk, 2.3.2003
Korfiotische Stunde, *Kursbuch 138*, Karl Markus Michel, Tilman Spengler (Hg.), Rowohlt-Berlin Verlag, Berlin 1999